書下ろし

殲滅地帯

新・傭兵代理店

渡辺裕之

JN170580

祥伝社文庫

目次

『殲滅地帯』関連地図
モンゴル
北朝鮮
大韓民国
日本
成田国際空港
中華人民共和国
台湾
海南島
チェンマイ
海口美蘭国際空港
三亜鳳凰国際空港
タイ
ダナン国際空港
カンボジア
ベトナム
フィリピン
マレーシア
クアラルンプール国際空港
シンガポール
インドネシア

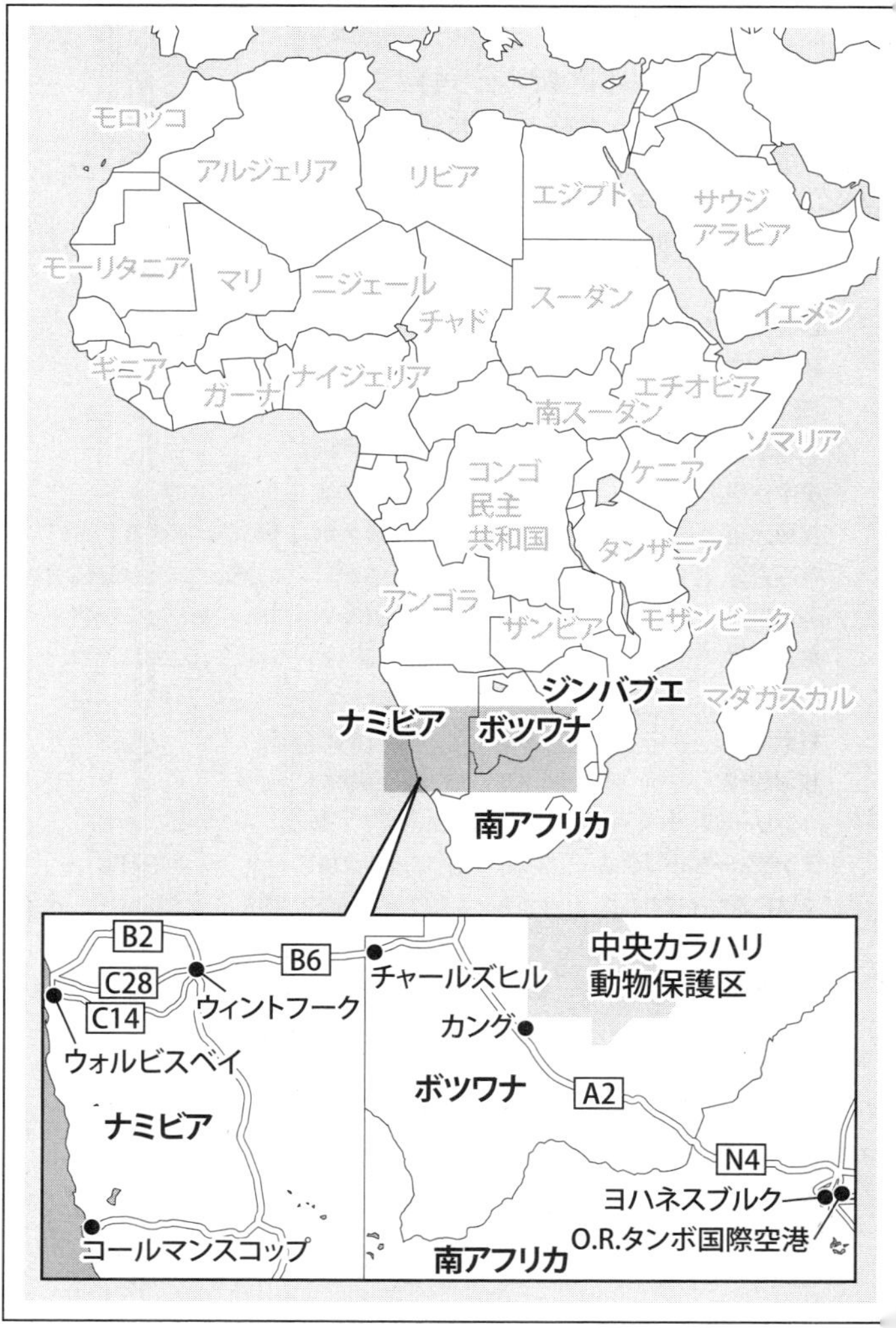

モロッコ
アルジェリア
リビア
エジプト
サウジ
アラビア
モーリタニア
マリ
ニジェール
チャド
スーダン
イエメン
ギニア
ガーナ
ナイジェリア
エチオピア
南スーダン
ソマリア
コンゴ
民主
共和国
ケニア
タンザニア
アンゴラ
ザンビア
モザンビーク
ジンバブエ
マダガスカル
ナミビア
ボツワナ
南アフリカ
B2
B6
C28
C14
チャールズヒル
ウィントフーク
ウォルビスベイ
中央カラハリ
動物保護区
カング
A2
N4
ヨハネスブルク
O.R.タンボ国際空港
コールマンスコップ

各国の傭兵たちを陰でサポートする。
それが「傭兵代理店」である。
日本では防衛省情報本部の特務機関が密かに運営している。
そこに所属する、弱者の代弁者となり、
自分の信じる正義のために動く部隊こそが、“リベンジャーズ”である。

【リベンジャーズ】

藤堂浩志 ……………「復讐者」。元刑事の傭兵。
浅岡辰也 ……………「爆弾グマ」。浩志にサブリーダーを任されている。
加藤豪二 ……………「トレーサー」。追跡を得意とする。
田中俊信 ……………「ヘリボーイ」。乗り物ならば何でも乗りこなす。
宮坂大伍 ……………「針の穴」。針の穴を通すかのような正確な射撃能力を持つ。
寺脇京介 ……………「クレイジーモンキー」。Aランクに昇級した向上心旺盛な傭兵。
瀬川里見 ……………「コマンド1」。元代理店コマンドスタッフ。元空挺団所属。
黒川　章 ……………「コマンド2」。元代理店コマンドスタッフ。元空挺団所属。
中條　修 ……………元傭兵代理店コマンドスタッフ。
村瀬政人 ……………「ハリケーン」。元特別警備隊隊員。
鮫沼雅雄 ……………「サメ雄」。元特別警備隊隊員。
ヘンリー・ワット ……「ピッカリ」。元米陸軍デルタフォース上級士官（中佐）。
アンディー・ロドリゲス…「レイカーズ」。ワットの元部下。ラテン系。爆弾に強い。
マリアノ・ウイリアムス…「ヤンキース」。ワットの元部下。黒人。医療に強い。

森　美香 ……………元内閣情報調査室情報員。藤堂の妻。
池谷悟郎 ……………「ダークホース」。傭兵代理店社長。防衛省出身。
土屋友恵 ……………傭兵代理店の凄腕プログラマー。

……………

トレバー・ウェインライト…レッド・ドラゴン幹部。別名・馬用林。
姜文 …………………ウェインライトの部下。

機上の異変

一

成田国際空港午後十時五十分発クアラルンプール国際空港行きのエアー東ニッポン航空の523便が、南シナ海上空一万メートルを飛んでいた。

藤堂浩志は左翼側のビジネスクラスのプレミアムシートで読書灯を点け、英字新聞を読んでいる。窓際の席には傭兵仲間の瀬川里見、通路を挟んで一つ離れた席で田中俊信が眠っていた。ちなみにこの便のプレミアムシートは、六列で二十二席ある。

クアラルンプール国際空港には、現地時間の午前八時四十分に到着し、二時間後にエアアジア航空でバンコクチェンマイ国際空港に向かう。トランジットでマレーシアのランカウイ島に住む大佐ことマジェール・佐藤と合流する予定だ。

タイ国軍の元陸軍第三特殊部隊隊長で、現在は陸軍准将になったスウブシン・ウィラサクレックの招きにより、特殊部隊の演習の見学に行くことになっていた。浩志率いる傭兵特殊部隊リベンジャーズは、過去に第三特殊部隊と共同作戦をとったことがある。また、浩志も個人的に第三特殊部隊の特別講師を何度か務めたことがあるので、国軍の演習や観閲式に招かれることもしばしばあった。また、浩志をスウブシンに引き合わせたのは、大佐であり、現在もタイの陸軍アドバイザーとして招待されている。

今回、航空券はタイ国軍側で手配してくれたため、ビジネスクラスだった。いつもなら傭兵代理店が予約するために移動はエコノミークラスと決まっているが、たまに贅沢するのもいいものである。

二ヶ月前、国内の原子力施設のホームページをハッキングして攻撃を予告してきたイスラム国（IS）の捜査を日本政府から任されていたリベンジャーズは、フランスから始まりベルギー、イラク、シリア、トルコへと飛んだ。

シリアのラッカでISのハッカーグループを拘束して真実を突き止め、さらに少年兵訓練施設で強制的に訓練を受けていた少年数十名を助け出して任務を終えている。

浩志はラッカから脱出する際に左足の太股を狙撃されて負傷したが、一ヶ月前に松葉杖も使わずに歩けるようになった。現在ではいつでも戦地に行けるほど体調はいい。

スウブシンからは演習中の指導も依頼されているので、前回の任務が終わってからの初仕事になる。浩志にとっても、リハビリも兼ねて体力を回復させるために厳しいトレーニングは積んできたが、武器を使った実戦的な訓練まではできなかったので都合が良かった。

浩志の他に近接戦での指導とヘリコプターを使った攻撃と脱出時の技術指導も要請されており、元陸自の空挺団の猛者である瀬川と、〝ヘリボーイ〟ことヘリコプターの操縦にも長けている田中を同行させている。

「うーむ」

浩志は新聞を折りたたむと、目頭を摘んだ。小さな文字が読みにくくなった。それに目が疲れやすい。老眼鏡こそまだ必要ないが、視力の衰えを感じる。以前は肩こりとは無縁だったが、最近は読書をすると目の疲れからか肩の筋肉が張るようになった。肉体は衰えが来ないように鍛えているが、目の老化は防げないようだ。

「毛布をお持ちしますか？　それともお飲み物でも、お持ちしましょうか？」

見上げるとビジネスクラス担当のＣＡの笑顔があった。黒髪が似合う、大きな目をした美人である。

日本時間で午前二時四十分、離陸してから四時間近く経っている。おそらく台湾の近海を飛行しているはずだ。ビジネスクラスの他の乗客は毛布を被って寝ている。浩志は眠れなくて困っているとみられたようだ。

周囲に大勢人がいる場所では、暗殺者が紛れ込んでいる可能性もあるので眠ることはない。長年傭兵として働いてきたために身についたつまらない習慣である。

「コーヒーをもらおう」

浩志は短い溜息を漏らした。眠るつもりはない。毛布は腰を痛めないように丸めて腰に当ててある。ジーパンにカーキ色のミリタリーセーターを着ているので、寒くも暑くもない。いたって快適だ。

「かしこまりました」

一瞬驚いたもののCAは笑顔に戻った。こんな場合、アルコール類を頼むのが普通だろう。だが、眠らない客もたまにはいるものだ。彼女たちも慣れているのだろう。

三、四時間で瀬川を起こして、浩志は眠るつもりだった。瀬川や田中が安心して眠っているのは浩志が見張りを兼ねて起きているからで、気が向いたら代わってもらうと瀬川には言ってある。

だが、浩志には気になることがあり、睡魔が訪れる気配はなかった。

昨年の十一月十五日、浩志の父浩一が出雲市の日御碕で死亡した。警察の捜査でも、自殺か事故かは分かっていないが、溺死である。だが、彼の死に関わっていたと思われる人物を、恋人である森美香が逮捕した。浩志らリベンジャーズのメンバーが、ヨーロッパで任務をこなしている最中の出来事である。

男は朝鮮語を話すことから北朝鮮の工作員と思われたが、公安調査庁の厳しい取り調べに対して目的地や所属に関しては頑なに黙秘を貫き通した。もっとも厳しいと言っても、せいぜい休むことなく尋問することで睡眠時間を奪い、極度のストレスを与える程度である。男は拷問にも耐えられる訓練を受けているらしく、めげることなく耐え抜いた。

二ヶ月近い尋問で先に音をあげたのは、公安調査庁の職員である。そのため、公安調査庁は尋問を諦めて米国のＣＩＡに送致することに変更した。ＣＩＡでは自白させるのに薬を使い、場合によっては肉体的な拷問を行うためである。

だが、それを予知した男は三日前に拘置所で自らの舌を噛み切って自殺した。その知らせをもらったのは昨日で、スウブシンからの招待状と航空券を傭兵代理店から受け取った直後であった。

父親の死は運命だと諦めているので、死の真相が分からないままでも仕方がないと思っている。だが、気になるのは父の死と関わった工作員が、原発のテロ計画に関係する可能性があったことで、男が自ら命を絶ち、真実が闇に葬られたことだ。報告は他でもない美香から受けており、彼女も無念そうな表情を浮かべていた。

「お待たせしました」

「ん？」

顔を上げると、ＣＡの怯えた顔があった。眉間に皺を寄せて、しかめっ面をしていたようだ。

「ありがとう」

表情を緩めた浩志は、コーヒーカップを受け取った。

二

午前三時五十分、コーヒーを飲み終えた浩志は読書灯を消した。

眠るつもりはないが、目を休めたかったからだ。

隣りで眠る瀬川はシートをフラットにし、足を折り曲げて眠っている。この便はエアジェット社製A350の機体で、ビジネスクラスはフルフラットベッドになるプレミアムシートのため、常人ならくつろげるが、鍛え上げられた体には少々窮屈のようだ。もっともジャングルや砂漠で野営することを思えば、天国に違いない。

「眠られますか？　今度は私が起きています」

囁くような声で瀬川が尋ねてきた。暗くしたことで、逆に目を覚ましたようだ。

彼は空挺団では三等陸佐、諸外国の軍でいえば少佐だった。将来を嘱望されていたが、とある特殊な任務で隊を離れて活動するうちに浩志と出会い、その人間性に惚れて退役してリベンジャーズに入っている。

「眠れそうもない。それに、さっきコーヒーも飲んだ」

目頭を押さえながら浩志は答えた。別に瀬川や田中に気を使って起きているわけではない。習慣の問題なのだ。

「まだ四時前ですか。私は充分睡眠をとりましたので、目を閉じるだけでも構いませんから、横になってください。同じ姿勢ではエコノミー症候群になります。リラックスも必要ですよ」

瀬川はフラットになっていた座席を戻しながら言った。

「確かにな」

頷いた浩志は席を立ち、ビジネスクラスとエコノミークラスを仕切っているカーテンを抜け、あえてビジネスクラスではなく十二歳以下の子供が使用できないクワイエットゾーンの向こうにあるエコノミークラスのトイレに向かった。

飛行機に限らず、長時間の移動でシートに座りっぱなしでは、筋肉を硬くするだけでなく血流も悪くなってしまう。そうかと言って気ままに機内を歩き回ることはできないが、トイレにかこつけて通路を往復するだけでもエコノミー症候群の予防になるのだ。

通路を歩きながら首を捻ると、ゴリゴリと筋肉が音を立てた。目の疲れが、相当影響しているらしい。左手で右肩を押さえながら回し、さりげなく乗客の様子を窺った。大勢の中から不審者を探そうとする刑事時代からの癖である。

機内は安定したエンジン音が聞こえるだけだ。最近の航空機は、その音すらエアコン程度で、歯ぎしりやイビキの方がよほど騒音である。読書灯を点けている者も見当たらない。エコノミークラスの乗客もほとんど眠っているようだ。

用を足して通路をまた戻る。束の間の散歩であった。

「うん？」

ふと気配を感じて振り返ると、クワイエットゾーンの後方に座っている男がシートの片方に身を寄せた。寝返りを打ったようだ。いつものことだが、密閉した空間に他人が大勢いる状況は慣れるものではない。長年傭兵を生業にしていると、紛争地以外でも攻撃されないかとつい警戒してしまう。ただの臆病者と言われても仕方がない。

「……」

苦笑を浮かべた浩志は、席に戻った。

「何か、楽しいことでもありましたか？」

浩志の苦笑を勘違いした瀬川が尋ねてきた。滅多に笑い顔など人に見せないので、珍しいのだろう。

「なんでもない。一時間したら、起こしてくれ」

鼻で笑った浩志は、腰を下ろすとシートを倒し、くつろいだ姿勢になった。傭兵という危険な仕事を続けてこられたのは警戒心が強いためだが、それが臆病のせいだと思うと馬鹿馬鹿しくなることもある。

紛争地では生き抜くことだけ考えているが、安全な場所にいる時ほど色々考えてしまう。戦地での悲惨(ひさん)な経験が精神的なプレッシャーとなるコンバットストレスは、兵士にとっては大きな問題だ。帰還兵に自殺者が多いのはそのためである。

だが、浩志のように長年傭兵を続けられる者は、逆の悩みがあった。コンバットストレスも感じないような平和な場所では、かえって落ち着かずに知らないうちに危険を求めてしまうのだ。おそらくコンバットストレスが、麻薬のように必要な精神構造になっているのだろう。それを治すには、麻薬を断(た)つように自分で努(つと)めて平和が一番と願うしかないのかもしれない。瀬川の言う通り、リラックスも必要だ。いつも緊張の糸を張り詰めていては、疲れるだけである。

「一時間でいいのですか？」

瀬川が嬉(うれ)しそうに尋ねてきた。浩志が体を休める気持ちになったことを素直に喜んでいるのだろう。戦地では悪鬼のごとく働くが、気のいい男なのだ。もっとも、リベンジャーズのメンバーは、人間的には皆優しいのかもしれない。だからこそ、私利私欲なく任務をこなせるのだろう。

「たぶん閲兵式で眠るからな」

「了解しました」

リベンジャーズを結成して九年目になる。メンバーは倍近くに増えたが、結成時のメンバーがほとんど残っており、当初傭兵代理店の査定でCランクだった〝クレイジーモンキー〟こと寺脇京介もAランクに上がっている。

浩志と米陸軍特殊部隊出身のヘンリー・ワットは3Aと飛び抜けているが、その他のメンバーも京介を除いて全員2Aと業界ではトップクラスで、誰がチームの指揮をとっても問題ないレベルである。瀬川が見張りを兼ねて起きているのなら安心だ。そう思うと、途端に欠伸が出た。

浩志は毛布をかけると、完全にシートを倒して横になった。なるほど、フルフラットにするのは航空会社の宣伝通り、気持ちがいい。

「……？」

うとうとしかけた浩志は、ふと目を覚ました。

脇の通路をCAが通り過ぎ、すぐ後ろに男が付いていく感じで歩いて行ったのだ。無意識下でも二人の気配を察知していたらしい。

男はCAに続いて、前方に消えた。身長は一八四、五センチはありそうな大男である。

浩志はシートを起こして身を乗り出してみたが、前方のギャレー（調理場）にも、CA専用シートにも二人の姿はない。コックピットに入って行ったようだ。男はパーサーだったのかもしれないが、よく見ていなかった。だが、パーサーだったとしてもCAと一緒にコックピットに入るのは、おかしい。機内で異変があった可能性も考えられる。

「やはり、気になりましたか」

背後から瀬川が、囁き掛けてきた。

「パーサーだったか？」

男のパーサーでも制服を着ているはずだ。

「パーサーの制服を着ていましたが、無精髭を生やしていた気がします」

ビジネスクラス担当のＣＡの顔は分かるが、パーサーの顔までは分からない。おしゃれで無精髭を生やしている場合もあるが、なぜか引っかかりを覚える。

「……」

首を捻った浩志は席を立った。

三

午前四時二十分、一旦席を立った浩志だが、思い直して席に戻った。

機内に異変を感じたものの、すぐに行動することでかえって事態に対処できない場合がある。直感に基づいているだけに、まずは情報収集が必要だ。

浩志はシート脇のＣＡのコールボタンを押してみた。この航空会社では、Ａ３５０機にビジネスクラスで二十二席、エコノミークラスで二百七十二席のシートを設置している。

とすればCAは、五、六人いるはずだ。何度もボタンを押したが、先ほどコックピットに入ったCAとパーサーと思われる男も出てくる様子はない。

「来ませんね」

瀬川が小声で言った。

通路を挟んで隣席の田中も顔を覗かせている。

「用意しろ」

浩志は足元に置いているバックパックからブルートゥースイヤホンを出して耳に押し込み、小型の無線機のスイッチをオンにするとポケットに仕舞った。続いて瀬川と田中もブルートゥースイヤホンと小型の無線機を用意した。

海外で活動する際、リベンジャーズのメンバーは、傭兵代理店が作成した二つの偽造パスポートとブルートゥースイヤホン、それに対応する小型の無線機とスマートフォンを最低限携帯することになっている。

武器は基本的に現地調達であるが、セキュリティに引っかからない小型のセラミックナイフは、各自財布に入れたり、アクセサリーとして首からぶら下げたりしている。浩志はその他にもクボタンと呼ばれる硬質プラスチックでできた棒状の小型の武器を常時携帯していた。だが、米国ではたとえプラスチック製でもクボタンは武器として認識し没収する空港があるため、注意が必要である。

　浩志はハンドシグナルで田中に自席でコックピットを見張るように指示すると、瀬川には右翼側の通路を通ってエコノミークラスに向かうように指示をし、自分はカーテンを開けて左翼側の通路を歩いた。

　クワイエットゾーンを抜け、エコノミークラスのギャレーを覗いてみたが、ＣＡの姿はなかった。三十分ほど前に浩志が入ったトイレも使われていない。

　東南アジアに就航しているエアー東ニッポンの航空機は、ビジネスクラス、クワイエットゾーン、左右翼に近いエコノミークラスと、尾翼に近いエコノミークラスの四つのエリアに分かれており、夜間の飛行時にはビジネスクラスとクワイエットゾーンはカーテンで仕切られていた。

　クワイエットゾーンから主翼に近いエコノミークラスのギャレーやトイレも覗いたが、ＣＡはいない。しかも浩志らは、主翼に近いエコノミークラスの最後尾にあるトイレの前に立っており、その位置からは最後尾の席まで見渡せるが、乗客の姿しかないのだ。

「いったい、ＣＡはどこに消えたんですかね」

　瀬川は囁くように無線で呟(つぶや)いた。

「この機には最後尾にクルーレストがあるはずだ」

　クルーレストは文字どおり、乗務員が仮眠をとったり、休憩(きゅうけい)したりする場所であるが、国内線などの短距離の空路に就航する航空機は、荷物置き場になっている場合もある。

浩志と瀬川は、すべてのトイレとギャレーもチェックしながら後部エコノミークラスも抜けて、最後尾にあるカーテンで仕切られた通路に立った。ほとんどの乗客は眠っているため、前方からやってきた二人を怪しむ者はいない。

浩志は瀬川に援護(えんご)するように合図をすると、クボタンをポケットから抜いて隠すように右の掌(てのひら)に握りしめ、カーテンをゆっくりと開けた。

クルーレストは通路を挟んでカプセルホテルのような腰高のベッドが左右にあり、ベッドの下は荷物置き場になっていた。左右のベッドは蛇腹(じゃばら)のカーテンで閉じられている。クボタンを構えた浩志は、右側のカーテンを素早く開けると、体を捻って反対側もすぐさま開けた。

左右のベッドには四人のＣＡがガムテープで猿轡(さるぐつわ)をされ、体もガムテープで縛(しば)られて寝かされていた。この機は密(ひそ)かに乗っ取られたようだ。

浩志を見た四人は一斉に顔を引き攣(つ)らせた。ハイジャック犯と思っているらしい。

口元に人差し指を当てた浩志は、頷いたＣＡの猿轡となっているガムテープをゆっくりと剝(は)がした。浩志にコーヒーを持ってきたビジネスクラス担当のＣＡで、胸のネームプレートには佐々木(ささき)と記されている。

「手短に答えてくれ。犯人は何人だ？」

「私が見たのは、一人です」

佐々木は、落ち着いた様子で答えた。訓練されていることもあるが、浩志が犯人でないことが分かりホッとしたようだ。彼女があえて「私が見た」と断りを入れたのは、客観的に報告したかったからだろう。だが、四人のＣＡを拘束するのに犯人が一人とは考え難い。

「パーサーは、無精髭の大男か？」

首を捻った浩志は、別の質問をした。

「パーサーの鈴木健吾は、髭は常に剃っています。銀縁眼鏡をかけて身長は一八三センチです。体格は似ていますが、私が見た犯人は、アラブ系で無精髭を生やしていました」

佐々木は首を横に振りながら答えた。やはり、先ほどＣＡと一緒にコックピットに入った男は、犯人だったらしい。

「うん？」

ベッド下の荷物置き場に、毛布に包まれた荷物があることに気が付いた。不審に思った浩志が毛布を引き剝がすように捲ると、銀縁眼鏡をかけた男がぐったりとしている。首筋に指を当ててみたが、脈はない。口元が赤くなっているので、声を出さないように口を押さえられ、呼吸困難になって死亡したのだろう。

浩志は残りの三人のＣＡの猿轡をとって、犯人の特徴を尋ねた。すると、無精髭の大男の他に、若い一七二、三センチの男と少し太り気味の一八〇センチほどの男という証言も出てきた。

「ふーむ」

頭を掻いた浩志は、唸った。少なくともハイジャック犯は三人いるようだ。

四

午前四時三十二分、浩志はクルーレストで四人のＣＡに巻きつけられていたガムテープを剝がして、解放した。浩志と瀬川が席を立ってから十分以上経っている。目の前のベッドには、不安げな表情で腰掛けている四人のＣＡが浩志を窺っていた。

浩志はガムテープを剝がしながら、彼女らから犯人に脅されて縛り付けられた経緯を聞き出している。ビジネスクラス担当の二人のＣＡを除いた三人は、コールボタンでエコノミークラスの犯人に呼び出されてコーヒーの注文を受け、ギャレーに行ったところで襲われたらしい。

犯人はコーヒーを用意するために戻る彼女らの後に尾いて行ったようだ。単純な手口だが、ＣＡを他の乗客の死角となるギャレーに確実に誘い込むことができる。無駄のない行動であり、犯行は短時間で行われたのだろう。

また、ビジネスクラス担当の二人のＣＡは、先に捕まった仲間から機内通話装置を使って一人ずつクルーレストに呼び出されて拘束されてしまったようだ。時刻は午前三時四十分ごろというから、浩志がコーヒーを席まで持ってきてもらった直後だったらしい。

四人のCAが縛り付けられると、コーヒーのサービスをしてくれたCAとは別のビジネスクラス担当で、CAのリーダーを務める田代という女がクルーレストから姿を消した。パーサーの制服に着替えた犯人が連れ出したらしい。彼女を使ってコックピットに侵入したようだ。

殺されたパーサーは鈴木という名前らしいが、CAが捕まえられる前に殺されて毛布に包まれ、クルーレストの荷物置き場に押し込められたに違いない。

九・一一米国同時多発テロ以降、航空機のセキュリティが強化され、のぞき窓が付けられたコックピットのドアはより強固になり、内部からロックが掛けられるようになった。ただし、パスワードを知っている者は解錠でき、テロリストにパスワードが知られた場合も考慮し、コックピットでパスワードは変更できる。

だが、逆に機長が締め出されてパスワードが変えられたら悲劇となる。二〇一五年フランス南東部のアルプス山中に墜落したドイツのジャーマンウィングス機がそうであった。副操縦士は意図的に墜落させて、自殺を図ったという。米国ではこのような事態を想定し、コックピットに一人になることは禁じられているが、ドイツの航空法では定められていなかったのだ。

現段階で問題は二つある。犯人の一人がコックピットに侵入したことは最大の問題ではあるが、もう一つは残りの二人がエコノミークラスの自席にいることである。犯人はビジネスクラスからやってきた浩志と瀬川が彼らの側（そば）を通ったことを認識し、クルーレストの前で瀬川が見張りに立ち、浩志が中に入ったことも分かっているはずだ。

二人の犯人は、浩志らがこれからどういう行動をとるのか見極めているに違いない。一般人ならパニック状態に陥（おちい）るか、犯人に監視されていることを認識して絶望するかのどちらかである。どのみち具体的に行動などできはしない。だが、彼らにとって残念なことに、浩志たちは一般人ではなかった。

三人の犯人の座席番号は、解放したＣＡから聞き出し、浩志は把握（はあく）している。二人の犯人は左翼近くのエコノミークラスに並んで座っており、パーサーに扮装（ふんそう）した男はクルーレストに近い後部の座席にいたらしい。おそらく髭面の大男が主犯格なのだろう。三人とも乗客名簿からマレーシア人だと分かっていた。もっとも、パスポートが本物ならばの話だが。

もう一つの問題として、犯人の目的がまだ分かっていないことである。到着予定地であるクアラルンプール空港、あるいは他の空港に強制着陸させて犯人が要求を出すのなら、それまで下手（へた）な行動をとらないほうがいい。

ＣＡによれば、刃渡り十五センチほどのサバイバルナイフを持っていたらしい。犯人は手荷物の検査を受けていない可能性がある。セキュリティをどうやってかいくぐったのか分からないが、従業員用の通路から潜入し、搭乗したのかもしれない。

犯人が使った武器は今のところナイフだけのようだが、銃や爆発物を持っている可能性もある。万が一、銃撃されて死傷者が出たり、最悪弾丸が命中して窓ガラスが破損したりしたら、飛行に影響を及ぼすことになりかねない。犯人が何かしらの暴挙に出ない限り、着陸した状態で対処するのが一番安全なのだ。

だが、彼らが空港に着陸してから要求を出すとは限らない。飛行中に無線で要求を出し、回答が得られない場合は、自爆することも考えられる。空港に着陸すれば、特殊部隊によって奪回される可能性があるからだ。乗客に感知されないように行動している犯人の行動が、不気味である。

——ヘリボーイです。状況は変わりません。見張りを代わってもらえませんか？　今思い出したんですが、この機体はＡ３５０でも最新のＸＷＤ型で、技術者が管理する高度なコントロールセンターがあります。それを使ってコックピットの内部を見ることができるはずです。

自席でコックピットを見張らせている田中から無線連絡が入った。

航空機はテスト飛行をする際、コックピットとは別に機体の状況を解析する装置やモニターを機内に設置することがある。それと同じようなシステムがあると、田中は言っているのだ。さすがにオペレーションマニアだけあって、最新の航空機の事情にも通じているらしい。

「場所はどこだ?」

――通常は専門の整備士がコックピットに入る必要がないように貨物室にあると聞いています。緊急時に荷物室に通じるハッチが、機内のどこかにあるはずです。おそらくギャレーか、クルーレストの床下でしょう。

中の状況が分からない状態で、コックピットに突入することはできない。まして、中からドアロックのパスワードを変えられていたら、外部からの侵入は絶対不可能である。テロ対策のため、強化されたドアだけ爆破したり斧(おの)で破壊したりというのは、映画の世界ではあったとしても、現実にはありえない。だが、コントロールセンターで状況が摑(つか)めれば、突入もあり得る。

「分かった。ハッチを調べながら、クルーレストまで来てくれ。それから犯人は、左翼近くのエコノミークラスの席に座っているはずだ。右翼側の通路を使ってなるべく犯人を刺激するな」

――了解しました。

通信を終えた浩志は、ブルートゥースイヤホンの通話ボタンのスイッチを切った。

「……?」

四人のＣＡが、浩志を凝視していた。独り言を言っているると思っているのかもしれない。

「小型の通信装置だ。機内の仲間と連絡を取っている」

浩志は彼女たちを安心させるため、耳に仕込んであったブルートゥースイヤホンを出して見せた。

「あなたは、警乗警察官ですか？」

両眼を見開いた佐々木が尋ねてきた。正式には航空機警乗警察官で、成田空港を管轄する千葉県警、羽田空港を管轄する警視庁、それに関西国際空港を管轄する大阪府警では、海外便に限って私服警官を乗客に紛れ込ませて機内テロに備えている。これは欧米ではスタンダードになっている武装した警備員や法執行官を旅客機に乗り込ませる〝スカイマーシャル〟という制度に倣ったもので、日本でも九・一一米国同時多発テロを受けて、拳銃を携帯した警察官が乗り込むようになった。ただし、すべての便に搭乗させることは不可能であり、セキュリティ上の問題もあるため、詳細な人員や装備は公表されていない。

だが三万フィートの与圧された機内では、通常の弾丸では機体に穴を開けて気圧が失われ、墜落の危険性もあり得る。そのため、〝スカイマーシャル〟は、〝フランジブル弾〟と呼ばれる人体以外の硬いものに命中すると砕けてしまう特殊な弾丸を使用し、二次的な事故を防いでいる。

「俺たちは、たまたま乗り合わせた傭兵だ。それにこの便には、警乗警察官は乗っていないだろう」

浩志らが察知したように、警乗警察官なら異変に気が付いてクルーレストを確認するはずだ。もし、他の乗客と同じように眠っているのなら、いないのと同じである。

「テロを阻止したい。手伝って欲しい」

浩志の言葉に四人のCAが頷いた。

五

クアラルンプール行きエアー東ニッポン機は、何事もなかったかのように南シナ海上空を飛んでいた。

田中によれば、A350でも他の航空会社が採用しているXWBよりも新しいXWDという機体らしい。導入にあたってエアー東ニッポン社からの要請で、コントロールセンターと呼ばれる貨物室に機体の状況を解析する機器を特別に設置したようだ。

これによって、機体の異常や故障を早期に発見することができるため、整備に要する時間も短縮できるらしい。また、コックピット内の映像や計器類も表示でき、機内通信システムを使って直接機長や副操縦士とも会話できるようだ。

浩志は解放したCAから、コントロールセンターがある貨物室に通じるハッチが、最後尾にあるギャレーの床にあることを聞き出した。彼女たちも実際に使ったことがなく、開け方も知らなかったらしい。だが、田中は機内に装備されている工具を使って簡単に開けてしまった。常人では決してできるものではなく、傍(そば)で見ていた浩志も苦笑したほどである。

「真下にコントロールセンターがあります」

ハッチを開けてハンドライトを照らしながら覗いている田中の声が聞きづらい。声を潜(ひそ)めているせいもあるが、ハッチを開けた途端、貨物室から漏れてくるエンジン音が混じるためだ。

田中に代わって浩志が覗き込むと、垂直の梯子(はしご)があった。内部は薄暗く二メートルほど下に九十センチ四方のスペースがあり、その二面にびっしりとモニターやボタンが並んでいる。貨物室とは、窓があるアルミ製のドアで仕切られており、その向こうは荷物が堆(うずたか)く積み上げられている。

「ドアの向こうはバルク室で、その向こうに後方貨物室のハッチがあります」

コントロールセンターのドアを見ていると、田中が説明した。

バルク室とは、バラ積みの荷物を収めるスペースである。バルク室のハッチから技術者や整備士は出入りし、コントロールセンターで機体のチェックをするようだ。

コントロールセンターという名前からもっと広いスペースを想像していたが、意外に狭い。貨物の積載量は旅客機にとって重要な問題であるために、限られたスペースになったのだろう。

「とりあえずコックピットの内部を確認したい」

浩志は田中に指示を出した。

「了解」

田中は身軽に梯子を下りて行くと、自宅の玄関の照明を点けるように迷うことなくライトのスイッチを押して点灯させ、計器類を調べ始めた。

彼ほど優秀な技術者はいない。ヘリコプターからジェット戦闘機まで操縦できる。それだけでなく、戦車や軍艦など航空機以外でも動力で動くものはほとんど操縦でき、同時に修理することも可能だ。暇（ひま）さえあれば、何かの操作マニュアルを読んでいる。

「こっ、これは……」

絶句した田中が、上を見上げてきた。

浩志は急いで梯子を下りて、田中の前にあるモニターを見た。

「まずいな」

モニターにはコックピットの後部からの映像が映っている。左の機長と思われる人物は操縦席からだらりと腕を垂らし、首を傾げた状態で座っていた。生死は分からないが、操縦していないことは明白である。

しかもパーサーの制服を着た犯人と思われる男が、副操縦士の首にナイフを突き立てている。おそらく何らかの要求をしているのだろう。ＣＡの姿は見えない。床に倒れているのか、カメラの死角に入っているようだ。

機長は杉本信雄（すぎもとのぶお）、副操縦士は宮崎明宏（みやざきあきひろ）だと、ＣＡの佐々木から聞いている。

——前方から男が二名、やってきます。対処していいですか？

ギャレーの外で見張りに立っている瀬川からの無線連絡だ。

「ナイフに気を付けろ」

浩志は急いで梯子を上り、ギャレーに立った。

男たちは、左右の通路からやってくる。後部で動き回る浩志らを見過ごせなくなったに違いない。突然浩志が現れたためにぎょっとした表情になった。見張りに立っている瀬川を挟み撃ちにしようとしたのだろう。男は眉間に皺を寄せると、懐（ふところ）からナイフを出して襲ってきた。

「殺すなよ」

浩志は背後の瀬川に命じ、右側の通路から襲ってきた男のナイフを持った右腕を摑んで捻りあげ、体勢を崩したところで、男の首筋に手刀を叩き込んで気絶させた。決して男が弱いわけではない。それなりに訓練を積んでいるような攻撃であったが、浩志の敵でないというだけである。

振り返ると瀬川が、別の男の鳩尾に強烈な膝蹴りを入れたところだった。サバイバルナイフが床に落ちている。やはり素手ではなかったらしい。男は両足が浮くほど蹴り上げられたために白眼を剝いて崩れ落ちた。

浩志はナイフを拾い上げ、倒した男を担ぎ上げた。浩志が倒した男は背は低いが少し太めで九十キロ近くありそうだ。さすがに腰に響きそうである。瀬川も浩志に従って百キロ近い男を軽々と肩に載せた。浩志らはそのままクルーレストに男たちを運び、通路に転がすとガムテープで手足を縛った。手加減はしたが、男たちはまったく目を醒ます様子はない。

「この男たちが、犯人か？」

浩志が尋ねると、クルーレストに隠れていた四人のＣＡが頭を小刻みに上下に振った。いずれも恐怖と安堵が入り混じった複雑な表情をしている。

「これから、コックピットに突入する予定だ。各自持ち場に戻って乗客がパニックにならないようにしてくれ」

「はい」

四人は互いに顔を見合わせて頷くと表情を引き締め、クルーレストを出て行った。乗客の命を守るという使命感を思い出したに違いない。ビジネスクラス担当の佐々木からは、コックピットのドアロックを解除するパスワードを聞き出している。彼女はＣＡのサブリーダーのため知っていたのだ。

浩志は自分が倒した少し太めの男の腹を蹴った。クルーレストにいるのは浩志と二人の犯人だけで、瀬川は外で見張りをし、田中はコントロールセンターでコックピットの監視を続けている。

「ぐっ！」

呻（うめ）き声を上げた男は、体をくの字に曲げて目を開けた。気絶した人間を起こすには、これが一番手っ取り早い。

「お前たちの目的は何だ？」

英語とアラビア語で尋ねた。三人の男たちは、乗客名簿ではマレーシア人となっていたが、アラブ系の濃い顔をしているのだ。

「アラビア語が話せるのか？」

両眼を見開いた男は、アラビア語で尋ねてきた。

「コックピットに入った男は、何を企（たくら）んでいる？」

浩志は質問を無視してアラビア語で凄（すご）んだ。

「我々は、南シナ海上空で殉教者（じゅんきょうしゃ）になるのだ」

男は薄笑（うすわら）いを浮かべた。男のアラビア語は、フスハー（標準アラビア語）とは違うイラク訛りがある。

「何者だ?」

浩志は男の顎の下に奪ったサバイバルナイフを押し付けた。

「我々は、イスラム国(ＩＳ)の兵士だ」

男はふてくされたような笑みを浮かべて答えた。ナイフは所詮脅しだと思っているのだろう。

「要求は?」

浩志はサバイバルナイフに力を入れ、男の顎にナイフの切っ先を突き刺した。一筋の血が顎から流れる。

「おっ、おまえは、〝スカイマーシャル〟じゃないのか」

深く刺さらないように必死に顎を上げる男は、狼狽えはじめた。殉教者になると言っても頭の中だけで、実際に体に痛みを覚えればメッキは剝がれる。この男に死の覚悟などないのだ。

「俺たちは、リベンジャーズだ」

浩志はわざと口元を歪めて笑い、凶悪な顔をして見せた。

「リ、リベンジャーズ!」

男の声が裏返った。リベンジャーズは、これまで何度もＩＳと戦っている。彼らからは、悪魔の集団と呼ばれている、という噂も聞いたことがある。ISにとって悪名が轟いているようだ。

「声を上げるな！　首を切り落としてやろうか」

浩志は顎の下に刺さっていたサバイバルナイフを乱暴に引き抜くと、男の髪の毛を摑んでナイフを男の後頭部に押し当てて引いた。首に赤い筋がつき、血が滲んだ。

「たっ、頼むから、殺さないでくれ」

男は涙を流しながら、激しく首を左右に振った。

六

浩志が尋問した男は、ハリード・カフタニという名のイラク人で、フセイン時代のバース党の兵士だったらしい。

ハリードは、聞きもしないのにペラペラとテロ計画や仲間のことを話した。多少乱暴な手は使ったが、浩志の恫喝に屈した信念のない男である。

首謀者は浩志が睨んだ通り、パーサーに扮してコックピットに侵入したナウワーフ・アービドという男で、残る一人のナシル・アッドサリーという男も元バース党の兵士だったようだ。

彼らはトルコから偽造パスポートで来日し、翌日に成田空港で見知らぬ男から航空券を渡されて一般乗客と同じように航空保安検査と出国審査を受けたらしい。搭乗ゲートで航空券を渡してきた男と再び会い、サバイバルナイフが入った紙袋を受け取ったという。この時、ナウワーフだけバッグを受け取っているので、彼はナイフだけでなく爆弾や銃を所持している可能性が高い。

見知らぬ男は日本人にも見える東洋系の顔をしており、癖のない英語を話し、名前は名乗らず〝バベル〟というコードネームを使っていたそうだ。その男は、飛行機には乗らなかったらしい。

ナウワーフらはシリアやイラクではなく、トルコで活動するＩＳの諜報員のような活動を三人のチームでしていたそうだ。今回の使命はリーダーであるナウワーフがＩＳの本部から受け取って、チームとして来日したという。

日本政府への要求はナウワーフが知っているが、後の二人は知らされていない。ハリードとナシルは、クアラルンプール国際空港に着陸した後で、コックピットに侵入したナウワーフが人質を取って要求を出すと聞いていたらしく、二人は他の乗客に混じって脱出できると思っていたようだ。浩志らがＣＡを捜しにクルーレストまで来た時も、彼らがすぐに行動を起こさなかったのは、なるべく乗客の振りをしていたかったからに違いない。

ナウワーフという男はバース党時代から過激な男で、ハリードとナシルはそれに従っていたに過ぎず、彼が捕まったら関係ないと言い張るつもりだったようだ。

尋問を終えた浩志は、後部ギャレーの床下にあるコントロールセンターに下りた。田中がコックピットの様子を監視しながら、機体状況のチェックも続けている。

「今のところ、航空路は外れていません。ただ、速度を四百ノット（時速約七百四十キロ）まで落としています。巡航速度がマッハ〇・八五、約五百六十ノット（時速約千四十キロ）と言われていますので、現在操縦している副操縦士が、突発的な事故に備えて意図的に速度を落としたのでしょう」

田中は険しい表情で報告した。

「まだ、副操縦士は操縦できる状態なのか？」

コックピットの監視カメラの映像を見た浩志は、首を捻った。うたた寝でもしているかのように首を左右に揺らしているのだ。極度に疲労しているはずだが、居眠りするとは思えない。

「分かりません。犯人は興奮しているらしく、何度も副操縦士の首や肩にナイフを突きつけています。実際に刺したのかもしれませんね」

田中は溜息を吐きながら首を横に振った。コックピットの照明が暗く、監視カメラの位置も背後の天井近くであるため、死角となっている場所を負傷している可能性もある。

「副操縦士と話してみよう」

浩志は壁に掛けてあるヘッドセットを耳に当て、口元にマイクを寄せた。

「どうぞ」

田中が機内通信の通話スイッチを入れた。

「宮崎副操縦士、聞こえるか？ 返事はしなくていい。聞こえたら、咳払（せきばら）いをしろ」

名前を呼んだ途端、ぐらついていた首がピクリと動き、宮崎は姿勢を直した。

「宮崎副操縦士、よく聞け。我々は偶然この機に乗り合わせた特殊部隊だ。聞こえたら、咳払いをしろ」

——う、うん。

宮崎が咳払いで答えた。

「それでいい。イエスは、咳払いが一回。ノーは、咳払いが二回だ。負傷しているのか？」

——ううん。

やはり、宮崎は負傷しているようだ。クアラルンプール国際空港まで、行くことは難しいかもしれない。

「突入し、救助する。ドアロックのパスワードは、変更したか？ すぐに答えるな。怪しまれる」

続けて咳払いをすれば、ナウワーフに気付かれてしまう。

——ううん、ううん。

二分ほど時間をおいて、宮崎は答えた。パスワードは変更されていないようだ。

「二名で突入する。オートパイロットにしておくんだ」

コックピットは狭い。二名が限界だろう。

——ううん。

宮崎は大きな咳払いをした。救出と聞いて、思わず力が入ったのだろう。

浩志は田中を残して、コントロールセンターを出て、瀬川とともに機内を移動した。田中は引き続きモニターでコックピットの監視をし、逐次無線で浩志に連絡することになっている。

ビジネスクラスも抜けて最前列にあるギャレーの前に立った。手にしている武器はクボタンと、犯人から奪ったサバイバルナイフだけだ。浩志はあえてサバイバルナイフはベルトに差し込んで、クボタンを手に隠し持った。狭いコックピットでナイフを使えば、誤って宮崎副操縦士やＣＡの田代を傷つけかねないからだ。

「何か、お手伝いできますか？」

ＣＡの佐々木が緊張した表情で尋ねてきた。

「パスワードを入れて解錠してくれ」

パスワードを入力するセキュリティボックスは、コックピットのドアから一メートルほど離れている。ドアのすぐ近くにあると、コックピットの覗き穴から見難いからだろう。

「〝リベンジャー〟だ。カゴの中は？」

浩志は田中に無線連絡をした。カゴとはもちろんコックピットのことである。

――ターゲットは、ドアに背を向けています。

世界屈指の傭兵特殊部隊のメンバーが三人も搭乗しているとは、犯人は夢にも思っていないだろう。パーサーを殺害し、ＣＡはすべて拘束してあるので油断しているに違いない。

浩志はドアのすぐ前に、瀬川はその後ろに立った。

「援護の必要はない」

浩志は振り返って、瀬川に言った。敵は一人である。一対一なら、狭いコックピットに二人も必要ない。

「それでは、私に行かせてください」

「コックピットは狭い。おまえは、自分のサイズを分かっていないようだな」

「そっ、それではドア付近にいます」

浩志が苦笑すると、瀬川は渋々頷いた。

――待ってください。ターゲットが銃を抜きました！

田中の高い声がブルートゥースイヤホンに響いた。

「何！」

彼らの武器は、やはりサバイバルナイフだけではなかったのだ。浩志はパスワードを入力しようとした佐々木に待つように右手を上げた。

パン、パン！

コックピットから銃声。

「パスワード！」

浩志は叫んだ。

佐々木が必死にセキュリティボックスを操作する。

ロックが外れる音と同時に、浩志はドアを開けて突入した。

パン！

振り返ったナウワーフが、いきなり発砲してきた。

一瞬身を屈めた浩志は、男の銃を持った右腕を左手で掴むと同時にクボタンの先端が男の首筋にめり込むほど叩きつけた。手加減ができなかった。ナウワーフは二度と目が醒めることはないかもしれない。

「ちっ」

崩れるナウワーフを離した浩志は、鋭い舌打ちをした。

副操縦士はこめかみを撃たれている。痙攣（けいれん）しており、間もなく死亡するだろう。

左の席でぐったりとしている機長は右胸と右肩を刺されているが、首筋に指を当てると脈はある。

「くそっ！」

振り返った浩志は声を上げた。

瀬川が左脇腹を押さえて、ドア下の床に蹲(うずくま)っていたのだ。

任務

一

イラクのフセイン時代のバース党の兵士だったナウワーフ・アービドを主犯とする三人のテロリストによるハイジャックは、浩志らの活躍（かつやく）で阻止できた。だが、パーサーの鈴木と副操縦士の宮崎が死亡し、コックピット突入時に流れ弾に当たった瀬川が負傷、機長の杉本も、生きてはいたが犯人に怪我を負わせられており意識不明の状態である。

ナウワーフと一緒にコックピットに入ったCAのリーダーである田代は、後頭部をナウワーフに殴（なぐ）られて気絶して床に倒れていたことが幸いし、突入時の騒ぎに巻き込まれることはなかった。

コックピットから負傷した瀬川と機長を担ぎ出し、ビジネスシートをフルフラットにして二人とも寝かせた。田中とともに彼らを運び出した浩志は、額（ひたい）の汗を拭（ぬぐ）った。あえて宮崎の死体は、操縦席に座らせたままの状態にしてある。現時点ではオートパイロットで航行しており、操縦桿を握る者は誰もいない。それが知られたら、乗客がパニックになるだけだからだ。

ＣＡのサブリーダーである佐々木に、コックピットで異変があったことに気がついたビジネスクラスの乗客に対応させていた。ハイジャックとは言わずに、酒に酔って暴れた乗客を取り押さえた機長と瀬川が負傷したことにしてある。

浩志と田中は、コックピットに戻った。

「まずいですね」

計器盤を見た田中は、顔をしかめた。

ナウワーフが最初に撃った二発の銃弾のうち一発は宮崎の頭を貫き、もう一発は副操縦士側の計器盤にめり込んでいたのだ。おそらくナウワーフが宮崎に何らかの要求を出し、拒絶されたために激高したナウワーフが、計器盤を撃った後に彼を殺害したのだろう。浩志から救出されると聞いただけに、宮崎は犯人を刺激させるようなことをしたのかもしれない。

田中は機長席に座り、計器盤をチェックし始めた。

「クアラルンプールまで行けそうか？」

もう一度詳しく容態を見る必要はあるが、瀬川も機長も止血処理をすれば、数時間は大丈夫だろう。もし、容態が変わるようなら、ベトナムにでも緊急着陸する必要があるかもしれない。

「機長席の計器は生きています。クアラルンプールまで、残り二千九十五キロです。現在の高度を保ち、巡航速度を五百六十ノットまで上げれば、二時間ほどで到着可能です」

先ほどの険しい表情は消えて、田中はどことなく楽しそうに話している。オペレーションマニアとしては、最新の旅客機を操縦するチャンスに恵まれただけで嬉しいのだろう。この男に任せておけば、空港に着陸しても機長が変わったと気がつく者はいないに違いない。

「さてと」

浩志は足元に転がるナウワーフの顎の下に指を当てた。首のあたりが赤黒く腫れ上がっており、脈はない。強化プラスチック製のクボタンでナウワーフの首筋を強打したことにより、頸動脈が内部で破裂したようだ。銃を持ち、しかも発砲してきただけに手加減することができなかった。

浩志は常に二種類のクボタンを持ち歩いており、航空機に乗る場合は、全長十四センチの強化プラスチック製の棒状のものを持ち、普段は先端が尖ったアルミ合金製のものを携帯している。どちらも経穴・急所を攻撃することによって破壊力があがる。

身体検査をするべく、浩志はナウワーフが着ているパーサーの制服のボタンを一つずつ慎重に外した。爆弾を巻いている可能性も考えられるからだ。飛行機は大きな爆弾を使わなくても、内部で爆発が起きれば、風船が膨らんで破裂するように空中分解してしまう。

「……やはりな」

ボタンを二つ外した段階で、制服の下から赤と青のリード線が見えてきた。ナウワーフは爆弾が巻かれたベストを着ているようだ。

ボタンをすべて外し、ゆっくりと制服の上着を捲った。

赤と青のリード線が左右のハガキサイズの薄いプラスチック爆弾に繋がっており、これだけで機体に巨大な穴を空けるには十分なサイズである。

「まずい」

浩志は両眉を吊り上げた。男のヘソの辺りにデジタルタイマーがあり、カウントダウンしているのだ。装着してから自然にスイッチが入るようにできていたに違いない。残り時間は六分を切っている。装着してから三十分で爆発するようにできていたようだ。ひょっとすると、それを知ったナウワーフが、二人のパイロットにすぐに着陸するように要求していたのかもしれない。

「高度を二千メートル以下に下げろ！　爆弾を機外に捨てるぞ！」

「飛行機のドアを開けるには、高度を二千メートル以下にして機内の与圧をなくさなければならない。

「了解！　リミットは？」

すばやくオートパイロットを解除し、操縦桿を降下モードにさせた田中が尋ねてきた。

「五分だ。三十秒でドアを開けて、捨てることは可能か？」

「失速しないように減速し、四分で高度千五百メートルまで持って行きます」

田中は慌てる様子もなく答えた。

機体が降下しはじめた。しかもかなり急角度である。客席がざわつき出した。すると、天井から酸素マスクが飛び出してきた。

「どうしたんで……」

金切り声を上げながらコックピットに入ってきたＣＡの佐々木が、呆然と立ち尽くした。彼女の視線の先は副操縦席にある。

「この男は、時限爆弾を巻きつけていた。爆弾を機外に捨てるんだ。そのため急降下している。乗客に故障じゃないと言ってくれ」

ナウワーフから制服の上着を脱がせた浩志は、爆弾を調べながら答えた。

「そっ、そんな。宮崎副操縦士まで……」

佐々木は涙声で震えている。

「今は死を悼む暇はない。仲間はパイロットだ。操縦は心配するな。それより、爆弾を捨てることが先決だ。しっかりしろ！　ＣＡが狼狽えてどうする」

立ち上がった浩志は、佐々木の両肩を揺さぶった。ショックには違いないが、この先にもっとショッキングなことがあるのだ。爆弾を捨てるために、飛行中にハッチを開けたら乗客がパニックになることは必然である。

「わっ、分かりました」

佐々木は涙を拭いながら出て行った。客席で悲鳴も聞こえはじめている。彼女たちが活躍するしかないのだ。

「副操縦士の宮崎です。貨物室の火災警報ランプが、作動しました。誤動作と思われますが、万が一の場合でも自動消火されます。現在、与圧の必要のない安全高度まで下げております。みなさま酸素マスクを装着してください。誠にご迷惑をお掛けしておりますが、安全が確認され次第、元の高度まで戻りますのでご安心ください」

田中はすました声で、日本語と英語で機内アナウンスをして振り返った。客席のざわめきが収まっている。とりあえずパニック状態は免れたらしい。

ニヤリと笑った浩志は、田中に親指を立てた。

二

田中はゆっくりと速度を落としながらも機首が急激に下がらないよう、一分間で二千メートル降下している。速度を落とし過ぎて失速しないように注意しないと、降下できたとしても機体を安定させることが難しいからだ。

二〇一一年全日空のボーイング737型機の副操縦士が、操縦室のドアを開けるスイッチと間違って制御スイッチを操作して、三十秒間に千九百メートル降下するという前代未聞の事故があった。最大運行速度を超えて失速の危険性があり、一時的に背面飛行になったという。副操縦士は問題があることに十七秒間も気が付かず、機体を立て直そうと操縦桿を前後に倒す動作を九十秒間も続けたというから、墜落しなかったのは不幸中の幸いであった。

「高度五千！」

田中は高度を千メートル刻みで、カウントダウンしていた。

ナウワーフの爆弾に付けられたデジタルカウンターは、残り三分を切っている。

「外れない！」

舌打ちをした浩志は、立ち上がった。ナウワーフから制服の上着を脱がせたものの、爆弾付きのベストが脱がせられないのだ。ベストは巧妙に作られており、ファスナーを下ろすとロックが掛かるようになっていた。

「高度四千！」

千メートルごとに三十秒経過していく。

「ペンチを貸してくれ」

コックピットを出た浩志は、最前列のギャレーの近くに立っていたＣＡの佐々木に尋ねた。最悪の場合は爆弾を機外に捨てるつもりだが、できれば解除したいと思っている。爆弾の解除はフランスの外人部隊で基礎を叩き込まれ、長い傭兵生活の中でも何度か経験があった。爆弾の専門家である〝爆弾熊〟こと浅岡辰也（あさおかたつや）ほどではないが、腕に自信はある。

「はっ、はい」

佐々木は慌ててギャレーの引き出しからペンチを出してきた。浩志たちが何をしているのか分からないらしく、不安げな表情をしている。

受け取った浩志は、すぐさまコックピットに戻った。ドアロックは解除し、いつでも開けられる状態にしてある。

「高度三千！」

田中のカウントダウンは確実だ。残り二分を切った。

「現状を教えてください」

佐々木が追いかけてきて、ドアを半開きにして尋ねてきた。ＣＡのリーダーである田代は脳震盪（のうしんとう）のために休ませてある。しかもパイロットもパーサーもいない。彼女が一番の責任者なのだ。

「この死体から、爆弾ベストを脱がせて解除する。それができなければ、機外に捨てる。

最前列のギャレーのドアを開ける際、手伝ってくれ」

浩志はベストの内側を覗き込みながら言った。

ギャレーには、食品コンテナの搬出入口であるサービス・ドアがある。そこからなら、乗客の目に触れることなく爆弾を外に捨てられるはずだ。

突入前に、コックピットがビジネスクラスから見えないようにギャレー横のカーテンを閉め、さらに乗客にコックピットに近い一番前にあるトイレの使用を禁止させてあった。

「でも、飛行中に機内のドアは開きません」

佐々木は首を横に振った。

飛行中の機内は気圧を上げることで、高高度でも快適に過ごせるようにしてある。そのためコックピットの一部の窓を除いて、機内の窓は開かない。ドアはロックだけでなく、外に向かって圧力がかかる関係で開かないのだ。

「高度二千！」

田中のカウントダウンは、容赦(ようしゃ)なく続く。

「最終的に高度を千五百メートルまで下げて、与圧をなくす。爆発まで、残り一分だ」

浩志はベストの裏側を念入りに調べている。表は単純な構造だが、裏側はびっしりと線が絡(から)まるように配線されていたのだ。

「わっ、分かりました。いつでもサービス・ドアが開けられるように準備します」

納得したらしく、佐々木はドアを閉めた。

「高度千五百、水平飛行に移ります。与圧カット、ドアロック解除」

田中は予定通りに操縦している。

「なっ！」

爆弾ベストのファスナーをペンチで挟んだ浩志は、右眉を吊り上げた。ファスナーの先に、極めて細いリード線が繋がっていることに気が付いたのだ。ペンチを外して再度調べてみると、ファスナーの両サイドにリード線は繋がれている。ファスナーを壊すと、爆発する仕組みに違いない。爆弾ベストは解除するどころか、脱がせることもできないのだ。

「くそっ！」

浩志はナウワーフの死体を背後から抱え、引きずりながらコックピットを出た。

「サービス・ドアを開けるんだ！」

「えっ！」

ギャレーで待機していた佐々木は、死体を見て口元を手で押さえた。

「爆弾ベストを脱がせられないんだ。いいからドアを開けろ、あと四十秒だ！」

「はっ、はい！」

手動のロックはすでに解除してあった。

「どけ！」

ドア口まで死体を引きずった浩志は、佐々木を後方に退かせ、オープンレバーを回して
サービス・ドアを引いた。狭い場所ゆえ、佐々木は邪魔なだけなのだ。

カウントは二十秒を切った。

凄まじい風が吹き込んでくる。

浩志はドア横にある取っ手を左手で握りしめ、右手で死体の肩口を掴むと、一気に引き寄せた。

「何！」

肩口まで機外に飛び出した死体の右つま先が、ギャレーの下に収めてあるワゴンに引っかかった。ワゴンのロックが外れていたようだ。浩志は慌ててつま先を外して死体の両足首を握ると、力一杯押した。

「おお！」

機外に背中まで出た死体が風圧で吹き飛ばされ、足首を握っていた浩志まで機外へと引っ張られた。

「くっ！」

浩志はかろうじて、ドア口に右手を引っ掛けた。腰から下は機外である。

ドーン！

凄まじい爆発音が響き、機体が激しく揺れた。爆弾は尾翼近くで爆発したかもしれな

い。

機体に沿って流れる猛烈な気流が、浩志を機体から引き剝がそうとする。左手をなんとかドア口に持って行こうとするのだが、風に煽られてうまくいかない。

「パラシュートもなしで、飛び降りるつもりですか？」

見上げると、ドア口に瀬川が立っていた。

「大丈夫なのか？」

「そんな格好で心配されても困ります」

取っ手を握って安全を確保した瀬川が、右手を伸ばしてきた。

「それもそうだ」

苦笑した浩志が反動をつけて身体を捻って左手を伸ばすと、瀬川が右手で握りしめて引っ張った。

瀬川に助けられて機内に飛び込んだ浩志は、サービス・ドアを閉めてロックした。瀬川は尻餅をついて、肩で息をしている。時間がないため、傷口の応急処置もしていない。険しい表情をしている。滅多に顔に出さない男だけに相当辛いのだろう。

浩志は瀬川を立たせようと、左脇の下に手を入れた。

「むっ」

瀬川の脇腹の濡れた感触に自分の掌を見ると、べっとりと血が付いてきた。かなり出血しているようだ。

「無理しやがって」

浩志は瀬川の右腕を取ると、担ぎ上げるように立たせた。

三

瀬川の傷を改めて調べてみると、弾丸は左脇腹の肋骨(ろっこつ)の隙間(すきま)から体内に入っていた。臓器がある場所ではないが、角度によっては弾丸が腎臓(じんぞう)に達している可能性もある。浩志はナウワーフが銃を向けてきたので、咄嗟(とっさ)に銃口が向いている方向から身をそらした。だが、出入口近くに立っていた瀬川は避けることもできなかったのだ。銃も持たずに突入するのだから、物陰にいろと言うべきだった。

とりあえず、ガーゼを重ねて傷口に押し当てて応急処置はしたが、一刻も早く手術をして弾丸を摘出した方がいいだろう。また、肩と右胸を刺されていた杉本機長は、胸の傷が深く、意識は取り戻したものの容態が安定しているとは言えない。機内アナウンスで医療関係者がいるか尋ねたが、該当者はいなかった。

二人をビジネスクラスのシートに寝かせてあるため、周囲の乗客は落ち着かない様子である。見かねたＣＡの佐々木から、機内アナウンスで説明して欲しいという要請があり、浩志は差し支えのない範囲で事実を乗客に知らせるように田中に指示をした。

田中は再び副操縦士の宮崎に扮し、機内でテロ行為があったが搭乗していた乗客によって未然に防ぐことができたことと、爆弾は機外に捨てたと説明した。その際に機長と乗客が一名、負傷したことも正直に報告した。機内アナウンスを機長がしないのはおかしいからだ。さすがに爆弾を身にまとったテロリストの死体ごと、放出したことは言えない。

瀬川と機長の手当てを終えた浩志は、コックピットに戻った。

「どんな感じだ?」

浩志は計器盤を見て尋ねた。軍用機ばかりだが、これまで様々な飛行機やヘリコプターのコックピットに乗っているため、計器類の見方はある程度分かる。

田中は高度を千八百メートルに上げて水平飛行で飛んでいた。旅客機に限らず与圧できる飛行機は、高高度で飛べば、天候に左右されず、さらに空気抵抗がなくなるため、燃料の消費を抑えることができる。現在の高度を保つ理由は、与圧をかけなくてもいいという理由だけだ。

「少しでも高度を保ちたいので、千八百メートルに上げています。さっきの爆発ですが、尾翼近くの胴体に直撃したらしいです。今のところ、エンジンや操縦系統には問題はないのですが、心配なのは、外壁がどうなっているかなんです。爆発時に一気に三百メートル下降し、進路もずれたほどの衝撃を受けていますす。まったく無傷とは思えないのです」

田中は難しい表情で言った。浩志は機外に危うく放り出されそうになったため気が付かなかったが、かなり危険な状態にあったようだ。

「損傷を受けていると考えたほうがいいのか。とすれば、クアラルンプールにはどのみち行けないな」

負傷した瀬川と機長のことを考えれば、無理だと思っていた。

「ベトナムのダナン国際空港にコースを変更します。距離は八百四十キロ、現在の高度とスピードでは、一時間十分から二十分ほど掛かります」

田中は操縦桿を倒しながら言った。

「もっと早く着けないのか？」

「高度を上げる必要があります。しかし、外壁が損傷した状態で与圧すれば機体が膨らみ、最悪空中分解する可能性もあります。損傷箇所を目視できれば問題ないのですが、これればかりは」

田中が苦笑いして見せた。

「具体的にどこだと思う？」

「衝撃を受けて、10時方向に機首が向きました。おそらく尾翼近くの貨物室の右翼、しかも下側だと思います。バルク室あたりですね」

田中は左の掌を飛行機に見せかけ、その手首を右手の人差し指で下から突き、機首が左下に変わったことを説明して見せた。

「それなら、コントロールセンターからバルク室に入れば、確認できるんじゃないのか？」

後部ギャレーの床のハッチはまだ開けたままにしてある。

「なるほど、その手がありましたね。しかし、確認作業は充分注意が必要です。ただ、私は操縦席から離れることができません」

パイロットが一人で、しかもオートパイロットにできるような高度でもない。まして、田中に万が一のことがあれば、今度こそ墜落を覚悟しなければならないのだ。

「俺が行く」

「すみません。それじゃ、ガムテープを持って行ってください」

田中が振り返って言った。

「分かった」

浩志は軽く頷くとコックピットを後にした。

ビジネスシートの瀬川と機長は、疲れ切った様子で眠っている。二人の近くには佐々木が立っていた。乗客の様子を見ながら、二人に付き添っているのだ。

時刻は午前五時を過ぎていた。通路を歩く浩志を、乗客は不安げな表情で見ている。起床するには早いが、一般の乗客で眠っている者は誰もいないようだ。誰しも、まだ不安と恐怖に怯えているに違いない。

「まだ高度は戻せないのでしょうか？　乗客からも質問を受けています。それに、機長と瀬川さんの容態も気になります」

ビジネスクラスから出たクワイエットゾーンで、追いかけてきた佐々木が囁くような声で尋ねてきた。高度が戻せないということは、問題があるのと同じ意味を持つ。多少でも航空機の知識があれば分かることだ。

「計器類では問題はないが、機体の損傷を確認しなければならない。俺が安全確認して問題がなければ、元の高度に戻す。コースはとりあえずダナン国際空港に変更する。機体の安全を確認したら機内アナウンスするつもりだ」

コースを変えると言っても南西から西に変えるだけでUターンするわけではない。文句を言う乗客もいないだろう。

「分かりました。よろしくお願いします」

乗客の目を気にしながら佐々木は頭を下げた。いささかオーバーであるが、浩志が特別な存在であることを他の乗客に見せたいのかもしれない。

浩志はエコノミークラスを抜けて、最後尾のギャレーに入った。コントロールセンターに通じるハッチは被せてあるが、ロックは外したままの状態である。

ギャレーに置いてあったガムテープを持ち、ハッチをずらした浩志は、垂直の梯子を下りてコントロールセンターに入った。

「今、コントロールセンターだ。ガムテープはドアに使うんだな？」

浩志は無線のスイッチを入れて、田中に連絡をした。コックピットでガムテープのことを聞いていたが、改めて確認をしたのだ。

――そうです。コントロールセンターから貨物室には出られますが、その逆は鍵がないと入れません。ロックがかからないようにガムテープをデッドボルトとラッチボルトのストライク側に貼ってください。

デッドボルトとはドアをロックする閂（かんぬき）のことで、ラッチボルトはドアを固定する爪状の金属であり、ストライクとはデッドボルトとラッチボルトが収まる穴のことである。

「了解」

浩志はドアを少し開けるとドアのストライクにガムテープを貼って、デッドボルトが飛び出してこないようにした。

ポケットからハンドライトを出し、バルク室を照らした。旅客機の貨物室は、専用の台形のコンテナを使用し、機内に無駄なスペースがないように設計されている。

それとは別に、多くの旅客機では貨物室の後方に、手荷物やコンテナに収められない長尺の荷物やペットなど、バラで荷物を収めるスペースであるバルク室が設けられている。

荷物はネットで固定されていたようだが爆発の衝撃で崩れたらしく、スーツケースやダンボール箱が散乱している。だがバルク室内は、左右の壁面と後方貨物室との間を、飛行中に荷物の移動を防ぐための厚いカーテンで仕切っているので、後方貨物室に入り込むようなことはない。

荷物の山を乗り越えて右翼側に下りた浩志は、機体の壁面を調べるため犯人から奪ったサバイバルナイフで右側面にかけてあるカーテンを切り裂いた。爆発は右翼側の下で起きたと、田中は考えていた。

旅客機は、与圧をかける関係で外壁と内壁の二重構造になっており、もし、肉眼で確認できる内壁まで損傷しているのなら、外壁はかなりダメージを受けていることになる。

念入りに調べてみたが、バルク室の内壁に異常は認められない。専用のハッチも問題なさそうだ。

――リベンジャー、応答願います。

「どうした？」

浩志はすぐさま田中の無線連絡に反応した。

――機長の容態が悪化しました。意識を失ったようです。

付き添っていた佐々木が、田中に知らせたのだろう。

「すぐ戻る」

浩志は急いで荷物の山によじ登った。

四

杉本機長の容態が急変した。突然苦しみだして起き上がろうとしたが、直後に意識を失ったそうだ。胸の傷は深く、肺に血が溜まっている可能性もある。

バルク室で機体の損傷を調べていた浩志は、田中からの無線連絡を受けて急遽コックピットに戻った。

「ダナン国際空港まで、どれくらいかかる？」

浩志は操縦席のすぐ後ろに立って尋ねた。バルク室に向かう前にも聞いたが、改めて聞かずにはいられないのだ。

田中はクアラルンプール国際空港まで行くことを断念し、ベトナムのダナン国際空港にコースを変更している。そのため、事件が発生したことを沖縄の管制官に通信連絡してあった。コースを外れれば、分かることだからだ。それにベトナムにも事前に知らせないと、領空侵犯として撃墜される可能性がある。

田中は副操縦士の宮崎になりすまし、テロにより機長が負傷したと報告していた。それだけでも管制塔ではかなり慌てていたようだ。正規の二人のパイロットに代わって操縦していることは、口が裂けても言えるものではない。

「エンジンの出力は上げていますが、まだ一時間はかかります。ただ他にも問題がありま す。ダナン付近に強い低気圧があります。気象条件が極めて悪いですよ。雷雨かもしれま せん。機体が心配ですね」

コックピットには、上空の気象状況を知ることができるナビゲーションディスプレイが ある。

「とりあえずバルク室に異常はなかった。他に最寄りの空港はないのか?」

気象状況も気になるが、時間である。浩志は戦場で数え切れないほどの負傷者を見てき た。その経験から判断して、機長は一時間以内に手術をしなければ助からないだろう。ダ ナンに着陸したとしても、病院まではもたない。

「海南島の海口です。海口美蘭国際空港なら四百八十キロ、現在の高度でも四十分もあれ ば到着できるでしょう。低気圧の影響も少ないはずです」

田中はナビゲーションディスプレイを見ながら答えた。

「海口か……」

険しい表情になった浩志は、腕組みをした。

海南島の北部にある海口は、経済的に発展した都市で医療機関もたくさんある。空港に 近い病院まで車で二十分もあれば着くことは可能だろう。また、事前に連絡しておけば、 空港でも高度な治療が受けられる可能性もある。機長を救うには、他に方法はない。唯一気になっていることは、海南島は中国の領土だということだ。

「どうしますか?」

振り返った田中が、催促してきた。エンジンの出力を上げているため、決断が遅れれば、それだけ目的地から離れてしまうことは浩志にも分かっている。

「海口に行こう」

浩志は渋々頷いた。

リベンジャーズは、数年前にミャンマー北部と中国のチベット自治区で人民軍と戦ったことがある。作戦上止むなく戦ったのだが、結果的に共産党政権に戦いを挑んだことになり、それ以降人民軍はリベンジャーズを目の敵にしているはずだ。

それに、共産党の影の組織と言われるレッド・ドラゴンから、相変わらず浩志の暗殺命令が出ているらしい。できれば、中国の領土に入ることは避けたかった。浩志も含めて瀬川と田中は、傭兵代理店が作成した偽造パスポートを使用している。よほどのことがない限り、中国当局に身元を知られることはないと思うが、予断は許さない。

「了解しました」

田中は操縦桿を右にゆっくりと倒し、機首を北に向け、海口美蘭国際空港の管制塔と通信をはじめた。交信は英語で行われる。浩志も副操縦士が使っていたヘッドセットを耳にかけた。

「メイディ！　メイディ！　海口美蘭国際空港、管制塔、応答願います。こちらＡＥＪ５２３」

田中は緊急事態と通信した。

――こちら海口美蘭国際空港の管制塔、ＡＥＪ５２３、状況を説明せよ。

間髪を入れずに、管制塔から応答がきた。レーダーで捕捉したに違いない。

「テロに遭って機長と乗客一名が重傷。着陸を優先させて欲しい。着陸後直ちに緊急治療を受けたい。機体は機外で爆弾が爆発し損傷している可能性があるため、高度を上げることができない」

――テロだって！　犯人は、どうなっている！

途端に管制官の声が高くなった。

「乗客が取り押さえ、監禁してある。危険な状態ではない。負傷者への対処を優先させてくれ」

――了解。直ちに空港は緊急体制に入る。ＡＥＪ５２３、逐次連絡してくれ。

ヘッドホンから中国語でけたたましく話す声が聞こえた後、管制官から返事があった。

「なんとかなりそうですね」

田中は大きな溜息をついた。

「クルーレストでまた犯人を尋問するつもりだが、その前に手伝えることはないか？」

着陸するまで、クルーレストに監禁してある二人のイラク人をもう一度尋問するつもりだ。彼らのテロ計画が、いつの時点で決定していたのか知りたかった。というのも、テロに遭う確率は、紛争地でなければ極めて低い。偶然テロの現場に居合わせたのかどうか、確認する必要があるからだ。

「よろしければ、副操縦士を床に寝かせてもらえますか？」

田中が遠慮気味に言った。

副操縦士の宮崎は、まだ操縦席に座った状態で放置してあったのだ。機長席で操縦する田中は、頭を撃たれた死体が隣りにあるのが気になるらしい。

「了解」

浩志は苦笑いした。

五

午前五時三十五分、エアー東ニッポン航空の５２３便は高度千八百メートルを維持したまま海南島の真東から接近している。海口美蘭国際空港は、東西に三千六百メートルの滑走路が一本だけという規模であった。

クルーレストで二人のイラク人に尋問していた浩志は、コックピットに戻っている。

男たちから新しい情報は何も得られなかった。死人に口無しである。浩志に爆弾ごと放出されたナウワーフに責任をなすり付けているのか、それとも本当に何も知らずにナウワーフに従っていただけなのか分からない。よほどの物証を見せない限り、彼らが真実を話すことはないのだろう。

「霧が深いですね」

操縦桿を握る田中は、前方の空を見ながら溜息を漏らした。

ベトナム北部にある低気圧の影響なのだろう。海南島は深い霧にすっぽりと包まれていた。激しい雷雨も困るが、霧も厄介である。

「着陸できそうか？」

浩志は副操縦席に座って尋ねた。

「有視界飛行が難しい場合でも、ＩＬＳアプローチします。コックピットの計器も正常に作動していますから、大丈夫です。そろそろ減速します」

もともと低い高度で飛行している。減速すれば着陸態勢に自然と入るのだろう。

ＩＬＳとは計器着陸装置（インストゥルメント・ランディング・システム）のことで、着陸態勢に入った航空機に指向性誘導電波を発射する空港施設にある装置で、パイロットは電波の中心に自機が乗るように操縦して着陸する。

「うん？」

田中が赤い警告ランプを見て首を捻った。

「どうした?」

「後方貨物室のドアロックが外れていると、警告ランプが点滅しています」

「ひょっとして、爆発の影響じゃないのか?」

後方のハッチは、バルク室のドアと極めて近い位置にある。

「貨物室のドアは、六個のラッチ(留め金)で胴体部のフレームと連接されていますが、爆発で警報装置が誤作動している可能性はあります」

「ドアが仮に開いたとして、着陸に影響はないのか?」

「万が一ラッチが外れてドアが開いたとしても、与圧をしていないので飛行に影響はないはずです。また、貨物も防護ネットで固定してありますので、外に飛び出すことはまずあり得ません」

田中は険しい表情で答えた。濃霧の中、着陸しなければならない。悩み事が増えるのは誰でも嫌なはずだ。

「もう一度、見てこよう」

「助かります。もうすぐ空港まで残り百五十キロを切ります。間もなく島の海岸線を通過するでしょう。早めに車輪も出して着陸の準備をはじめます。CAに、乗客に緊急着陸に備えて安全姿勢をとるように指示してください」

田中はコックピットの計器類を改めてチェックしはじめた。海岸線を越えれば、空港までは百キロを切る。

「了解」

浩志は席を立つと、前方ギャレー横のカーテンからCAの佐々木に手招きをした。

「はい」

緊張した様子で佐々木はカーテンの中に入ってきた。着陸できるかどうか心配なのだろう。田中のことを知らない彼女が信用できないのは、仕方がないことであった。

「着陸態勢に入る。乗客を誘導してくれ。俺は貨物室の異常がないか調べてくる」

浩志は淡々と言った。彼女たちは緊急着陸に対しての訓練を受けている。細かく説明する必要はないのだ。

――当機は着陸態勢に入りました。海口美蘭国際空港には、二十分ほどで着陸します。ノーマルランディング（通常着陸）を予想しておりますが、これより先は客室乗務員の指示に従って行動してください。

田中の機内アナウンスが聞こえてきた。慣れてきたらしく、口調も滑らかだ。彼が正規のパイロットでないことに誰が気付くだろう。

「了解しました」

アナウンスを聞いていた佐々木は、口元を引き締めて出て行き、ビジネスクラスにある機内電話の受話器を取った。

――ご搭乗の皆様、当機は緊急着陸する見込みとなりました。これより、乗務員の指示に従って落ち着いて行動してください。

彼女のアナウンスが機内に流れた。副操縦士の死体を見て泣いていたとは思えないほど、しっかりとした口調である。

急ぎ足で通路を抜けた浩志は、再び最後尾にあるギャレーからコントロールセンターに下りた。どの乗客も機内を自由に歩き回る浩志を不審な目で見ていたが、さすがにただの乗客でないことは分かってきたらしく気にする者はいなくなったようだ。あるいは機内アナウンスで緊急着陸と言われただけに、構っていられないのかもしれない。

「ふう」

コントロールセンターのドアを開けた浩志は、溜息をついた。目の前の散乱した荷物の山をまた越えなければならないからだ。

「むっ？」

浩志は眉を吊り上げた。

バルク室にはありえない風が吹いているのだ。浩志は慌てて荷物を押さえつけている網に摑まって山を越えると、バルク室と後方貨物室を隔(へだ)てているカーテンの留め金を外した。

「ばっ、馬鹿な！」

浩志は思わず絶句した。

貨物室のドアフレームにそって機体に巨大な亀裂が生じているのだ。

六
「前に詰めろ！」

浩志はエコノミークラスの通路で大声を張り上げた。

「前にお詰めください！」

ＣＡらも連呼しながら、後方の乗客を誘導する。

後方貨物室のドアフレームの右側上部に数十センチ、下部に一メートルほどの亀裂があり、ギシギシと嫌な音を立てていた。亀裂は一番広いところで五ミリほどの隙間となっていたのだ。機外に放り出したナウワーフが着けていた爆弾がドア近くで爆発し、衝撃で機体に亀裂が入ったのだろう。

田中が機体に与圧することなく、低空で飛行を続けたことは正解だった。高度を上げて与圧したら、間違いなく空中分解していた。だが、亀裂は風圧で徐々に大きくなったのだろう。そのため、貨物室のドアフレームとドアの隙間が広がり、ロックの一部が外れているとセンサーが認識し、警告ランプが点灯したようだ。

浩志が状況を無線で連絡すると、田中は着陸した衝撃で亀裂が広がり、胴体が裂ける可能性があると予測し、後方貨物室のドアより後ろに座っている乗客を前に移動させるように指示してきた。

客室に戻った浩志はCAに状況を説明し、後方の乗客をビジネスクラスとクワイエットゾーンまで移すように命じた。対象となる乗客は、九十人近くいる。前方に空席は幾つかあったが、とても足りない。移動した乗客を、ビジネスクラスやクワイエットゾーンの通路や床に、蹲るように座らせるしかないのだ。

乗客はすし詰め状態で二本の通路に分かれて前へ前へと進む。通路が狭いだけに急ぎようがないが、すでに着陸態勢に入っており、五分以内に後方のエコノミークラスを空の状態にしなければならない。それだけに誰もが焦っている。ここで旋回し、再び着陸態勢に入るにはリスクが大き過ぎるのだ。

深夜の便だが、四、五歳の子供が数人おり、親に手を握られて泣きながら歩いている。状況は彼らなりに理解しているはずだ。恐ろしくて堪らないに違いない。

「子供は優先的に席に座らせるんだ」

浩志は前列の空席に勝手に座ろうとしている二人の乗客に声を張り上げた。着陸の衝撃で、体の小さな子供は天井や壁に叩きつけられる可能性がある。安全ベルトで固定しなければならない。

「危険ですので、お子様を優先的に座らせてください」

　ＣＡの佐々木も注意した。

　だが、男たちは聞こえない振りをして、他の乗客を押しのけて空席に座った。一人は中年で髪をオールバックにし、もう一人は二十代後半、短髪で額に剃り込みを入れている。二人とも人相が極めて悪い。見てくれは暴力団関係者のようだ。

「通してくれ」

　浩志は通路の乗客をかき分けて前に進むと、先ほどの乗客の横に立った。

「さっさと立て」

　浩志は男たちを注意した。一般人がいる手前、乱暴なことはできない。

「先に座ったもの勝ちだ。馬鹿が！」

　若い男は鼻で笑った。話すだけ無駄である。

　浩志は無造作に若い男の胸倉を摑んで引き寄せると鳩尾に膝蹴りを二発食らわして床に転がした。男は白目を剝いて気絶している。

「てめえ、この野郎！」

　中年の男が喚いて立ち上がり、拳を振り上げた。喧嘩慣れしているらしい。

　次の瞬間、鈍い破裂音とともに中年男は鼻から血を噴き出して気を失った。浩志の裏拳が炸裂したのだ。間違いなく鼻の骨を骨折しただろう。

崩れる中年男を浩志は担ぎ上げ、先に倒した若い男の上に放り投げた。時間がないだけに、丁寧な扱いはできない。周囲が凍りついたかのように静かになっているが、何が起こったのか分からなかったに違いない。

浩志は空いた席に子供を座らせ、付き添いの親に席に摑まっているように指示をした。他にも三人の子供がいたが、前列の乗客が自主的に席を譲って座らせた。一般客まで脅したつもりはないが、浩志の行動が効いたらしい。

——まもなく着陸します。乗客の皆様、安全姿勢を取ってください。

田中の機内アナウンスが流れた。

「頭を下げて！」

佐々木が叫ぶと、他のＣＡも声を揃えて連呼しはじめた。緊急着陸のマニュアル通りの行動なのだろう。彼女たちが勇ましく声を張り上げることで、乗客の不安を取り除く効果も狙っているらしい。

——こちらへリボーイ！　滑走路の三十キロ手前です。最終進入に入ります。乗客の移動はすみましたか？

田中の無線連絡だが、声が上ずっている。彼が操縦する軍用機で緊急着陸したことも経験しているが、これほど緊張してはいなかった。何百人もの命を預かっているために極度のストレスを感じているのだろう。

「もうすぐ終わる」

浩志は通路を後方に向かって歩きながら話した。

――速度は現在百三十ノット、車輪も出しました。後方貨物室のドア以外は、異状ありません。誘導電波は捉えています。未だに滑走路を目視できないので、オートランディングに設定しました。

現状を報告してきた田中の声に、悲愴感を覚える。思ったより、自分を見失っているようだ。他人任せと同じであるオートランディングに頼ることが不安なのだろう。

オートランディングは文字どおり、コンピュータの自動操縦による着陸である。飛行機に搭載されている三基のオートパイロットが、誘導電波に乗ってエンジン出力や機首が持ち上がるようにコントロールする。だが、危険を感じたらパイロットはいつでも手動に切り替えられるように、操縦桿とスラストレバーに手を添えて待機していなければならない。滑走路が目視できない以上仕方がないのだが、こんな状況は専属のパイロットでも滅多に経験することはないのだ。

「ニジェールで不時着したことを覚えているか？　あの時とどっちが大変だ？」

三年前のアフリカでの任務で、リベンジャーズは旧式の三発のプロペラ機に乗って移動したことがあった。目的の空港の直前で燃料切れになり、田中はエンジンが停止した飛行機を慣性飛行で見事に着陸させた。

真夜中の砂漠の滑走路には照明はなく、先にパラシュート降下した瀬川と加藤豪二が滑走路に撒いた航空燃料に火をつけて照明の代わりにした。真っ暗な滑走路に二筋の炎が美しく延びていった光景を、未だに鮮明に思い出すことができる。

——大変さは、変わりませんね。

田中の笑い声がイヤホンに響いてきた。彼はミサイルで攻撃されたヘリコプターを不時着させたこともある。自分の腕を信じればいいのだ。

「頼んだぞ」

浩志も笑みを浮かべた。

「頭を下げて！　頭を下げて！」

ＣＡの連呼が続く中、浩志は後部のクルーレストに入り、ハリードとナシルを縛り付けていたガムテープを解いた。手足を縛った状態では、脱出できないからだ。

「……」

手首をさすりながらハリードは、首を捻った。

「後方貨物室のドアに亀裂が入っている。ここは危険だ。前方に移れ」

「配慮はありがたいが、断ろう。俺たちはここから動かない。着陸までの自由をここで楽しませてくれ」

ハリードはナシルと顔を見合わせて、肩を竦めた。

クルーレストを出た浩志は振り返ったが、彼らが出てくる気配はない。魂胆は分かっている。着陸した際の混乱に乗じ、後部ドアから逃げ出すつもりなのだろう。

——距離二千、千、アプローチライト確認できず。

田中の声が無線機に飛び込んできた。まだ霧で滑走路のアプローチライトが視認できないようだ。

浩志は通路を走って後方貨物室のドアがある場所の前に出た。すでに危険と思われるエリアの乗客は避難している。浩志は最後尾に座る乗客の一つ後ろのシートに後ろ向きに掴まった。

——四百、三百、見えたぞ！

田中の興奮した声が聞こえた途端、ドンと激しく体を揺さぶられる衝撃を覚えた。

浩志の三メートル先の床が突然裂けた。

同時に爆発したかのように周囲のシートが天井に向かって吹き飛んだ。

機内のライトが消えて眼前が暗転した瞬間、火を吹き出す尾翼が見えた。

機体の後部が炎を上げながら転がっていく。胴体が分裂し、機外の光景が見えるのだ。

がくんと機体の後方が下がり、裂けた機体の端が滑走路と接触し、まるでもぎ取られるように煙を上げながら崩れはじめる。

足元の床が陥没した。

「何！」

慌てて斜めになったシートに足をかけて前のシートの脚部に摑まると、足を載せていたシートが床から抜け落ちて滑走路の闇に消えた。眼下の機体が猛烈な火花を散らしている。

「くそっ！」

体勢を立て直そうとするが、足元に引っ掛かるものはない。

浩志は右手を通路の反対側のシートの脚部にかけて、体を少しずつ持ち上げた。

「まずい」

摑まっている脚部の床がぐらつき始めたのだ。シートには乗客が座っている。気が付いた乗客が、悲鳴を上げて前の席に抱きついた。後方貨物室のドアからかなり余裕を取ったはずだが、機体の崩壊はそれを上回ったのだ。

滑走路を引きずる機体のけたたましい金属音が、乗客の悲鳴や叫び声と重なる。

「うん？」

機体に制動がかかり、振動が急に収まってきた。

田中が何かを操作したのだろう。機体は滑走路を外れて止まった。

「脱出だ！　乗客を誘導しろ」

浩志は通路によじ登って立ち上がると、近くのドアの傍で呆然としているCAの肩を叩いた。機体の一部は着陸時の摩擦で引火している。航空燃料に燃え移る可能性も考えられた。一刻も早く避難しなければならない。

「はっ、はい！」

CAはドアを開けて、脱出用シューターを用意した。

「押し合わずに、順番に降りてください！」

他のCAが声を上げている。他のドアでも脱出がはじまったらしい。

振り返ると、滑走路の二キロほど後方に尾翼の残骸が激しく燃えている。クルーレストに残った二人のイラク人は間違いなく死んだだろう。

けたたましいサイレンを鳴らしながら、消防車や救護車が近寄ってくる。

浩志は次々と脱出シューターを下りていく乗客を横目で見ながら、前方に向かった。

――大丈夫でしたか？

田中の無線である。

「乗客はな」

浩志は苦笑を漏らした。

闇の招待状

一

中国の最南部にある海南省は、九州とほぼ同じ大きさの海南島と周囲の島嶼（とうしょ）からなる。省として規模が小さいのは、一九八〇年代に五つの経済特別区、いわゆる特区の一つに選ばれて、広東（カントン）省から独立したためである。

特区は深圳（しんせん）、珠海（しゅかい）、厦門（アモイ）、汕頭（シャントウ）、海南島である。深圳、珠海は成功例であるが、厦門は期待したほど伸びなかった。残りの二つは、特区であったことすら忘れ去られている。汕頭はうらぶれた街に成り下がり、中国のハワイと言われる海南島もＧＤＰの伸びが悪く、失速してしまった。

エアー東ニッポン航空の５２３便は、夜が明けきらぬ霧に包まれた海口美蘭国際空港に緊急着陸した。

着陸の衝撃で後方貨物室のドア付近に生じていた亀裂から一挙に機体は分解し、後部胴体の三分の一近くを失いながらも、何とか無事着陸することができた。着陸した瞬間に危険を察知した田中はオートパイロットを解除して手動に切り替え、逆噴射すると同時にわざと滑走路からはみ出し、芝生に車輪を埋もれさせることで機体に制動をかけて止めたのだ。速度が落とせずに滑走路を爆走すれば、胴体はさらに崩壊が進み、火災も免れなかっただろう。乗客にも多数の死傷者が出たに違いない。

５２３便は乗員八名、乗客二百八十四名、ほぼ満席に近い状態だった。にもかかわらず脱出用シューターで打撲や擦り傷などの軽傷を負った乗客はいたものの、着陸時の事故で重篤な負傷者は一人もいなかった。田中の操縦もさることながら、佐々木をはじめとしたＣＡの適切な誘導も功を奏したことは言うまでもない。

テロリストのリーダーだったナウワーフ・アービドに副操縦士の宮崎とパーサーの鈴木が殺され、瀬川と機長の杉本も負傷させられたが、機体が空中分解し全員死亡する可能性もあったことを考えれば、被害が四人ですんだと喜ぶべきだろう。

三人のテロリストはいずれも死亡しているため、消防車と救急車とともに出動した空港の警備隊は、肩透かしを食らった形になった。彼らは一時、すべての乗客にボディチェックをするなど厳しく対処したのだが、ＣＡらから事情を聴きだし、テロリストが全員死亡したことを確認するとすごすごと引き上げて行った。

浩志も田中も警備隊の行動は予測していたので、犯人から奪ったサバイバルナイフは機内に捨ててきた。また、ナウワーフが使った銃はコックピットにある。下手に触れば指紋がつくし、銃を調べれば、爆死し、南シナ海で魚の餌（えさ）になった男が犯人だったことが分かるはずだ。

脱出する前に浩志は佐々木らCAに、テロリストに対処したのは機長と副操縦士で、緊急着陸させたのも機長だったとし、浩志らが活躍したことを一切口外しないように口止めしている。CAと一緒に働いていたところを目撃している乗客から浩志の行動は明かされるだろうが、単に誘導を手伝っていたということにすればいいのだ。

CAらは日本に帰国してから、改めて警視庁から事情聴取は受けるだろうが、リベンジャーズは政府の闇の任務を引き受ける特殊なチームだけに箝口令（かんこうれい）が敷かれるはずだ。

負傷した瀬川と機長は、待機していた救急車で直ちに空港から一番近い海口市内の病院に搬送された。瀬川には田中を付き添わせている。浩志と違い、二人は中国政府からマークされていない可能性が高い。下手に浩志が一緒にいると、彼らに危険が及ぶ可能性があるからだ。また、浩志に鼻の骨を折られた中年の男も、手下と見られる若い男が付き添って別の救急車で運ばれた。

緊急着陸してから一時間半ほど経過している。乗客は到着ロビーの入国審査の窓口の前にあるフロアに案内され、毛布と水を与えられていた。時間の経過とともに落ち着きを取り戻しているらしく、時に笑い声も聞こえてくる。エアー東ニッポン航空では、乗客を日本に帰国させるためにチャーター便を用意しているようだ。特別機は三、四時間後には到着するらしい。ただし、海口美蘭国際空港が当分の間閉鎖されるため、島の反対側にある三亜鳳凰（さんあほうおう）国際空港に着陸する。そのため、空港までバスで移動するようだ。

浩志は彼らから離れて、滑走路が見える場所で事故機の作業状況を見ていた。

着陸に成功した飛行機は航空燃料の引火を免れ、安全が確認されたために空港職員によって荷物棚から荷物を取り出す作業が続けられていた。ほとんどの乗客は燃え尽きた機体の後部とともに荷物を失い、機内持ち込みの手荷物も脱出時には持ち出すことを禁じられているために手ぶらで飛行機から避難している。

作業は二、三十分ですみそうなものだが、一時間近くかかった。シート番号と符合させながら作業をしたのか、あるいはまだ危険物はないのか確認したのだろう。三十分前にすべての荷物は降ろされたようだが、なぜか空港ビルではなく飛行機の格納庫に運ばれて行った。

事件に巻き込まれた乗客が到着ロビーを占拠し、入国審査ができない状態になっている。だが、不時着した機体を移動できないため空港は閉鎖され、これ以上到着ロビーが込み合うことはない。

到着ロビーにＣＡの佐々木が現れた。時刻は午前七時二十分になっている。

「皆様が機内に残されたお荷物をお渡ししますので、ご案内します」

佐々木は、疲れたそぶりも見せずに声を張り上げた。CAのリーダーである田代は、脳震盪を起こして体調がまだ回復していないらしく、彼女が陣頭に立っているようだ。

乗客は再び滑走路に連れ出され、待ち構えていたバスに乗って、飛行機の格納庫で降ろされた。格納庫の床には乗客の手荷物が、まるで飛行機の棚に載せられているように整然と並べられている。523便のCAが空港職員と協力して、乗客名簿と座席表にしたがって荷物を振り分ける作業をしたのだろう。

「恐れ入りますが、お荷物がご本人様のものか確認した上でお渡ししますので、二列にお並びください」

乗客はCAの指示に従って二列に並んだ。割り込むようなマナーが悪い客はいない。

浩志もさりげなく列の中央に紛れ込んだ。

「パスポートをお持ちの方は、ご提示をお願いします」

先頭の乗客が名前を告げた。パスポートは荷物の中にあるようだ。

乗客は入国するわけではないので、入国審査を受ける必要もない。そのため荷物の受け渡しは523便のCAが行い、空港職員が補佐する形で行われた。乗客が名を告げると、受け持っていた座席エリアのCAが座席表から該当する荷物のところまで乗客を案内し、荷物の中を確認して手渡すらしい。

大半の乗客はバッグやポーチにパスポートを入れているケースが多いため、名前を教えれば持ち主が分かった。持ち主が特定できない場合でも、中身は何かあらかじめ聞くためにトラブルとなるケースはほとんどないようだ。こんなところで嘘を言ってもはじまらない。誰しも早く荷物を受け取って休みたいのだろう。

「次の方」

浩志は無言で偽造パスポートを佐々木に見せた。パスポートは常に身につけている。

「神崎様、こちらへ」

頭を下げた佐々木が、荷物が置かれた場所に向かって歩き出した。

「中国の公安警察と思われる人物が、神崎様のことを執拗に聞いてきました。お気を付けください」

佐々木は浩志に寄り添うように歩き、囁くように告げた。彼女は浩志が一般人でないことを充分理解した上で、注意を促してきたようだ。

中国の官憲は、敵対する人物に対して罪に陥れて逮捕することなど平気でする。ポケットに麻薬や発禁本を入れるなど、手口は様々であるが、無実を主張したところで逮捕されてしまう。浩志のパスポートが偽造であることがばれたのか、あるいは、乗客から浩志がテロリストを撃退した人物と聞いたのかもしれない。

「ありがとう」

浩志は佐々木を見ることもなく、礼を言った。

二

飛行機の格納庫で自分の荷物を受け取った乗客は、再びバスに乗せられて到着ロビーに戻された。

時間稼ぎをしているわけではないのだろうが、エアー東ニッポン航空の四人のＣＡがテキパキと働いているのに対し、空港職員は時として怠惰な態度で臨み、乗客全員に荷物が行き渡るまで一時間近くかかった。彼らとしては勝手に緊急着陸して空港を使えなくした上に、余計な仕事までさせられているという思いがあるのだろう。

午前八時三十分になっている。到着ロビーに着いた乗客は疲労の色が濃く、誰しも空腹を覚え、小さな子供は腹が減ったと泣きだした。

「お待たせしました。簡単ではございますが、朝食をご用意しました」

ＣＡの佐々木が、かすれた声を張り上げた。未明から大声で注意を促しているため、喉が嗄れてしまったのだろう。

四人のＣＡがダンボール箱からサンドイッチとペットボトルの水を取り出し、配りはじめた。海口美蘭国際空港にエアー東ニッポン航空は就航していない。そのため彼女たちが、直接空港の職員か販売店と交渉して用意したのだろう。

サンドイッチとペットボトルを入れたダンボール箱は、到着ロビーに戻ってくるとすでにあったので、乗客が格納庫に案内される前に発注されていたようだ。他の乗客から少し距離を置いて座っていた浩志には、佐々木からサンドイッチと水のボトルが手渡された。

「あと三時間ほどで、特別機が到着する予定ですので、間もなく三亜鳳凰国際空港に皆様とご一緒に移動していただきます。つきましては、日本に戻ったら社から改めてお礼をさせてください」

腰を屈（かが）めた佐々木が他の乗客に聞こえないように小声で言った。浩志と瀬川と田中の三人がテロリストに対処したことを固く口止めしていることが、不服らしい。会社にも報告していないはずだ。現場が混乱している中で言ったので、彼女たちには詳しい理由はまだ話していない。

「絶対に会社に報告するな。分かったな」

浩志は冷たい目を向けた。会社は事件の概要を公（おおやけ）にしなければならない立場だけに、彼女たちが詳細を会社に報告すれば、浩志らの存在がマスコミに漏れる。乗客がテロリストを阻止し、パイロットに代わって緊急着陸をしたというのは、間違いなく大スクープになるはずだ。マスコミは競って浩志らの正体を暴こうと必死になるに違いない。

「でっ、でも……」

佐々木が困惑した表情になった。彼女は浩志が単に有名になりたくないと控え目に思っていると勘違いしているのだろう。

「俺たちは傭兵だ。マスコミに顔が出れば、必ず命を狙われる」

浩志は淡々と言った。

「まっ、まさか」

佐々木は目を丸めた後、首を傾げた。冗談だと思っているようだ。一般人にとって戦争は、縁遠いことなのだ。

「死んだＩＳのテロリストは、俺たちのことを知っていた。俺たちの名が出れば、ＩＳは必ず復讐してくるだろう」

鼻で笑った浩志は、サンドイッチを頬張った。テロを阻止したのが機長と副操縦士というのなら、ＩＳは仕方がないと諦めるだろう。だが、宿敵とも言える浩志らだと知れば、彼らは名誉を守るために復讐するはずだ。

「……分かりました」

顔を曇らせた佐々木は、溜息を漏らした。

「俺たちのことは、忘れろ」

「私の同僚が、機長の付き添いをすることになりました」

浩志の言葉を無視するかのように佐々木は話し続けた。何か決意したかのように強い眼差しだ。

「……？」

　彼女が何を言いたいのか分からず、浩志は首を捻った。

「実は負傷した長澤様の付き添いを私が会社に志願したところ、許可がおりました。長澤様のことが、とても心配なのです。乗客を乗せた特別便をお見送りした後の私の使命は、長澤様の看護だと思っています」

　彼女の言葉遣いは、はっきりとしている。意外と気が強いのかもしれない。

　長澤とは、瀬川が使っているパスポートの偽名である。瀬川の弾丸摘出手術は無事終わり、経過も良好だと、付き添いを命じた田中から連絡を受けていた。また、機長の容態もいいらしい。

「勝手にしてくれ」

　浩志は苦笑いをした。病室に美人の佐々木が見舞いに行けば、堅物の瀬川も喜ぶだろう。年寄り臭い顔をした田中よりも、いいに決まっている。

「ありがとうございます」

　笑みを浮かべた佐々木は、頭を下げるとダンボール箱を抱えて立ち去った。なぜか足取りが軽くなったような気がする。ひょっとすると、佐々木は瀬川に気があるのかもしれない。瀬川は無骨な男ではあるが、目鼻立ちがはっきりとした意外とまとまった顔をしている。

「うん?」

佐々木の前方から空港職員のバッチを胸に付けたスーツ姿の男が現れた。

すれ違った佐々木は、男を見るとハッとした様子で振り返った。身長は一八〇センチほど、胸板の厚い男で、年齢は四十代前半か。スキンヘッドで鋭い目つきをしており、ジャケットの左脇がわずかに膨れているのは、銃をショルダーホルスターに入れている証拠だ。佐々木が公安警察かもしれないと言っていた男に違いない。

「藤堂・浩志先生ですね」

男はまっすぐに浩志のところまでやって来ると、さりげなく中国語で話しかけてきた。先生は単なる中国語の敬称である。

「何者だ?」

右眉を上げた浩志は尋ねた。公安警察でないことは分かる。彼らなら、大勢で押し掛けてくるはずだ。

「姜文(ジャンウエン)と申します。ご一緒していただけますか」

男は笑顔で答えると、名刺を差し出してきた。会社名は、〝北京(ペキン)通信環科技〟となっている。

「……分かった」

浩志は表情を変えることなく立ち上がった。

三

経済特区であった海南島の省都、海口市は島の北側に位置するが、風景は高層ビルが連なる北京や上海（シャンハイ）のような大都市ではなく、中国のごくありふれた地方都市と変わらない。また海南島は中国のハワイと言われているが、街路樹の一部にヤシの木が植えてあるだけでハワイの州都であるホノルルとはほど遠い。

一方、島の南にある三亜市はリゾート地として開発され、マンダリン、シェラトン、リッツ・カールトン、ヒルトンなど世界一流の豪華なホテルが建ち並び、小高い三亜鹿回頭（ルホイトウ）山頂公園からは、三亜湾を望む風景が見られる。

だが残念なことは、湾の東に位置し、大型客船の船着き場として利用されている島に、ホテルとリゾートマンションが入る円錐形の近代的な五つの高層ビルが建っていることだ。ビーチのどこから見ても巨大な構造物が視界に入ってしまい、景観をぶち壊している。

ワイキキビーチが波寄せる海岸と広い空の美しいコントラストを見渡せるのは、ホテル群の構造物と海が、ヤシの木と砂浜を境界にして交わることがないからだ。

午前八時五十分、浩志は黒のベンツSクラスの後部座席に座っていた。

二十分ほど前、到着ロビーに現れた姜文と名乗る男と行動している。男から〝北京通信環科技〟という会社の名刺を見せられた。

〝北京通信環科技〟は実体のない幽霊会社で、中国共産党の影の組織であるレッド・ドラゴンの隠れ蓑の一つである。レッド・ドラゴンは中国が有利になるように世界中で暗躍しており、リベンジャーズとは何度も戦闘を行っていた。

そのため、リベンジャーズの指揮官である浩志の暗殺命令が出されており、姜文が名刺を見せたのは、一般人に迷惑をかけてもいいのかという恫喝だと浩志は理解したのだ。もっとも、姜文が名刺でなく懐の銃を見せていたら、間違いなくその場で叩き伏せていただろう。

姜文は空港ビル前に停めてあったベンツに浩志を案内すると、助手席に乗り込んだ。車は空港から高速道路ではなく、国道を北に向かっている。海口市の外れに行くのだろう。

エアー東ニッポン航空の523便に乗っていた乗客は、三亜鳳凰国際空港に着陸する特別便に乗るために今頃チャーターバスで移動しているはずだが、浩志は乗らなかった。CAの佐々木には中国に入国すると言ったためかなり驚かれたが、仕事だと言って誤魔化し、帰国便の乗客名簿からは外させた。

運転しているのは三十代半ばの男で、バックミラーで浩志を見ることもない。姜文も運転手も、車が走り出してから一言も口を開いてはおらず、車内は重い空気が漂っていた。

浩志は気にすることもなく、窓の外の風景を眺めている。外気は十八度、霧が出ているせいもあり、湿度は百パーセントに近い。車内はエアコンが効いており、いたって過ごしやすいはずだが、運転手の頬には汗が流れていた。

レッド・ドラゴンにとって、浩志は凶悪な男だと思われているのだろう。実際、レッド・ドラゴンの刺客を何人もこの世から葬(ほうむ)っている。そのため、無駄に死者を出さないように、一時は浩志に手出しをしてはならないと組織内で通達まで出されていたそうだ。運転手は、かなり緊張しているに違いない。

南渡江(ナンド)という川を渡り、川に沿っている浜江路(ヒンコウ)という一般道に右折して北に向かった。ベンツは三十分ほど走り、霧の合間に見える川岸の風景を抜けて住宅地に入る。道路は大きくカーブを描いて西に向かい、運河沿いの路、長堤路(チヨウテイ)になった。一キロほど進み、交差点の、運河とは反対側の角にある広場の前で、車は停められた。

助手席からいち早く下りた姜文が、無言で後部ドアを開けた。同時に湿った空気が流れ込み、体にまとわりつく。

車を下りた浩志は、空を見上げた。かなり明るくなってきたが、霧が完全に晴れたわけではなく、まだ霞(かすみ)がかかっている。悪天候の中よく無事に着陸できたものだと、改めて感心してしまう。

「藤堂先生、こちらです」

ドアを開けた姜文は、呑気に空を見上げている浩志を見て首を捻っている。宿敵の手先に素直についてきた浩志の態度に疑問を感じているに違いない。拒絶され、銃を使う場面も想定していたはずだ。

浩志もまったく危険を感じなかったわけではない。

姜文は脇の下に銃を持っている。だが、プロなら誰でもその存在に気が付く。隠し持つのなら、腰の上に付ける特殊なホルスターを使うか、ズボンの後ろに差し込む。あるいは小型の銃を足首に巻きつけておくだろう。姜文は銃を誇示しているのかもしれないが、浩志を暗殺する気は今のところないということだった。それに、殺すのならいくらでもチャンスはあっただろう。

また、姜文は浩志のボディチェックをしていない。現段階では互いに手を出さないという暗黙の了解があるということだ。とはいえ、浩志が持っている武器といえば、掌に隠し持つことができるクボタンだけである。ハイジャックをしたナウワーフの銃は、コックピットに転がしたまま手も触れなかった。また、奪ったサバイバルナイフも、指紋を拭き取って機内に置いてきた。下手に武器を持っていると、公安警察に疑われるからだ。

広場と思ったのは、駐車場も兼ねているらしい。周囲に薬局やレストランや洋服屋がある。朝早いせいか観光客の姿はなく、開店の準備のためにトラックから荷物を下ろしている店もある。

車の数メートル先にある、いくつその赤い提灯(ちょうちん)がぶら下がり、様々な魚が泳いでいる水槽が置かれた店の前で姜文は立ち止まった。提灯の上には福泉(フーチエン)美食園と書かれた看板がある。海鮮料理の店らしい。朝飯でも食べるというのだろうか。空港で配られたサンドイッチを食べたが、腹の虫はまだ納得していない。朝から海鮮料理というのもなんだが、そそられることは確かだ。

「お入りください」

姜文は入り口から一歩下がって、手を前に出した。自分は入らないつもりらしい。先に行かせて後ろから襲う可能性もある。浩志は姜文の挙動に注意を払いながら店に足を踏み入れた。

この店も準備中らしく、テーブルと椅子(いす)が窓際に寄せられ、店内はがらんとしている。だが、店の奥に一つだけテーブルと椅子が用意され、見覚えのある男が、背後にサングラスをかけた背の高い男を従えて座っていた。身長は一九〇センチ前後、首まわりも太い。ボディーガードなのだろう。

「しばらくだね」

ラフなスーツを着て椅子に座っている男は、口元にわずかな笑みを浮かべた。レッド・ドラゴンの幹部、馬用林(マーヨンリン)ことトレバー・ウェインライトである。テーブルには二人分のナプキンと箸が用意されており、なぜかテーブル脇にワゴンが置かれ、小型のステレオが載せてあった。

　この男はいつでも神出鬼没である。

「何の用だ」

浩志はポケットから密かにクボタンを抜いて握りしめると、ウェインライトのテーブル席まで油断なく進んだ。店内は浩志を入れて三人だけだが、厨房やスタッフ用と思われるドアの向こうに多数の人の気配を感じる。開店準備をする店員かもしれないが、言いようのない緊迫感を覚えるのだ。

「待ちかねたよ。積もる話は、食事をしてからにしないか」

ウェインライトは正面の席を指さし、傍らのステレオのスイッチを入れると、背後に立っていた男が一礼して部屋から出て行った。

ステレオから流れる軽快なジャズは、ジョン・コルトレーンだ。盗聴はもちろん、部下にも話の内容は聞かれたくないということなのだろう。

「いいだろう」

クボタンをポケットに仕舞った浩志は、椅子に座った。

四

馬用林、本名トレバー・ウェインライトは米国の軍需会社であるサウスロップ・グランド社の重役であった。だが、彼は自社の機密から、〝アメリカン・リバティ（ＡＬ）〟というコードネームで呼ばれ、世界を裏側から動かしている米国の闇の組織の存在を偶然知ってしまう。

機密を知ったウェインライトはＡＬから命を狙われる身になると、同時にＡＬに対抗すべく中国の闇の組織であるレッド・ドラゴンに身を投じ、馬用林という中国名で活動するようになった。彼は自分が持ち出したサウスロップ・グランド社の機密情報を教えることで、レッド・ドラゴンに信頼されて幹部になったのだ。

浩志は姜文と名乗る男に案内され、福泉美食園という店の一番奥のテーブル席に座っていた。向かいの席にはウェインライトが座っている。この男とは一昨年台湾で会っている。その際、彼からホットラインとしてグローバル携帯を渡されていた。

目の前のテーブルの真ん中に、洗面器のような大きな金属製の鍋に入った海鮮スープが置かれ、白灼蝦（パイヂヨウシヤア）という茹（ゆ）でエビや空芯菜やおかゆなどの料理が次々に運ばれてくる。席について五分も経（た）っていない。あらかじめ用意されていたらしい。

「遠慮なく食べてくれ」

笑顔を浮かべたウェインライトは、目の前の小海老を摘んだ。

この男はアングロサクソン系の白人だったが、整形手術をして東洋人の血が混じっているような風貌になっている。笑うと妙に表情がこわばって見えるのは、手術のせいだろう。

「ハイジャック機に俺たちが乗ったのは、偶然か?」

浩志は憮然とした表情で尋ねた。偶然というものにも理由はあるものだ。そもそも緊急着陸した島にウェインライトが待ち構えていることが、おかしい。

「君のように修羅場をくぐり抜けてきた人間は、世の中に偶然はないとでも思っているのだろう。疑り深い性格だ。もっとも、私もそうだが」

ウェインライトは殻を剥いた小海老をタレにつけて口に入れた。

「もったいぶるな」

浩志はテーブル中央に置かれた鍋から、自分の小鉢にスープを入れた。うまそうにエビを食べるウェインライトを見ていたら無性に腹が減ってきたのだ。

「言っておくが、ハイジャックは我々が企図したものではない。だから、エアー東ニッポンの523便がこの島に緊急着陸したのは、ある意味偶然だ」

二つ目のエビの殻を剥きながらウェインライトは答えた。

「俺が聞いているのは、ISのテロリストと同じ便に俺たちが乗ったことが偶然かと聞いているのだ」

浩志はスープをスプーンで口に運んだ。酸味があるスープだが、貝や白身の魚がたくさん入っており、あっさりとしている割にコクがある。

523便の航空券は、タイの国軍から送られてきたものだ。国軍の演習と観閲式は、一週間後で少し早いと思っていたが、その前に訓練するのだろうと考えて疑問には思わなかった。

「航空券を手配したのは私だ。君が国軍の演習と観閲式に招待されていることは、スウブシン陸軍准将から聞いていたからね」

エビを頰張りながらウェインライトは答えた。

「何！」

浩志はスプーンを持つ手を止めた。スウブシンとは十年来の付き合いがある。彼は高潔な人物で、レッド・ドラゴンと関わりがあるとは思えない。

「私は、中国共産党軍の武器専門の外部顧問という公の仕事もしている。知っての通り、中国は世界中に武器を売りさばいている。特にタイ国軍には大量の武器を納品している関係で、准将とは数年前から付き合いがあるのだ。前回会った際に、君が観閲式に招待されているのか、准将にそれとなく聞いてみたのだ」

タイ国軍は価格の安い中国製武器を大量に輸入し、中国も士官クラスを招いて接待漬けにしている。また、タイは二〇一四年に軍事クーデターを起こして欧米諸国から非難されているため、中国に頼らざるを得ないという状況があった。それに乗じて、中国はタイを足がかりに東南アジアへの進出を図り、結果タイはますます欧米諸国と対立する、という悪循環(あくじゅんかん)に陥っている。

もっともタイ政府も中国への依存度が高いことに危機感を覚えており、日本とのパイプを強化することで西側諸国との繋がりを求め、中国を牽制(けんせい)したいというのが本音のようだ。

「それなら、なぜ、523便の航空券の手配をしたのだ」

少なくともウェインライトは、ISのハイジャックを知っていたはずだ。

「我々は北朝鮮のある人物をマークしていた。すると、その人物はISの幹部と連絡を取り、三人の兵士を紹介された。君らが倒したイラク人だよ。彼らが523便をハイジャックすることは、二週間前から決まっていた。だから、私は准将の名を借りて、チケットを勝手に用意させてもらった」

ウェインライトも自分の小鉢にスープを入れながら答えた。

「ハイジャックで、俺たちを523便ごと南シナ海に沈めようと思ったのか?」

鼻で笑った浩志は、スープを飲み干(ほ)した。

「馬鹿な。君がたかがＩＳの兵士に対処できないはずがないだろう。私は５２３便の乗客乗員合わせて二百八十九名をただ救いたかっただけだ。現に君は生きているし、ほとんどの乗客の命を救っている」

乗客は二百八十四名で、乗員も入れれば二百九十二名である。三人のハイジャック犯は勘定に入れていないらしい。

「副操縦士とパーサーが殺され、機長も負傷し、仲間も銃で撃たれた。しかも、時限爆弾が機外で爆発し、機体が損傷したせいで着陸に危うく失敗するところだったんだぞ」

浩志は眉をピクリとあげた。

「ブラボー！　さすがだ。どんな困難なミッションも君ならこなせると思ったよ。君が乗らなければ、二百八十七名の命はなかった。私の判断は正しかった」

ウェインライトは口笛を吹いてみせた。

「事前に、ハイジャック犯が乗っていると通報すれば、すんだはずだ」

電話一本で、防げたはずである。

「確かに５２３便は、助けることができた。だが、テロは必ず行われる。今回我々がたまたま情報を入手できたからよかった。だが、いつでも事前に情報が手に入るわけではない。依頼者は失敗しようが成功しようが、テロが行われたという事実だけでよかった。なぜなら、それだけで日本政府を脅すには充分だからだ」

暖簾（のれん）に腕押しとはこのことである。腹を立てたところで馬鹿馬鹿しい。

「どうしておまえはこの島にいたんだ？」

溜息を漏らした浩志は、エビを摘んだ。

「成田空港で、ハイジャック犯に時限爆弾と銃とサバイバルナイフが手渡されることは分かっていた。犯行は乗客が完全に寝静まる台湾を過ぎた頃に行われる予定ということもね。君と仲間なら犯人を取り押さえると思っていたが、結果によっては飛行機の着陸先は、三パターンになるだろうと考えられた。一つは誰も怪我をしていなければ、そのままクアラルンプールに向かう。残りの二つは、怪我人が出て緊急着陸する場合で、コース上、ベトナムか海南島のどちらかだ。そこで私はあらかじめ海南島に来ていた。他の場所に行ったのなら、他の方法で君と改めて接触するつもりだった。なんせ、君とはなかなか連絡が取れなくなったからね」

ウェインライトから渡されたグローバル携帯の電源をこの一ヶ月ほど入れていない。忙しかったこともあるが、連絡を取るつもりもないからだ。

「ＩＳにテロを依頼した北朝鮮のとある人物とは、何者だ？」

殻を剝いたエビを食べながら浩志は尋ねた。ハイジャックを計画した人間は、この手で見つけ出すつもりだ。被害を最小限に抑えたとはいえ、救えなかった命の代償を払わせねばならない。

「朝鮮人民軍偵察総局の金栄直、コードネームは天塔、自嘲するように天塔を英語でバベルの塔と訳し、バベル、あるいはバベルのBをとって〝ミスター・B〟と名乗っている」

「〝ミスター・B〟！」

思わず声をあげた浩志は、眉間に皺を寄せた。

五

エアー東ニッポン航空の523便をハイジャックした三人のISの兵士のうち、ハリードとナシルを浩志は尋問している。

トルコ経由で来日した三人は、成田空港で見知らぬ男から航空券を渡され、航空保安検査と出国審査を受け、ハリードとナシルは搭乗ゲートでサバイバルナイフを、ナウワーフは爆弾と銃が入ったバッグを受け取っていると自白していた。彼らに協力した人物は、東洋系の男でバベルと名乗ったと聞いており、ウェインライトの情報と符合する。

だが、浩志を驚かせたのは、その男は朝鮮人民軍偵察総局の金栄直で、バベルの頭文字のBを取って、〝ミスター・B〟とも名乗ると聞かされたことだ。

偵察総局はこれまで二〇一〇年三月の韓国海軍哨戒艦〝天安〟撃沈事件、同年十月の

〝延坪島(ヨンピョンド)砲撃事件〟などの陰謀に関与したとされている。

そして、昨年の暮れに川内(せんだい)原子力発電所のホームページがISによって乗っ取られ、発電所を攻撃すると恫喝されたことがあった。調査を依頼された浩志は、仲間とともにパリ、ベルギー、そしてシリアのラッカとISのハッカーを追跡し、犯人を捕らえて尋問しており、犯人の一人であるフランス人のアディル・グルキュフは、〝ミスター・B〟に依頼されたと白状したのだ。

また、美香は島根原子力発電所に対してテロを計画していた男を逮捕しており、朝鮮語を話したことだけは確認していた。

昨年からの事件と今回のハイジャックも含めて、日本へのテロに関係しているのは、〝ミスター・B〟であることは確かなようだ。また、日本で逮捕された男は朝鮮語を話すことから、北朝鮮の工作員という可能性は大いにある。

「どうやら〝ミスター・B〟について何か知っているようだな」

浩志の反応を見てニヤリとしたウェインライトは、スープを美味(うま)そうに飲んだ。

「バベルも〝ミスター・B〟というコードネームも、ISの兵士から直接聞いている。だが、そいつが同一人物で朝鮮人民軍偵察総局の金栄直というのは、初耳だ。俺にそれが確かな情報なのか、納得しろというのか？」

ウェインライトの情報を鵜呑(うの)みにするほどお人好しではない。そもそもハイジャック犯が乗った飛行機に、浩志たちが乗るように仕組んだ男である。一歩間違えれば、死んでいた。彼が言うように乗客を救うことはできたが、結果論に過ぎない。しかも金栄直がレッド・ドラゴンのエージェントという可能性もある。

「疑り深い男だ」

舌打ちをしたウェインライトはナプキンで指先を拭うと、上着のポケットからキャビネサイズの写真を出し、浩志に手渡してきた。写真の中央に、世界でもっとも知られたおかしな髪型の太った人民服姿の男が写っている。

「……？」

浩志はウェインライトをちらりと見た。

「これは、昨年平壌（ピョンヤン）で行われた軍事パレードの写真だ。三胖（サンパン）の右後ろに写っている目が鋭い軍人がいるだろう。そいつが金栄直、歳は三十六歳、朝鮮人民軍偵察総局の大佐で、金正恩（ジョンウン）のお気に入りの一人だ」

朝鮮人民軍偵察総局は、他国でいう国防省である人民武力部傘下の対外諜報・特殊工作機関である。同局は、他国に対するテロから違法な密売・密輸まであらゆる汚れた仕事を行う情報機関でもある。

ちなみに三胖とは、「三代目のデブ」という意味で、中国共産党や軍の幹部の間で、金正恩を指す隠語である。以前は〝金三胖〟と金ファミリーの金が付いていたが、最近はそれすらない。

二〇一六年に重慶市を視察中だった習近平国家主席が、北朝鮮の突然の水爆実験の報を聞き、「あの三胖めが」と呟いたと言われるのは有名な話である。

「それから、成田国際空港の出発ロビーの監視カメラの映像のコピーだ。時刻は昨夜の午後九時二十分。５２３便が出発する、一時間半前だ」

ウェインライトが、別の写真を渡してきた。

「空港の警備システムをハッキングできるのか？」

険しい表情になった浩志は、首を捻った。

写真の左隅にハイジャックをした三人のイラク人と、一人の東洋人が写っている。東洋人は先にもらった写真に写り込んでいる金栄直に似ていなくもない。イラク人たちはスーツケースを持っており、場所は成田空港の出発ロビーらしいが、この写真だけでは断定するのは無理だ。

しかも、一枚目の写真は北朝鮮の軍服を着て、頭にはツバの大きな制帽を被っている。二枚目の写真は、ポロシャツにジャケットというラフな格好であるため、印象がかなり違って見えるのだ。

「レッド・ドラゴンは、中国共産党の裏の組織だ。逆に中国共産党が裏でしている仕事は、すべてレッド・ドラゴンの領域だと思ってもらっても構わない。中国の情報収集能力は、ＣＩＡと同じか、それを上回っている。日本の空港のセキュリティを破るのは、簡単なことだ。君に嘘をついても仕方がないだろう。写真は二枚とも進呈する。日本の傭兵代理店で解析してみれば、合成写真じゃないことはすぐ分かるはずだ」

ウェインライトはニコリと笑った。あえて日本政府で調べろとは言わずに傭兵代理店でと言ったのは、ハッカーの土屋友恵（つちやともえ）のことも知っているのかもしれない。彼女なら二枚の写真の原版を手に入れ、しかも顔認証をコンピュータで解析することも可能だろう。

「わざわざこれを知らせるために、俺を５２３便に乗せたのか？」

浩志は左手に持っている写真を右指で弾（はじ）いた。

「それもある。だが、レッド・ドラゴンの一幹部として君に公（おおやけ）に会うには、少々危険を冒（おか）してもらう必要があった」

「だから、ハイジャックされる飛行機に？」

浩志は、ピクリと左の頬を痙攣（けいれん）させた。

「他の幹部を納得させるのは、それしか方法がなかった。普通に会っては、怪しまれる。君を危険に晒し、生き延びたら我々の利益に適うとみせかけたのだ。だが、私の情報が正しかったことも証明できた。そもそも私とのホットラインを一方的に切っているのは、君だ。あれが生きていれば、こんな芝居がかったことはしなくてすんだ」

ウェインライトは人差し指をキザに振ってみせた。浩志に手渡した特殊な携帯電話をオフにしていることを怒っているらしい。

「公とは、どういうことだ？」

「レッド・ドラゴンとして、君に仕事を正式に依頼するからだ」

「なっ！」

浩志は思わず吹き出した。

「冗談ではない。我々はつけ上がった三胖をこの世からいずれ抹殺する。だがその前に、三胖にほえ面をかかせてやる必要があるのだ」

「くだらん！　自分たちでやればいいだろう」

鼻先で笑った浩志は、首を振った。

「我々がやれば、中国が完全に敵になったと思われてしまう。三胖がそう思うのは構わない。どうせ、長くは生きられないからな。だが、北朝鮮の軍人や政治家にまでそう判断されては困るのだ」

「随分と中国に肩入れするな。そこまで中国に惚れているのか？」

浩志は肩を竦めてみせた。

「惚れていると言えば、語弊がある。米国、つまりアメリカン・リバティの野望を砕くには、中国の毒を使う必要がある。肩入れしなければ、毒の効果が薄まるだけだからな。日本の諺にもあるだろう。毒を食らわば皿まで、とな」

　ウェインライトは浩志の真似（まね）をして肩を竦めてみせた。

「金正恩の暗殺計画があるのか？」

「はっきりしたことは言えないが、いずれはそうなる。三胖が死ねば、あの国は、少しはまともになり、中国が再び管理下に置くだろう。そのためには、軍人や政治家を味方につけておく必要があるのだ。リベンジャーズが任務を引き受けてくれれば、何の問題もない。それに北朝鮮の日本への攻撃を阻止するためにも、君たちは働くべきなのだ」

　金正恩の暴政で、軍人や政治家は表面上は忠誠を誓（ちか）っているが、内心は反発しているそうだ。中国は密かに彼らとつながっているのだろう。それゆえ、中国は実力行使をしたくないに違いない。

「攻撃とは、ＩＳを使っていることか？」

　昨年から続く日本へのテロは、ＩＳが絡んでいる。今のところリベンジャーズが阻止しているが、今回のハイジャックは大きな問題になるだろう。

「そうだ。平和ボケした日本をテロで恐怖に陥れる。三胖は米国を恐れている。そのため米国の同盟国である日本を陥れて米国の力を弱めたいのだ。日本を失いたくない米国は、北朝鮮への攻撃は諦めるだろうとあの男は思っている」

　ウェインライトは苦々しい表情で、手を左右に振った。この男の話を聞いていると、不思議と引き込まれてしまう。正論ということもあるが、話術が巧（たく）みなのだ。

「おまえは、米国が嫌いじゃなかったのか?」

「私がレッド・ドラゴンに身を投じているのは、ALに対抗するためだ。米国が憎いからじゃない。むしろ愛国心は強い。三胖がこのまま暴走を続ければ、朝鮮半島が紛争地になる。私が願うのは平和であり、戦争ではない」

ウェインライトは身を乗り出して言った。

「俺は、直接仕事は引き受けない」

浩志はナプキンで手を拭うと、テーブルの上に置いた。これ以上話すことは何もない。

「分かっている。君に会ったのは、直接情報を渡したかったからだ。君に我々の真意を知ってもらわないと、断られる恐れがあるからな。正式な申し込みは、傭兵代理店を通じて行う。任務は日本のためにもなる。是非検討してくれ」

ウェインライトはわずかに頭を下げた。

「引き受けるかどうかは、情報を精査してからだ」

浩志は写真を二つ折りにしてジーパンのポケットにねじ込んだ。

六

席を立った浩志は、店の出入口に向かった。

ＢＧＭのジャズが消えた。ウェインライトがステレオのスイッチを切ったようだ。

出入口から入ってきた姜文が、浩志の前に立ち塞（ふさ）がった。両手に革の手袋している。どうやらただで通すつもりはないらしい。

背後でドアが開く音がした。

振り返ると、五人の男が厨房に通じるドアから現れ、背の高い一人はウェインライトの傍に両手を組んで立ち、残りの四人は浩志の背後に立った。彼らから強烈な闘志を感じる。テーブルや椅子が窓際に寄せられ、中央に大きなスペースができていたのは、最初から浩志を襲うつもりだったのだろう。

「客人をもてなす作法も知らないようだな」

肩を竦めた浩志は、ウェインライトを冷めた目で見た。

「彼らは私の忠実な部下だが、同時に中国人だ。彼らはリベンジャーズとレッド・ドラゴンの戦闘を知っている。それだけに君に対して憎悪の念が強い。とりわけ、姜文の弟は、〝雪豹（シュエバオ）〟に所属し、上大陳島（シャンダーチエン）でのリベンジャーズとの戦いで戦死している。私は彼に君を案内するように命じたが、無事に帰すようにとは命じていない」

ウェインライトは不敵に笑って見せた。冷酷（れいこく）な人間を装（よそお）っているらしいが、現実は部下の中国人の行動を抑えられないのだろう。下手に拒絶すれば、部下に反発され信用を失うからだ。幹部とはいえ、所詮ウェインライトは中国人の組織では外国人、部外者とみられているに違いない。

一昨々年レッド・ドラゴンの日本担当だった蜥蜴（シーイー）は、人質を取ってリベンジャーズをおびき寄せ、彼の子飼いの特殊部隊〝雪豹〟に殲滅（せんめつ）させる計画を立てた。だが、リベンジャーズは見事に〝雪豹〟を撃破して、人質を奪回している。

「私怨（しえん）か」

首を振った浩志は呟いた。戦争で殺人は合法化されるが、戦地だろうと殺人は人殺しに過ぎないと浩志は認識している。人を殺すための武器で武装している兵士が、戦略上敵を殺そうが、反撃して正当防衛として敵を殺そうが、殺人は殺人なのだ。自分が殺人者であることを否定しようとは思っていない。また、殺人による報復は当然だと肯定（こうてい）している。

「私がおまえを殺して、リベンジャーズに依頼ができなくなっても、文句を言う者は組織にはいない。馬尊師からも自由にするように許しを得ている。逆に私が殺されても、新たな刺客（しかく）がおまえを襲うことはないと約束しよう。その時は、仕事を引き受けてくれ」

姜文は腰をわずかに下げて両手を上下に構えた。中国拳法を使うようだ。

「くだらん」

浩志は右足をわずかに前に出し、自然体に構えた。

背後にいた四人の男たちが四メートル間隔で四方に並んだ。人間のリングということなのだろう。

「キエー！」

奇声を発した姜文が、左右のパンチを入れてきた。予想をはるかに超えるスピードだ。しかも懐が深いというか、思いの外パンチが伸びてくる。

「むっ！」

パンチを避けて後ろに下がった浩志は、気配を感じて斜め前に飛んだが、背中をわずかに斬りつけられた。いつの間にかリング役の男たちは、両手に刃渡り二十センチほどのサバイバルナイフを握りしめている。隠し持っていたようだ。

「ルールの説明をしていなかったな。彼らは動くことはないが、手の届く範囲で近づいた者を切り裂く。電撃金網デスマッチと同じ要領だ。それから、言い忘れたが、私は通背拳を使いこなす」

姜文は得意げに言った。

通背拳は手足を独楽のように回転させ、攻撃と防御を流れるように行う。パンチや掌底や蹴りを猛烈なスピードで繰り出し、敵を幻惑させる実践的な拳法で、腕を素早く遠くに繰り出す打撃法が特徴とされている。

「そのルールは、俺だけに適用されるのか？」

男たちが四メートル間隔で立っていても彼らが半径一メートルの距離で腕を振り回せるのなら、リングは実際には二メートル四方となり、退けば背中を切られるというわけだ。

「リングは、公平だ」

姜文はニヤリとした。

「怪しいものだ」

浩志は自然体から古武道の突きを入れ、すかさず右のミドルキックを放った。

「なっ！」

突きはなんとか払ったものの、ミドルキックを受け損ねた姜文は堪（そこ）らず二歩後退し、リング役の男に斬りつけられた。多少仲間には手加減しているようだが、アウェイだから仕方がない。

「リングの出来はまあまあだな」

浩志はわざと歯を見せて笑った。

「くそっ！」

腕を切られそうになった姜文が、顔を朱に染めて左右のパンチの連打、それに蹴りも入れてきた。速い、とにかく技の切れ目がない。

「くっ！」

連続のパンチを避けた瞬間に、踵（かかと）で足を踏むように蹴られ、バランスを崩したところで肘（ひじ）打ちを顎に食らった。のけぞるように倒れた頭上からサバイバルナイフが振り下ろされ、首を曲げて避けると、すかさず反対の手で斬りつけられる。背中で回転し、体の方向を変えると、サバイバルナイフは脇腹をかすめて床で火花を散らした。リングは浩志に対しては容赦がない。

足を旋回させた勢いで立ち上がると、左膝を突いて低い姿勢からローキックを姜文の膝裏に入れて体勢を崩し、右横拳を左の脇腹に決めた。

よろめいた姜文の背中に背後の男が斬りつけたが、腕が伸びきっていないためわずかにナイフは逸れた。リング役の男たちは、かなりナイフの扱いに慣れているようだ。

「リングに助けられたな」

浩志は鼻で笑った。

「何！」

両眼を吊り上げた姜文は飛びつくようにかかってきた。

浩志は攻撃のパターンを読んでいた。パンチを右左と避け、次の右パンチで左に体を入れると同時に、相手の右手を掴んで背後に倒れながら姜文を投げ飛ばした。流派によって名前は違うが、古武道の〝横返し巴(ともえ)投げ〟である。

後頭部を強打した姜文は、リング役の男の足下まで転がって気絶した。だが、男は斬りつけようとはせずに呆然と立っている。

「おまえたちは、リングじゃなくて木偶(でく)の坊らしいな」

浩志が乾いた笑いをすると、

「うるさい！」

四方の男たちが一斉に襲いかかってきた。

敵の仲間が公平でないことは、お約束である。

浩志はポケットからクボタンを抜きながら左後ろに飛んで、肘打ちを男の鳩尾に入れて倒した。囲いを破られた残りの三人が目標を失った隙をつき、浩志は左前の男の肋骨をクボタンで突き、右前の男の鳩尾を前蹴りで蹴り抜くと、右後ろの男のナイフを右手で払うと同時に相手の頭を両手で摑み、膝蹴りを三発くらわせて昏倒させた。

最初に肘打ちを入れた男が起き上がろうとしたので、顎を蹴り上げて再び床に沈めた。クボタンは結局二人目の男にしか使わなかったが、男は一撃で泡を吹いて気絶している。一点に衝撃が集約されるため、威力があるのだ。

背後で拍手が聞こえてきた。ウェインライトである。浩志が勝つことを予測していたのだろう。これで、部下の顔も立て、組織からも怪しまれずにすんだというわけだ。計算高い男である。ウェインライトの傍に佇む男は彼のボディーガードと思われるが、一切の気配を殺し、浩志の闘いぶりを見ていた。相当に腕がたつに違いない。動く気配がないのは、余興は終わったということか。

「……」

舌打ちをした浩志は、振り返ることなく店を出た。

依頼

一

チェンマイはタイ北部にあるチェンマイ県の県庁所在地で、十三世紀に成立したラーンナータイ王国の首都として栄えた。現在でもバンコクに次ぐタイの第二の都市で、古くからある仏教寺院や遺跡が数多く街に存在するため、観光の街として人気がある。

中でも街の西に位置するステープ山の標高千八百メートルに〝ドイ・ステープ（ワット・プラ・タート・ドイ・ステープ）〟というクーナ王統治時代に建立された寺は、チェンマイで最も有名な観光名所であろう。

ラーンナータイ王国時代に築かれた堀と城壁で東西南北を囲まれた旧市街から外れた北側にワット・タポーラという小さな寺院があった。〝ドイ・ステープ〟のように金箔が貼られたまばゆい仏塔があるわけでもなく、また近くにある十五世紀に建立されたワット・

ジェット・ヨードのように「菩薩の寺（ワット・ポータラーム）」と呼ばれるほど地元民に人気がある寺院でもない。

浩志はワット・タポーラの南側にある入り口から入り、壁に沿って北に向かった。

時刻は午前九時過ぎだが、気温はすでに二十八度ある。だが、湿度は四十八パーセントとそれほど高くもないので体感温度は自ずと下がる。それに早朝から曇っているため、かんかん照りで無風だった昨日よりは過ごしやすい。

一昨日海南島に緊急着陸したエアー東ニッポン航空の５２３便に乗っていた乗客は、数時間後に到着した特別便に乗ってその日のうちに日本に帰っている。帰国後乗客は成田国際空港に押しかけたマスコミに取り囲まれ、一時的に空港機能が麻痺するほどの騒ぎになったようだ。だが、浩志らはテロリストに対して密かに対処したため、詳しい情報を知る乗客は誰一人いなかった。

また、事件の詳細を発表したエアー東ニッポン航空は、浩志の考えたストーリーをほぼそのまま発表したらしい。事件の詳細は浩志が傭兵代理店の社長の池谷悟郎に報告しており、彼はすぐさま政府関係者と協議していた。

そのため、エアー東ニッポン航空には政府の圧力がかかり、浩志と瀬川、それに田中の三人の名は一切表に出ることはなく、「テロに対処した副操縦士は死亡し、同じく負傷した機長が重傷を負いながらも緊急着陸した」と発表されている。もっとも、圧力がかかったとはいえ、エアー東ニッポン航空にとって、マイナスになる要因は一つもなく、各方面から称賛の声が寄せられ、むしろいい宣伝になったはずだ。

　撃たれて負傷した瀬川は、二、三日中に退院して田中と一緒に帰国する予定である。タフを売り物にしているだけに本人はいつでも退院できると、手術の翌日には言っていたそうだ。また、付き添いにつけてある田中からは、自主的に看護を志願してきたCAの佐々木に瀬川が鼻の下を伸ばしていると苦情じみた報告を受けている。

　浩志はレッド・ドラゴンの馬用林こと、トレバー・ウェインライトと別れた後、海口美蘭国際空港には戻らず、タクシーで三亜鳳凰国際空港に向かい、クアラルンプール経由でタイに向かった。チケットはあらかじめウェインライトが手配していたので、トランジットもスームズにすみ、その日の夕方にはチェンマイに到着している。

　五メートルほど進むと、壁際に鬱蒼と茂る雑草に埋もれかかった小さな仏塔がいくつも現れた。タイの墓地である。基本的にタイ人には墓がない。タイでは葬儀の一日目に火葬し、遺骨は翌日骨壺に収められ、葬儀が終了したら川や海、あるいは山に散骨する。いわゆる自然葬なのだ。

　だが、まったく墓がないというわけではなく、古くは貴族など裕福な支配層が作り、現代でも金持ちが墓を寺院に設けるらしい。また、それほど金持ちではないが、名を残すために寺院の壁に掛ける額型の墓もある。

浩志は腰に差していた鉈を抜くと、仏塔型の墓の奥にある雑草を刈りはじめた。ジーパンにTシャツを着ているが、体を動かし始めた途端に汗が噴き出し、Tシャツの背中がじっとりと濡れる。五分ほど雑草と格闘し、墓の周りを綺麗にすると、寺院の壁に掛けてあった額型の墓が見えるようになった。

「よし」

鉈を腰のホルダーに収めた浩志は大きな息を吐き出した。

額型の墓には、二〇〇八年、タイ国陸軍特殊部隊、副隊長デュート・トポイ少佐ここに眠ると、タイ語と英語で書かれている。

浩志の戦友であったトポイは特殊な任務を受け、リベンジャーズとともに軍政下のミャンマーに潜入した際に、重武装した戦闘ヘリ、アパッチの銃撃で死亡した。

陸軍の特殊部隊は、第一と第二特殊部隊までは公にされているが、第三特殊部隊は非公開の部隊のため、死亡しても通常部隊の兵士として処理される。そのため、上官であったスウブシンは、トポイを名誉の戦死として名を刻むべく、特殊部隊という言葉を墓に刻み、目立たない寺院に墓を作ったのだ。

普段は彼の部下が墓の手入れをしているのだが、浩志が来ることが分かっていたので、この一、二週間はあえて手入れをしなかったらしい。

日本の墓と違い、花や線香を手向けることはないので、墓を手入れすることで故人を悼むのだ。流れる汗を首に巻いていたタオルで拭いた浩志は、墓の前に立ち、両手を合わせた。今さら冥福を祈るわけではないが、また会いに来たという挨拶代わりだ。本当は昨日来るつもりだったが、第三特殊部隊の訓練に急遽参加することになったので時間が作れなかった。

「こちらでしたか」

背後から声がかけられた。

浩志は無視して手を合わせている。気配を察知し、誰だかも認識していた。傭兵代理店の池谷である。

「ホテルの部屋にお伺いしたら、もうお出かけだと聞きまして、慌てて参りました」

池谷は額型の墓の下に、タイ産の煙草とスターフルーツやドラゴンフルーツなどの現地産の果物を置いた。お供え物のつもりだろうが、果物はともかく、トポイは煙草を吸わなかったはずだ。

「いつ着いたんだ？」

ちらりと池谷を見て浩志は尋ねた。

「昨夜遅く着きました。本当はもっと早く来たかったんですが、例のハイジャック事件の処理で政府と色々打ち合わせがありまして、なかなか日本を離れることができませんでした」

どうせ計算高いこの男のことである。浩志らの働きを政府に認めさせて、金とは言わないが何らかの利益に繋がることを政府に約束させたに違いない。

「馬からは、明日と言われている」

ウェインライトからは、仕事の依頼は改めて日本の傭兵代理店にすると言っていたが、さすがに日本に乗り込むのは彼らにとって危険だということで、第三国での打ち合わせを望んでいた。それが、タイであった。

ウェインライトも計算高い男で、彼が浩志にチェンマイまでの航空券を用意していたのは、最初からチェンマイで行われる特殊部隊の観閲式に出席するつもりだったかららしい。二つのことを同時に済ませようというわけだ。第三特殊部隊は、基地が同じくチェンマイにある第二特殊部隊に続いて全員バラクラバを被って行進する。国軍では第三特殊部隊の存在を公式に認めていないだけで、最強の部隊が存在することを内外に誇示しているのだ。

「分かっています。ただ、何を考えているか分からない人物ですから、早めに来ました。それから、念のためにリベンジャーズの宮坂さん、加藤さん、黒川さん、寺脇さん、それに村瀬さんに鮫沼さんも一緒に来てもらいました」

池谷はニヤリと笑って見せた。

当然彼らの旅費や交通費は傭兵代理店持ちだろう。池谷は吝いことで有名だが、いざとなったら資金の出し惜しみをしない。

「都合がいい。午後の訓練に全員参加させよう」

浩志は頷くと踵を返した。

二

リベンジャーズは、浩志を慕って一人一人がスペシャリストの兵士が集まってできた傭兵特殊部隊である。

レッド・ドラゴンの幹部であるウェインライトから仕事の要請があると聞かされて、浩志はチェンマイに来たのだが、池谷は浩志の要請を受ける前に仲間を招集してタイに乗り込んできた。レッド・ドラゴンとは敵対関係にあるため、突発的な事象に備えてのことである。

リベンジャーズは浩志が指揮官として率いているが、基本的には仲間の自由参加というチームのため、浩志が作戦以外の彼らの行動にいちいち干渉することはない。そのため、彼らがタイに来ることは知らなかったが、傭兵はクライアントとの個人契約なので問題ないのだ。今回は、池谷がクライアントとして彼らを雇っているらしい。

タイ国軍の特殊部隊の基地と訓練地は、チェンマイの郊外にある。というのも、かつて山岳民族を武力で迫害する隣国ミャンマーの軍事政権が、タイの北西部国境地帯まで紛争地としており、越境攻撃するミャンマー国軍や政府系民兵に、タイの国軍では精鋭を集めた特殊部隊が対処していたからだ。

午後五時、気温は三十八度と上がったが、湿度は二十パーセントまで下がっている。だが無風状態に近いため、体内の熱気がなかなか逃げていかない。

浩志とリベンジャーズは、午後から第三特殊部隊の訓練に参加している。

一時間ほど銃も持たずに走り込み、休憩を挟んで銃撃訓練をした。第三特殊部隊の兵士は精鋭と言われるだけあって、射撃の腕はいい。だが、訓練に参加した〝針の穴〟こと宮坂大伍の足元にも及ばなかった。そのため急遽宮坂が教官となり、指導をしている。部隊の隊員は宮坂の凄腕を見せつけられただけに誰しも真剣だ。

射撃場は、弾丸が外部に飛び出さないように斜面になっているジャングルを切り開き、五メートルほど赤土が露出している土の壁に的が置かれていた。

訓練を受けているのは二十名で、第三特殊部隊でも選ばれたメンバーらしい。リベンジャーズの加藤、寺脇、村瀬政人、鮫沼雅雄の四人も訓練に参加しており、宮坂の実戦的な講義に耳を傾けている。

浩志と大佐ことマジェール・佐藤、それに第三特殊部隊の二人の教官は、射撃場の背後にあるタープの下に用意された椅子に座って訓練を観覧していた。この部隊の訓練には定期的に来ているため、浩志には馴染みの顔ぶれである。

　二人の教官は、英語で指導をしている宮坂の声が聞こえるように浩志らよりも二メートルほど前に並んでいた。彼らにとっても宮坂の指導は貴重なもので、一人はメモを取っているほどだ。

「それにしても、今回のＩＳのハイジャックに北朝鮮が関係しているとはな。正直驚かされる」

　浩志の傍に座っている渋い表情の大佐が、扇子で扇ぎながら日本語で言った。彼にはハイジャック事件の詳細を伝えてある。

「理由はいろいろ考えられる。中東の分析官である片倉にも聞いてみた。だが、これといって決め手になるものはない。だが、レッド・ドラゴンでは摑んでいるようだ」

　サングラスをかけた戦闘服姿の浩志も、日本語で話した。二人の教官に聞かれないようにわざと日本語を使っているのだ。

　分析官の片倉とは、内閣情報調査室から出向し、現在は首相官邸の直轄組織〝国際テロ情報収集ユニット〟に所属している片倉啓吾のことである。日本で彼ほど中東の情勢を的確に分析できる男はいない。

　前回の作戦と、今回のハイジャック事件の裏に北朝鮮の影があると電話で伝えたが、絶句したのち、可能性と前置きをした彼の考えを聞いても、いまひとつ頷けるものはなかった。おそらく啓吾自身も納得していないだろう。

「一つ気になることがあるのだ」

扇子を扇ぐ手をはたと止めた大佐は、声を潜めた。今さら近くにいる二人の教官にも聞こえないとは思うが、大佐は周囲を気にしている。

「……」

浩志もつられて思わず周囲を見た。

「私が東南アジアの武器のブラックマーケットに詳しいことを知っているよな。先日久しぶりにシンジケートの幹部とクアラルンプールで酒を飲んだ。そこで、妙な話を聞いたのだ」

大佐は東南アジア諸国の軍隊に太いパイプを持っているだけでなく、闇のシンジケートにも顔が利く。彼の情報収集力でこれまで助けられたことは、何度かあった。

「妙な話？」

「以前は、北朝鮮製の安い武器や麻薬が東南アジアに流通していたが、最近は国連の制裁であまり見ることもないらしい。だが、その男が先月仕事でアフリカに行ったら、中国製に混じって北朝鮮製の武器が大量に出回っていることが分かったというのだ。おそらくアフリカのどこかの国が、北朝鮮と取引をして、その国を介して広まっているのだろう。だが、ルートまでは分からなかったようだ」

「ほう」

どこが妙な話なのか分からず、頷きながらも首を捻った。北朝鮮は、外貨獲得にありとあらゆる手段を用いる。アフリカ諸国と取引があったとしてもおかしくはない。

「分からないのか。北朝鮮からアフリカへの輸送手段だ。輸送コストから考えて、飛行機や陸路はありえない。貨物船しかないだろう。だが、北朝鮮籍の貨物船は、どこの国の港でも臨検を受けるはずだ。無事にアフリカまで着けるはずがない」

港に限らず、制裁に参加している国は公海上でも北朝鮮の船を臨検する可能性がある。

「第三国の船籍の貨物船で輸送しているということか」

「税金逃れができるパナマやカンボジア船籍という可能性もあるが、中国かもしれない。中国籍の船は世界中の港で見ることができる。経済力で我が物顔の中国籍の船を調べようとする肝っ玉のある国は、インドネシアぐらいのものだ」

二〇一六年五月、インドネシア海軍は、南シナ海のインドネシア海域で違法操業をしていた中国船に警告発砲して追尾した上に拿捕したのだが、中国の監視船が奪い返そうとしたため、インドネシアの駆逐艦が阻止するという一触即発の事態にまで発展した。

妨害してきたのは、中国の公船である。自国の漁船の違法操業を取り締まるためではなく、インドネシア側の警備を監視していたのだ。尖閣諸島で違法操業する中国籍の漁船の近くに中国の公船がいるのも同じ理由である。また、中国の公船は、地域の国の漁船を漁場から追い払うという暴虐(ぼうぎゃく)もする。違法な密漁を国家がサポートしているのだ。だが、中国の海賊的行為に激怒したインドネシアのスシ・プジアストゥティ海洋・水産相は、見せしめに拿捕した漁船を爆破撃沈した。今時ここまで中国に毅然(きぜん)とした態度を取れる国は他にないだろう。

「確かにな」

浩志は大きく頷いた。

レッド・ドラゴンは中国共産党の裏の組織である。ウェインライトは、中国が闇でしていることなら、基本的にレッド・ドラゴンの仕事だと言っていた。とすれば、北朝鮮の武器をアフリカで売り捌(さば)いているのはレッド・ドラゴンという可能性もあり、金正恩に制裁をしようとするウェインライトの話と矛盾(むじゅん)する。

「気をつけることだ。中国は謀略というものが、恥ずべきことだとは思っていない。中国三千年の歴史を見ても分かるだろう。どの時代の王朝も謀略で前王朝を滅ぼして、築かれてきたのだ。彼らからしてみれば、謀略は正当な戦略なのだ。寝首をかかれるなよ」

大佐は鼻で笑った。彼にはレッド・ドラゴンの仕事を場合によっては引き受けるつもりだと伝えてあるが、賛成ではないようだ。

「気を許すつもりはない」

浩志も口元をわずかに緩めて答えた。

三

第三特殊部隊の訓練は午後六時に終了し、浩志と大佐は旧市街にある宿泊先の五つ星のホテル・ラチャマンカに向かっていた。

二人が乗っているのは、外見が米国のハンヴィーにそっくりなタイ国軍の軍用四駆〝MUV4〟である。生産しているのは、タイの〝タイラング〟というカスタム量産車を製造する会社で、パーツメーカーとしても技術力がある大手メーカーだ。車体のベースは、トヨタのピックアップであるハイラックス・ヴィゴ４×４を使用している。そのため、性能はもちろん、メンテナンスやコストパフォーマンスにも優れており、他の東南アジア諸国への輸出もされているほどだ。

浩志らがチェックインしているラチャマンカはスウブシンが手配してくれたもので、旧市街の西側に位置し、古い住宅街の奥まった場所にある。全二十五室と部屋数は少ないものの、敷地は広く緑が多いため、静かでゆったりとしており、ホテルスタッフのサービスも充実していた。また、宮坂ら六人の仲間は、傭兵代理店の池谷とともに歩いて三分ほどの距離にあるベッド・プラシン・ホテルに宿泊している。

第三特殊部隊の訓練基地からルート１２１号を南に向かい、十分ほど走って旧市街の外周道路に出た。チェンマイはタイで二番目の都市といわれているが、高層ビルが建ち並ぶ現代的な街ではない。

旧市街の外は田畑が広がるのどかな風景もあり、市内は遺跡と寺院がたくさんあるため、ただの田舎街だと勘違いする観光客もいるが、京都を高層ビルがないので田舎街と決めつけるのと同じである。

旧市街の北側で外周道路から堀を渡った〝MUV4〟は、内側の環状道路に入った。右手に何百年も前に造られたラーンナータイ王国時代のレンガで出来た城壁があるが、原形を留めているのは一部で、緑地帯になっている場所も多い。道の両側にはレストランや土産物店が軒を連ねるが、バンコクのように煩雑な雰囲気はない。古都ののどかさが、そここにあるからだ。

〝MUV4〟は環状道路から左折して、2ブロック目の交差点を右に曲がった。車がすれ違うのがやっとという道路を進む。六十メートルほどで狛犬のような魔除けであるシンハー（獅子）の彫像がある門柱の間を抜け、ラチャマンカのエントランスの前で〝MUV4〟は停まった。

助手席から飛び降りた兵士が、きびきびとした動作で後部座席のドアを開けた。第三特殊部隊のスラット・トンラオという若い少尉で、賓客として招かれている浩志と大佐の世話係を命じられている。

「トンラオ少尉、悪いが、スウブシン准将に明日からは、ソンテウで基地に行くと伝えてくれないか」

大佐は直立不動の姿勢で敬礼するトンラオに苦笑して見せた。

ソンテウとは国によって呼び名は違うが、タイで普及している小型トラックの荷台を改造した乗り合いバスのことである。

「ご冗談を……」

掲げていた右手を下ろしたトンラオは、白い歯を見せて笑った。

「いやいや、我々は気を使わずに基地に行きたいだけだ」

「私に何か、落度がありましたか？」

トンラオが悲しげな表情をした。

「そうじゃない。あれを見ろ」

舌打ちをした大佐は、顎を横に向けた。その先に〝ＭＵＶ４〟に唖然としている宿泊客の姿があった。

「はあ？」

真面目（まじめ）な男のようで、トンラオは首を捻って見せた。

「このホテルは、スウブシン准将がくつろげるようにと選んでくれたリゾート型ホテルだ。一般客も多い。軍用車は無粋（ぶすい）だろう。違うか？」

ラチャマンカの正式名称は、ラチャマンカ・ア・メンバー・オブ・シークレット・リトリーツ・ホテルという。リトリーツは、静養先とか隠れ家を意味する。スウブシンが浩志と大佐をもてなそうとする気持ちが、よく分かるというものだ。

「なっ、なるほど。それでは、明日からはホテルの外までお見送りします。失礼しました」

トンラオは敬礼すると、慌てて車に乗り込んだ。3000CCディーゼルIC付きターボエンジンが唸りを上げ、〝MUV4〟はホテルから出て行った。軍用車に静かに走れというのも難しいが、他の宿泊客が眉をひそめている。

「やれやれ。どうして軍人は、頭の固い奴が多いのだ」

首を振った大佐は、肩を竦めた。

「軍人は盲目的に命令に従うものだ」

皮肉を言った浩志は、前を向いた瞬間、右眉をわずかに上げた。

「どうした？」

大佐は浩志の視線の先を見て、訝しげな表情になった。

正面にある建物はレストラン棟で、出入り口からリゾートホテルに不似合いなスキンヘッドの男が出てきたのだ。ウェインライトの部下の姜文である。彼らにタイでの宿泊先を教えた覚えはない。もっともウェインライトからは、連絡をするとは言われていた。浩志のチェンマイでの行動を把握しているということだろう。

「明日じゃなかったのか?」

浩志は姜文の前まで歩き、表情もなく中国語で尋ねた。

「夕食をご用意しました。お話は、ダイニングテーブルを挟んでではいかがでしょうか?」

姜文は質問に答えずに、深々と頭を下げた。前回と違って、みなぎるような闘争心はない。少なくとも拳を交えることはなさそうだ。

「汗を流してからだ」

浩志は小さく頷いた。

「私は誘ってくれないのか?」

大佐は不服そうな顔で言った。彼も中国語は堪能である。

「よろしければ、ご一緒に。ミスター・マジェール・佐藤。あなたにお目にかかれて光栄です」

姜文は丁寧に答えた。

「ところで、誰だ、この男は?」

大佐は日本語で囁いてきた。

「馬用林の手下だ」

本名がトレバー・ウェインライトであることを知っている者はわずかである。だが、ウェインライトの秘密を浩志は、大佐にも教えていなかった。大佐から漏れる心配はないが、知ることで危険にさらされる可能性があるからだ。

「楽しくなりそうだ」

ニヤリとした大佐は、低い声で笑った。

四

シャワーで汗を流した浩志は、麻のジャケットを肩にかけ、ジーパンに白無地のTシャツ姿で部屋を出た。一見無防備な格好ではあるが、腰にはグロック26を隠し持っている。常に暗殺の危険性がある浩志の立場をよく知るスウブシンから手渡された銃である。

昨日の夕方、チェンマイ国際空港に到着した浩志は、タクシーでチェンマイの旧市街から十キロほど北に位置する第三特殊部隊の基地に赴き、スウブシンと会っている。彼とウェインライトの関係を改めて聞くためだ。

スウブシンは苦笑を浮かべながら、ウェインライトが中国の武器購入で重要な役割をしていることを説明した。タイは東南アジアでも唯一植民地にならなかった国である。それは、よく言えばバランス外交、悪く言えば八方美人的な対外的政治手法で国家を成り立たせてきたからだ。また、タイは東南アジアで中心的な役割を示す国でもあるため、諸外国からより良い条件が出され、近年急速に経済成長したのだ。心情的に嫌悪感がある中国とも、タイ人はうまく付き合っている。

　ウェインライトは中国の武器メーカーでコンサルタントという身分を持ち、東南アジア諸国で中国製武器の輸出で便宜をはかっているらしい。彼は白人の血が混じる中国人で生まれは英国と自称しており、生粋の中国人と違い、ガツガツしていないためにかえって評判がいいようだ。彼の前任者は共産党に所属する国家公務員であったが、タイの軍隊で採用している欧米の兵器を露骨に批判し、中国製の武器を買わせようと活動するだけでなく、賄賂を要求するなどスウブシンの心情に反する行為を度々していたらしい。

　その点後任であるウェインライトに対し、スウブシンは絶大な信頼を寄せており、彼を通さなければ中国製の武器は買わないとまで言い切る。今回の浩志と大佐、来られなくなってしまったが瀬川と田中を特殊部隊の観閲式に招待しているのはスウブシンであるが、交通費やホテル代まで賄っているのは、ウェインライトらしい。スウブシンは賄賂を受け取るような軍人ではないが、ウェインライトの申し出を快く認めたようだ。

　浩志はあえてスウブシンにも、ウェインライトがレッド・ドラゴンに所属していることを告げなかった。レッド・ドラゴンは中国共産党の裏組織であるが、正常な商取引をしている限りは問題ないと判断したからだ。

午後六時半、浩志は部屋でくつろいでいた大佐を誘って、レストラン棟に向かった。ラチャマンカにはレストランが二つある。正面ゲートに近い蔦の絡まる白い建物は、タイとインターナショナル料理の店だ。

正面の石段の左右に素朴な馬の石像が立っており、庇となっている二階のテラスから花をモチーフとしているのだろうか、まるで日本の家紋のような模様がある大きな白い布が垂れ下がっていた。モダンであるが、どこか暖簾を彷彿とさせる。入口近くの店内にある花台に盆栽が置かれており、ここだけでなく、日本文化からインスピレーションを受けたオブジェがホテルの随所にあった。ホテルのオーナーは建築家とインテリアデザイナーの親子らしい。だが、不思議と古きランナー様式の建物と日本的な要素はマッチしている。

浩志と大佐は三段の石段を上がり、店に入った。

天井が高い優雅な空間に、中国のアンティーク家具が配置されている。北タイは、もともと中国文化の影響を受けているために違和感はない。白いテーブルクロスがかけられたテーブル席には、数組の客が食事をしている。

「お待ちしておりました」

ダークスーツを着た姜文が、まるでウエイターのように浩志らを先導して店内を抜け、中庭に出た。

レンガが敷き詰められた中庭はテラス席で、中心にある二つの白いパラソルの下に大きなテーブルがあり、それを囲むように六つのテーブル席が配置されている。

真ん中のテーブル席には、ウェインライトと池谷が座っていた。他にテラス席に客はいない。池谷は浩志と大佐を見て、ホッと胸を撫《な》で下ろしている。

彼がチェンマイに来たのはウェインライトからの要請で、チェンマイで仕事の内容を聞くためだ。本来なら第三国で仕事を引き受けることはありえないが、相手がレッド・ドラゴンだけに今回に限り特例としている。

「こちらです」

姜文が浩志と大佐に席を勧めてきた。浩志はウェインライトの正面に、大佐は浩志の右隣りに座った。

「仲間はどうした？」

浩志は池谷に尋ねた。

「実は一緒に来ようとしたのですが、あまりにも服装が酷いので着替えてから来るようにお願いしました。時間に間に合うように私だけ先に来たのです」

タイのホテルのドレスコードはさほど厳しくはないが、さすがにサンダルやすね毛が見える半ズボンはいい顔をされない。特に京介は、どうせ迷彩柄の服を着てきたのだろう。もっとも着替えたところで、大して変わるとは思えない。そもそも顔がドレスコードに引っかかる。

「君の仲間の分は、予約してある。レストランの方で食事をしてもらうつもりだ」

「他の客がいるところで、話ができるのか？」

中庭に客はいないが、建物には一般人がいる。

「君たちを除いてホテルの宿泊客は、私の部下だけだ。別々にチェックインしているから、ホテル側は気が付いていない。外部からも一般客が入れないように、部下があらかじめレストランの予約はしておいた。つまり貸切り状態なのだ」

女性客も二、三人いたが、一般人に扮した彼の部下らしい。

ウェインライトは、空のグラスを掲げた。

中庭のテラス席は人払いがされていたらしく、頷いた姜文がレストランに消えた。

「あの男は、君に敗れて実の弟の死を納得したらしい。今の君に敵意は無いようだ。強い男だけに、はじめて自分を上回る人間に出会って己（おのれ）を知ったのだろう」

ウェインライトは目を細めて言った。

待つこともなく、姜文はワインのボトルと料理を手にしたウエイターとウェイトレスを引き連れてきた。料理は人数分オーダーしてあったらしい。

テーブルに中国の風景が描かれた食器が並べられ、目の前にカレーやサラダが盛られた五種類の皿が載ったプレートが置かれた。コース料理らしい。皿に白いご飯とおかずを合わせて食べるようだ。

　四人分の食事と飲み物が給仕されると、姜文が中庭から従業員を追い出した。

「食べながら話そう。知っての通り、現在の北朝鮮はブレーキの壊れたトラックのように坂道を暴走している。もはや中国が制御することは不可能になった。金正恩が、己の保身のために国家を食い物にしているからだ」

　ウェインライトはワインを一口飲んで話し始めた。今日は三胖とは呼ばないようだ。

「金正恩にとっての一番の敵は米国である。だからこそ、核兵器を開発して対等になろうとしている。それと、目障り(めざわ)なのは米国に従う日本だ。そのため、朝鮮人民軍偵察総局の金栄直を使って、日本に様々な工作活動をしているのだ」

「日本が目障りなのは分かる。だが、どうして原子力施設への攻撃やハイジャックで、ＩＳと手を組む必要があったのだ？」

　首を捻っていた大佐が質問をした。

「北朝鮮が工作員を使って直接手を出せば、同盟国として米国が黙っていないからだ。逆にＩＳが極東の日本にまでテロの魔の手を伸ばせば、米国は慌てる。そして北朝鮮などかまっていられなくなる。ＩＳにとっても、日本を攻撃することで米国をはじめとした有志国群に打撃を与えることで、爆撃を阻止できる可能性がある。手を組むのは、両者にとって利があるのだ」

ウェインライトはフォークを手にし、サラダを食べ始めた。ホテルの従業員が見ていたとしても、商談でもしているような風景に過ぎない。

「なるほど、ただのデブじゃないようだな」

大佐は皿にご飯を盛ると、中央にある骨つき肉のカレーをその上にかけた。

「日本にとって、今回のハイジャック事件は衝撃的でした。副操縦士が亡くなり、機体も破壊されたのは、日本の歴史においても初めてですから。今後、日本は自衛隊の組織再編が急がれることでしょう」

池谷が難しい表情で言った。

彼の言う通りだろう。今回の事件で日本の左翼は鳴りを潜めざるをえない。専守防衛の枠も大幅に変更されるだろう。かねてから自民党政権では、欧米諸国並みの海外派兵を論じてきた。議論は沸騰するに違いない。だが、現在の自衛隊の装備で紛争地に投入するのは、死んでこいというのと同じである。まずは、救急セットをはじめとした個人装備品や、輸送手段など隊員の安全を確保する手段を真剣に考えなければならない。

「我々には、北朝鮮の工作活動を阻止できる力がある。だが、それを見せつけるわけにはいかない。なぜなら、金正恩亡きあとに軍人や政治家を味方につける必要があるからだ。また北朝鮮のミサイルは日本やソウルだけでなく、北京や上海に向けられている。暴走すれば、彼らの言葉を借りるまでもなく、北京は火の海になる。だからこそ、無国籍とも言えるリベンジャーズに仕事を依頼することになったのだ」

　作戦とは常に失敗した際のリスクも考えなければならない。もし、中国の特殊部隊が北朝鮮側に捕まるようなことになれば、金正恩は中国に必ず報復するだろう。あるいは、捕虜（ほりょ）をメディアにさらけ出し、世界中に中国の陰謀として宣伝するという手もある。

　リベンジャーズなら、構成員は日本人とワットと彼の仲間である米国人である。傭兵部隊のため、国家には属さないが、北朝鮮の報復先は日本か米国になるだろう。

「先ほど、金正恩亡きあととおっしゃいましたが、まさか、依頼要件は暗殺ですか？」

　池谷が険しい表情で尋ねた。

「あの男を殺すのは、断じて中国がするはずだ。それほどあの方は激怒しておられる」

　あの方とは、習近平主席のことだろう。

「それでは、どんな？」

　池谷は戸惑（とまど）いの表情になり、浩志と大佐の顔を順に見た。

「北朝鮮の武器密輸ルートの壊滅だ」

　ウェインライトは、ワインを一気に飲み干した。

五

浩志はコース料理をすべて平らげ、目の前のコーヒーカップを手に取った。

午後七時半を過ぎ、見上げると満天の星になっている。

テラス席は四方を建物と植栽に囲まれているが、ヤシの木を抜ける風が心地いい。仕事の話がなければ、食事も楽しめたことだろう。

北朝鮮の武器密売ルート壊滅というのが、ウェインライトからの要望であった。北朝鮮はこれまで東南アジアで武器を捌いていたが、国連の制裁決議でそれができなくなったため、現在はアフリカに力を入れているという。これは大佐からの情報とも合致していた。アフリカで北朝鮮の武器売買の拠点を襲撃し、ルートを潰すというのだ。その結果、北朝鮮は外貨を稼ぐ巨大な市場を失い、金正恩体制は大打撃を受けると中国は予測しているというのが、ウェインライトの話の大筋であった。

彼が仕事の詳細を語る間、質問したのは池谷と大佐で、浩志は終始黙って聞いていた。ウェインライトの話の真偽を推し量るべく、ずっと観察していたのだ。これまで、クライアントに裏切られ、紛争地で危険な目に遭ったことは何度もある。まして、ウェインライトはレッド・ドラゴンに身を置いているのだ。疑うのは当然である。

全員の目が浩志に注がれていた。最終的に仕事を引き受けるか判断するのは、浩志だからである。だが、浩志は気にすることもなく、コーヒーを啜った。

「まだ、乗り気じゃなさそうだな」

ウェインライトは、ワイングラスをゆっくりと回してワインの香りを嗅いだ。食事は半分ほど残しているが、ワインは好きらしく、一人でボトル一本空けている。グラスに注がれた二本目のワインのテイスティングをしているのだ。アルコールには相当強いのだろう。まったく顔色は変わらない。

「おまえの説明では、仕事の難易度が分からない。リベンジャーズが引き受けるほどの仕事なのか？」

リベンジャーズは確かに世界屈指の傭兵特殊部隊であるが、傭兵代理店に依頼すれば、他にも優秀な傭兵は世界中にいくらでもいる。リベンジャーズが引き受ける理由が見当たらないのだ。

そもそも傭兵の仕事は常に死と隣り合わせになるため、単なる金のために働くつもりはない。命と引き換えにするほどの目的がなければ危険に飛び込むことはできないし、仲間を招集する価値もないからだ。

「アフリカの拠点は、北朝鮮が深く結びついているナミビアにある。近々武器を満載した貨物船がナミビアに到着するという情報がある。貨物船ごと武器を海に沈めて欲しい。北朝鮮にとって大打撃となり、武器ルートを壊滅させることができるはずだ。だが、状況によっては、ナミビア軍を相手にする可能性も出てくるだろう。半端な連中に頼むのは、金の無駄になるだけだ」

ウェインライトはワインを口に含み、ゆっくりと飲み込んだ。浩志が懐疑的な態度を示しても動じる様子はない。

「それだけか？」

浩志は首を捻った。ウェインライトが何か隠し事をしているように思えるのだ。

「この写真を見てくれ」

ウェインライトはポケットから一枚の写真を取り出し、池谷に渡した。ちらりと見ただけで、池谷はすぐに浩志に手渡してきた。

かなり低い位置から撮影された三人の男が写っている。隠し撮りされたものに違いない。十代の若者が二人に、目付きが鋭いスーツ姿の男が収まっている。

「真ん中の痩せた男が、金正恩だ。今から十八年前スイス留学中の写真で、彼はまだ十四歳だった。右の男は護衛官で、左の若者は金栄直だ」

「金栄直？」

大佐が声をあげて反応した。

「そうだ。バベルとふざけたコードネームを自分で名乗っている朝鮮人民軍偵察総局の金栄直だ。彼は金正恩よりは年上だが、金正恩のスイス留学中は同級生として常に同行し、護衛官兼影武者としても働いていた。なんせ大人の護衛官じゃ、教室には入れないからな。ちなみに金正恩と金栄直は遠い親戚（しんせき）関係にあるようだ」

　言われて写真を見返すと、二人は背格好も顔つきも似ている。先ほど見た現在の金栄直は、中肉で身長も一八〇センチ近くあるようだが、若い頃の面影（おもかげ）がある。一方で金正恩は、身長一七二、三センチ、体重百三十キロと言われており、髪型はともかく若い頃の写真とはまったくの別人になっている。

「だから、お気に入りなのか」

　横から写真を覗き込んでいた大佐は、大きく頷いた。

「小学校時代から一緒に行動し、留学先から帰ってから、つまり二〇〇〇年からは、金正恩の影武者の職は解かれて正式に軍に入隊している。だが、以後も親交はあり、金正恩の地位が上がるにつれて金栄直も軍での階級を上げている。バックに金正恩の力が働いているからだろう」

「今回の仕事と、金栄直は関係あるのか？」

　話が長いので浩志は苛（いら）ついていた。

「エアー東ニッポン航空の５２３便のハイジャックは、ほぼ成功だったと北朝鮮は見ている。この計画の影の実行者である金栄直は、若くして他の幹部を差し置いて大佐への昇格が、約束されていた。同時に武器密輸の総責任者になったはずだ。金正恩の庇護を受けている金栄直は、実質的に偵察総局のナンバー1より上と見られている」

これまで日本のマスコミはISの犯行が海外で起きているために、他人事のように報道している。だが、今回あのハイジャック事件は、被害は最小限に抑えられたが、日本をパニックに陥れ、米軍をはじめとした同盟国に敗北感を味わわせるには充分な効果があったはずだ。計画を遂行した金栄直が、日本を敵視する金正恩から認められたとしてもおかしくはない。

偵察総局の大佐は、北朝鮮軍では中将に相当すると言われている。つまり大佐になった時点で、階級的には朝鮮人民軍偵察総局のナンバー2に昇進したことになるのだ。

「つまり、アフリカの武器ルートを壊滅させることは、責任者である金栄直をも潰すことになるわけですな」

池谷が膝を叩いた。

「金正恩が政権の座に着いてから処刑された軍や政権における幹部は、優に百人を超えている。それだけにあの男は孤立しているのだ。彼が信頼している友人とも言える幹部の事業が失敗すれば、金正恩が下克上を強いてきた軍に異変が起きるかもしれない。我々はそれに期待しているのだ」

ウェインライトはニヤリとすると、空になったグラスを右手に持った。

傍に立っていた姜文がグラスを音も立てずにテーブルに置いて、ワインをボトルから注いだ。姜文は一挙手一投足に無駄な動きがなく、隙を見せない。

北朝鮮が軍の反乱で内部から崩壊するのなら、中国の指導下で再生することは容易(たやす)いということなのだろう。

「まだ、何かありそうだな」

浩志はウェインライトが、グラスに注がれたワインを飲む様子を見て言った。この男の習性が少しずつ分かってきた。情報を小出しにして、浩志らの様子を窺っているのだ。多くの情報を与えなくても相手が動けば、それに越したことはないからだろう。

「さすがだな。読みが深い。言うか言わまいか、迷っていたところだが、君の父上のことだ」

ウェインライトはグラスの中で揺れ動く、ワインをじっと見つめている。

「俺の親父?」

浩志は左の頬をピクリとさせた。

「君の父上の殺害命令を出したのは、金栄直だ」

ウェインライトは浩志の目を見据えて答えた。

六

「くだらん！」

浩志は吐き捨てるように言うと、席を荒々しく立った。

「肉親の死の真相を知ることが、くだらないのか？」

ウェインライトはワイングラスを片手に首を傾げた。

「知ったところで、俺のモチベーションが変わるとでも思っているのか！」

眉を吊り上げた浩志は、声を荒らげた。

金栄直は日本で逮捕された北朝鮮の工作員に、浩志の父親である浩一の殺害を命じていたのかもしれない。だが、浩一は自らの意思で断崖絶壁から身を投じて死亡したと聞いている。

工作員に追われた浩一が、逃げ場を失って足を滑らせたというのなら、明らかに原因は工作員にあるかもしれない。だが浩一は、一人で崖の上に立っていたという目撃証言もある。そもそも浩一は死を恐れてはおらず、逃げる必要はなかったと浩志は思っている。

なぜならすでに癌(がん)に冒され、余命僅(わず)かと聞かされていたからだ。むしろ、死別した妻の元へ旅立ちを急いだ可能性が高い。美香からも自殺ではないかもしれないと言われたが、浩一の気持ちを一番知っているのは、息子である浩志であって断じて他人ではない。

「なっ、なるほど。プロの傭兵は、個人的感情に流されないということか。これは、失礼をした」

ウェインライトは浩志の剣幕に両眼を見開いた。仕事の依頼をするとっておきの情報として、父親の死を持ち出したのだろう。個人的な感情で動くと思われたことが、むしろ腹立たしい。安く見られたものだ。

「とっ、藤堂さん、仕事の依頼はお受けにならないのですか？」

浩志の剣幕に驚き、慌てて席を立った池谷が耳元で尋ねてきた。せっかくタイまで来たのにと言いたいのだろう。

「資料を後で姜文に届けさせろ」

ウェインライトに背を向けた浩志は、息を吐いた。

「受けてもらえるのか？」

控(ひか)えめにウェインライトは尋ねてきた。少しは反省したらしい。

「世界は確実に崩壊に向かっている。だが、北朝鮮の野望を粉砕(ふんさい)すれば、いくらか時間が稼げるはずだ。俺のためでも、中国のためでもない」

浩志の声は落ち着いている。感情のブレをすぐに修正することでリスクに備えるのは、傭兵として培(つちか)ってきたことだ。

「金栄直は？」

「抹殺する。理由は、ハイジャックで罪もないクルーを殺害し、何百人もの命を奪おうとしたことだ」

父親の死で行動するつもりはない。彼の死を貶めるからだ。

「条件が一つだけある。姜文は私との連絡役として、リベンジャーズに同行させて欲しい」

ウェインライトは笑みを浮かべた。連絡役ではなく、監視役にするつもりだろう。

「……勝手にしろ。だが、仕事の邪魔をすれば、その場で撃ち殺す」

浩志は舌打ちをした。姜文は弟の恨みがあると言って、襲ってきた。その言動に嘘はなかったと思っている。だが、姜文の行動が、浩志へのデモンストレーションになるとウェインライトは考えたのではないか。というのも浩志は、実力も分からない人間の帯同を許さないからだ。闘ったことにより、姜文の実力は分かっている。ウェインライトは姜文の私怨を利用したに違いない。

「彼は決して足手まといにはならない。なぜなら、〝雪豹突撃隊〟出身だからだ。格闘技だけでなく、武器も使いこなせる」

ウェインライトは自慢げに言った。

〝雪豹突撃隊〟とは、中国人民武装警察部隊傘下の特殊部隊で、人民解放軍でもエリート中のエリート集団である。

リベンジャーズによって消滅した蜥蜴の特殊部隊〝雪豹〟は、人民解放軍から優秀な人材を集めて私的に作られた部隊だったと聞く。名前の由来は精鋭部隊であった〝雪豹突撃隊〟を真似たのかもしれない。中国人なら考えそうなことだ。

「ふん」

鼻で笑った浩志はレストランから出ると、ホテル棟と反対の正門に向かって歩きはじめた。

レストランを抜ける際、食事をしていた宮坂ら仲間が席を立とうとしたが、浩志はハンドシグナルでそのままでいるように合図をしていた。彼らは自分たちを浩志の護衛と思っているようだが、大袈裟（おおげさ）である。それに今は、どこか他の場所で静かに酒が飲みたい気分なのだ。

せっかくのご馳走（ちそう）もウェインライトを目の前にして、味わうこともなかった。ただ、腹が減っていたので食べたに過ぎない。

「どこに行くんだ？」

大佐が小走りに追いかけてきた。

「どこかいいバーを知っているか？」

チェンマイには何度も来ているが、いつもは基地の兵舎に泊まることが多く、ホテルに宿泊する際も基地との往復で、あまり市内を開拓していないのだ。

「そうだと思った。任せろ」

大佐とは付き合いが長い。簡単に気持ちを悟られてしまう。

ホテル前の道は狭いため、車の通りはほとんどない。大佐は北に向かって早足で歩く。とても一年前まで松葉杖で生活していた男とは思えない。癌を克服し、年が離れた妻との間に子供を儲けたことで、若返ったようだ。

旧市街を東西に通る、ラチャマンカ通りに出ると、大佐は通りかかった赤いソンテウに向けて手を下げて止めた。タイは仏教国で頭は神聖な部分とされているため、頭より上に不浄な手を上げる行為は、不敬に当たるとされるからだ。

「バービア街の手前まで行ってくれ」

大佐は早口のタイ語で言った。この程度のタイ語なら浩志でも話せるが、彼の場合、日常会話も事欠かない。バービアとは英語の BarBeer で、酒と女を意味する。

ソンテウは、ラチャマンカ通りを東にまっすぐ進む。道は一方通行ということもあるが、片側に停めてある車と夜の街をそぞろ歩く観光客の間を縫うように走ることになる。

旧市街の東の橋がある交差点に出た。橋と言っても堀を埋め立てた土橋で、この橋を渡って進めばバービア街があるロイクロ通りになるが、信号機がないため直進はできず、車は左折しなければならない。

左折して道なりに進むと、旧市街の顔とも言える城壁とターペー門の脇を通ってUターンする形で堀を渡るしかなくなる。

「ここでいいぞ」

大佐は荷台から運転席の窓を叩いて車を停め、二人分で五十バーツ、気前よく釣りの十バーツをチップとして払った。夜間は割り増しで一人分で三十バーツ請求する運転手もいるが、チップをもらった運転手は喜んでいたので、大佐をタイ人と思ったのだろう。

橋の向こうにネオンや電飾看板が煌めいている。旧市街とは違う、猥雑なバンコクの夜の街を彷彿させる風景があった。

「バービア街か」

浩志は溜息を漏らした。できれば、静かな場所で飲みたい。

「私の知っているのは、大人のバーだ。客引きがうるさい通りの向こうにある」

大佐は橋に向かって歩きながらニヤリとした。大佐は六十歳を過ぎている。女遊びをする年齢でもなかった。

パンッと弾ける音が聞こえた。

「……！」

反射的に浩志は、身を屈めた。

大佐が近くに停めてあった車に転がり込んだ。

「十一時の方角だ」

大佐は左腕を押さえながら言った。

「撃たれたのか」

続いて浩志も車の陰に飛び込むと、足元に銃弾が跳ねた。

「私は大丈夫だ。奴を捕まえろ！」

大佐は浩志の肩を叩いた。

頷いた浩志は腰からグロック26を抜くと、車の反対側から飛び出した。

銃声！

弾丸が耳元をかすめる。

マズルフラッシュが土橋の街路樹の陰に見えた。

浩志はグロックで反撃しながら、土橋に向かって走る。

人影が銃を撃ちながら木の幹から離れた。暗いため顔は確認できないが、背の高い男である。

すかさず浩志は走り去る男の太腿を狙った。

「うっ！」

足を撃ち抜かれた男は、バランスを崩して土橋から落ちた。

「ちっ」

舌打ちをした浩志は、周囲を警戒しながら土橋を進む。殺してはいないが、男を堀から上げるのは面倒なことだ。それに、野次馬が遠巻きにしている。

堀を覗こうと土橋の端に足をかけた。

凄まじい轟音(ごうおん)と閃光。

猛烈な勢いで噴きあがった水飛沫(みずしぶき)に浩志は弾き飛ばされた。

「何っ！」

浩志は急いで起き上がると、足元に人間の腕が転がってきた。

足を撃った男が、自爆したようだ。

「むっ……」

浩志は銃を構えた。

堀の向こうの外周道路に停めてあった車が、猛スピードで走り去った。

暗黒大陸

一

十八世紀までヨーロッパ諸国は、アフリカを未開の地として〝暗黒大陸〟と呼んだ。冒険家や宣教師たちは地図もないこの地を目指したが、風土病やマラリアなどの感染症に倒れ、王を戴(いただ)き国家の体(てい)をなす部族が支配する地域では、白人の侵入を武力で阻(はば)んだ。だが、それはささやかな抵抗であったようだ。十九世紀には、黒人を奴隷(どれい)にすることに価値を見出したヨーロッパの帝国主義列強は〝暗黒大陸〟に侵攻し、激しい争奪戦の末、分割統治した。

そしてかつては労働力の奴隷しか価値がないと思われていたアフリカは、近年様々な地下資源の宝庫であることが分かっている。そこに目をつけた中国は、アフリカ諸国の政治家に金をばら撒(ま)き、地下資源と引き換えに国家プロジェクトの契約を結んだ。

だが実態は、自国の労働者を大量に送り込んで粗雑な公共事業をし、地域に利益を与えず、地下資源を奪ってアフリカを食い物にしているに過ぎなかった。しかし近年は、そのハイエナのような貪欲（どんよく）な姿勢が批判にさらされ、二〇一五年からエチオピアなどでは現地人を採用するなど、中国は方向転換を図っている。

北朝鮮は中国のアフリカビジネスに倣って、大量の労働力をアフリカに送り込み、なおかつ武器や麻薬など闇のビジネスをすることで外貨を獲得しているのだ。

北朝鮮が、アフリカ諸国と武器取引をしているのはかねてから問題視されている。だが、欧米の高額な武器が買えないアフリカの小国は、国連の制裁決議に関心がない。守ったところで、先進国から見返りがないためである。また、アフリカ諸国が北朝鮮と手を組むのは「欧米の帝国主義と一緒に闘おう」と北朝鮮から持ちかけられるためだ。

北朝鮮が取引をするアフリカ諸国の中でも、ウェインライトはナミビアを挙げた。この国は北朝鮮との武器貿易で中心的役割をしているというのだ。貿易をするには港が必要で、ケニアなど東アフリカは中国と密接な関係を結んでいるため、比較的中国の侵攻が手薄な西アフリカが北朝鮮にとっては与（くみ）し易いのだろう。

午後八時三十分、南アフリカヨハネスブルグ、O・R・タンボ国際空港。

世界でもっとも危険な都市の一つであるヨハネスブルグであるが、二〇一〇年に行われたワールドカップのために大規模な開発がされ、特に空港はモダンなデザインになり、鉄道がリンクし、高級ホテルが併設されるなど様変わりをした。

荷物の組織的な抜き取りという噂は絶えないが、警備員が要所に立ち、セキュリティもある程度しっかりしているので、空港内で危険な目に遭うことはまずないだろう。

入国審査を終えた浩志は、到着ロビーに出た。

浩志の後ろには宮坂、加藤、黒川、村瀬、鮫沼、それにウェインライトの部下である姜文が続いている。だが、一緒に飛行機に乗っていたはずの京介が、姿を現さない。全員荷物は預けていないので、チェックインカウンターとセキュリティチェックを受ければ、すぐに出てこられるはずだ。

一昨日の夜、ウェインライトから仕事の依頼を受けた浩志は、仲間とともにクアラルンプール経由でやって来た。ナミビアには直行便がないこともあるが、乗り込む前に傭兵代理店があるヨハネスブルグで武器や装備を整えるつもりだ。明日には、ワットとアンディー・ロドリゲス、それにマリアノ・ウイリアムスと合流を予定している。

「京介さんは私のすぐ後ろでした。たぶん〝いつもの〟だと思います。入国審査の職員が、警備員を呼んで連れて行きました」

一番後から出てきた加藤が、浩志が尋ねる前に淡々と報告した。京介のお守りをさせたわけではないが、気に留めていたらしい。

〝いつもの〟というのは、どこの空港でも京介は人相や服装が悪いため目を付けられ、本人も監視されると急に落ち着きをなくし、挙動不審な態度を取る癖のことであった。そのため、出入国審査で別室で取り調べを受けることになり、足止めを食うことも度々ある。京介が連れて行かれたと聞かされても、驚く者はいないのだ。

「またかよ。だから迷彩服は着るなと言ったのに」

宮坂が舌打ちすると、他の仲間は首を振って笑った。さすがに戦闘服を着てうろつくことはなくなったが、京介は迷彩柄のＴシャツやズボンを着用していることが多い。凶悪な面相の男が迷彩柄の服を着ているのだ。誰でも不審に思うのは当然である。

「すまないが、頼む」

浩志は加藤に苦笑して見せると、ポケットからリベンジャーズの標準装備である超小型のブルートゥースイヤホンを耳に押し込み、小型無線機のスイッチを入れた。

加藤はもちろん、仲間全員が浩志に倣ってブルートゥースイヤホンと無線機を用意した。どんな理由であろうと、京介が仲間と合流できないのは異常事態と捉えているのだ。面倒な話であるが、これも訓練だと思えばいい。

姜文は少し遅れて、無線機の用意をした。彼にも最低限の装備は渡してある。リベンジャーズと帯同するということは、基本的に一員として行動することになるからだ。

〝トレーサーマン〟と呼ばれる、追跡と潜入のプロである加藤に頼めば、空港のセキュリティの厳しいエリアでも簡単に忍び込み、京介の現状を報告してくれるはずだ。

無線機を準備した加藤は、自分のバックパックから水色のTシャツを出して白いTシャツの上から着ると、黒川の被っていた黒いキャップ帽を借りた。同じような組み合わせの空港職員に見えなくもない。

自分のバックパックを黒川に託すと、加藤はさりげなくスタッフ専用出入口に消えた。潜入の極意は大胆に行動することなのだろう。少々ユニフォームが違っていても堂々としているので、怪しまれることはない。事実、スタッフ専用出入口脇に立っていた警備員は、加藤を咎めなかった。

加藤を見送った浩志は、仲間が固まっていると目立つので、二人ずつ組んで散開を命じた。浩志は姜文と一緒に行動する。彼はウェインライトから監視役として送り込まれたようだが、信用できないので常に浩志は見張りも兼ねて行動するつもりだ。

キャップ帽を目深に被った加藤は狭い通路を進んだ。

京介が連れて行かれた時点で、どこに行ったのかはおおよその見当はついている。これまでも京介が空港の警察官や警備員に拘束されたことは、何度もあった。その度に加藤は、様子を見に行っている。今回も入国審査官の京介を見る目が異常に厳しいと思っていたら、的中した。

通路の途中にある職員専用トイレの前に、掃除道具を入れたカーゴが停めてある。加藤は、何気なくカーゴを押しながら制服を着た職員とすれ違った。

廊下の突き当たりは、T字になっており、左はおそらく建物の外に出られるのだろう。右はセキュリティチェックとチェックインカウンターがあるフロアの方角である。加藤は迷うことなく右に曲がった。

「うん？」

カーゴを置いた加藤は廊下を急ぎ足で進むと、跪いて足元の赤い点を指で触った。感触からして間違いなく血である。

「まさか！」

立ち上がった加藤は、近くのドアを軽くノックして開けた。

十畳ほどの部屋に、二人の警備員と空港職員が倒れている。京介の姿はない。

「緊急事態発生！」

血相を変えた加藤は、無線連絡をしながら部屋を飛び出した。

二

加藤から無線連絡を受けた浩志は、すぐさま仲間と行動を起こした。

「現在位置は？　トレーサーマン、応答せよ……」

一階の到着ロビーを走り抜けた浩志は、立ち止まった。

急に加藤からの無線が途絶えたのだ。各自が携帯している標準装備の無線機は、スマートフォンサイズでラジオとしても機能するため、空港のセキュリティチェックでも怪しまれない。だが、通信可能領域が半径二百メートルほどで、地下に入ってしまうと途端に電波が切れてしまう。

「地下か」

呟いた浩志は、周囲を見渡した。

国際線ターミナルビルの一般の空港利用者は一階から三階を使用できるが、荷物の搬入と職員専用の駐車場は一般人の立ち入りが禁止されている地下にある。

「あそこだ！」

姜文が背後にあったスタッフ専用ドアを指差した。

「ああ」

浩志は戸惑いながらも頷くと、ドアに向かって進んだ。地下と呟いたのは独り言で、姜文に聞かせるためではない。しかも彼が協力するとは思っていなかった。

スタッフ専用ドアから侵入した浩志と姜文は通路を走り、途中で見つけた空港ビルの中央より北側に位置する非常階段で地下に駆け下りた。

地下といっても天井が高く、思いの外広い。運送業者専用の搬入口に出たらしく、近くに木箱がいくつも積み上げられ、数メートル先にはトラックからフォークリフトでダンボール箱を下ろす作業をしている。

「おまえたち、何をしている。ここは一般人の侵入は禁止だ。とっとと、消え失せろ！」

ドア口に立っていた一九〇センチ近い黒人の警備員に咎められた。

二人とも機内の荷物棚に収納可能なサイズのバックパックを担いでいる。しかも東洋系で、体格がいい。怪しまれても仕方がないだろう。警備員は威嚇も込めて、腰のホルスターの銃のストックに右手を載せた。

「すまない。トイレを探しているうちに迷ってしまったんだ。どうやったら戻れるか、教えてくれ」

浩志は両手を肩の高さまで上げて笑いながら近づくと、いきなり男の右手を左手で押さえつけ、銃を抜けないようにした。すかさず右手で首を掴んで引き寄せ、膝蹴りを食らわせ、崩れたところで強烈な肘打ちを後頭部に入れて気絶させた。

「民間人に手荒な真似をするものだ」

姜文が鼻先で笑った。

「顔を覚えられてもいいのか？　後頭部に打撃を与えれば、記憶が飛ぶ」

気が付いていても警備員は、浩志らのことを覚えていないはずだ。

浩志は警備員を木箱の陰に転がすと、銃をホルスターから引き抜いた。

「むっ」

姜文が憮然とした表情になった。浩志の行動を理解していなかったらしい。

「こちらリベンジャー、トレーサーマン応答せよ」

浩志は監視カメラに映らないように壁際に立って無線連絡をした。地下に通じるドアを開けた瞬間に監視カメラの位置を探り、顔が映らないようにしている。姜文は浩志の動きで監視カメラの存在にようやく気付いたらしく、慌てて浩志の隣りに立った。

——トレーサーマンです。現在、空港ビルの南に位置する地下の職員専用駐車場にいます。クレイジーモンキーは、ここに連れて来られた可能性が高いです。車を一台一台確認しています。

すぐに無線に応答があった。

彼は追跡という技術においては、まるで特殊能力があるかのように行動する。ターゲットが残した靴跡や匂い、現場の状況などありとあらゆるデータを瞬時に分析しているのだ。

「了解。応援に行くまで待機。全員に告ぐ。地下の職員専用駐車場に急行せよ」

京介が油断していたのかもしれないが、彼を連れ去ることができるとしたら犯人は複数で武器を持っているということだ。一人で対処するのは危険である。警備員の銃を奪ったのは、犯人に対抗するためであった。

──針の穴、了解！

ダメ元で呼びかけたが、宮坂から連絡が入った。彼は黒川と組んでいる。浩志と同じように、通信状況から地下と判断したに違いない。残念ながら傭兵として経験の浅い村瀬、鮫沼のコンビからは連絡がない。まだ地上階にいるようだ。

浩志は搬入口の奥に向かって走った。

百五十メートルほど進むと、スタッフオンリーと書かれたパーキングの看板がぶら下がったエリアがあり、四、五十台の車が停められてある。

「京介さんのと思われる血痕(けっこん)が、駐車場の南側にもありました」

車の陰から現れた加藤が、報告した。

「すでに立ち去ったんじゃないのか？」

浩志は警備員から奪った銃を抜き、周囲を警戒しながら尋ねた。

南アフリカのベクター・アームズが開発したベクターSP1である。ベレッタM92をベースにしているだけに手に馴染む銃だ。

「狭い通路を京介さんを担いでここまで来たはずです。私がここに到着した時間とほとんど変わらないと思います」

加藤は自信ありげに答えた。彼がそういうのなら間違いはない。追跡する加藤の存在を知って、やり過ごそうとしているのかもしれない。あるいはおびき寄せられた可能性もある。

「分かった。出口に近い南側から調べよう」

浩志はハンドシグナルで加藤と姜文に組むように指示すると、一人で出口の一番近くに停めてある乗用車を調べた。京介をトランクに詰め込めば、犯人が三、四人だろうと乗用車でも移動できる。小型車でない限り、除外する車はない。

——針の穴、到着しました。

宮坂と黒川も着いたようだが、敵に姿を見られないようにどこかに隠れているらしい。

「出口に近い北側から調べている。南側から調べてくれ。相手は武器を携帯しているはずだ。注意しろ」

——了解しました。

連絡を終えた浩志は、二台目のバンの後部ドアのウインドウに近づいた。

瞬間、助手席のドアが開いた。

ドアの隙間から銃口が覗く。

浩志は横に飛びながらベクターＳＰ１のトリガーを引いた。

同時に銃撃され、数発の銃弾が頭上の空気を擦りながら抜けていく。

浩志の二発の弾丸は、助手席のバラクラバを被った男の眉間を貫いた。

バンが後部車輪を空転させながら発進し、男と短機関銃を落としていった。

すかさず浩志は銃を構えて、バンの後輪を撃つ。

一発命中したが、バンは構わず猛スピードで走り去った。

「くそっ！」

浩志は走りながら銃を構えたが、鋭い舌打ちをして立ち止まった。

バンに京介が乗せられている可能性がある。タイヤを正確に打ち抜く距離ではない。

三

三〇分後、京介を拉致した犯人らは、O・R・タンボ国際空港から二キロほど離れた郊外で、浩志に銃撃されてパンクしたタイヤの交換をしていた。

車を運転していた男がタイヤ交換をし、他に二人の男が車の前後で折り畳みストックのロシア製ＡＫＳ74のライセンス生産である北朝鮮製の98式小銃を構えていた。三人とも黒人である。

殺人事件の死亡者数は一日平均五十人と、ヨハネスブルグは戦時下でない都市の中で、世界一治安が悪いと言っても過言ではない。比較的安全なエリアもあるが、地元住民でさえ寄り付かない危険な場所はいくつもある。

また、道路で車が故障した際は、ギャングに襲われる確率がかなり高い。そのため、京介を誘拐した男たちは警戒しているのだ。

空港の入国審査で怪しいと思われた京介は、別室で取り調べを受けるため二人の警備員に連れられてスタッフ専用エリアに入った。彼らが取り調べ室に入った途端、背後から三人の男が乱入して警備員と職員を気絶させると、啞然としている京介の後頭部を殴って部屋から連れ出した。

その際、石頭の京介は殴りつけてきた男の顔面に頭突きを入れ、別の男にもう一度頭を殴られて気を失った。加藤が発見した廊下や駐車場にあった血痕は襲った男のもので、京介の血ではなかったのだ。

車の下からジャッキを抜き取った男が、首にかけていた汚れたタオルで額の汗を拭き取りながら、取り替えたタイヤを蹴ってみせた。

「よし、出発だ」

銃を構えていた男の一人が言った。

「……？」

男の声と車のドアが閉まる音で、京介は両眼を開けた。

口にはガムテープが貼られ、手足もロープで縛られているため自由が利かない。バンの荷台に乗せられているらしいが、どうして自分がこんな姿になっているのか思い出せなかった。後頭部を二度も殴られているので一部の記憶を失っているのだが、常人なら半日は気を失ってもいいほどの打撃を受けている。だが、京介はわずか四十分後に目を覚ましたのだ。もっとも十分ほど前から、夢うつつに男たちの声を聞いていたので、覚醒はもっと早かった。石頭と馬鹿力はリベンジャーズの中でも一、二と言われる所以だ。

「それにしても、シブシソが殺られるとは思わなかった。簡単な仕事だと言われたのに、何てことだ！」

運転席だろうか、前の方から喚き声がした。

「鼻を潰されて殺されたんじゃ、割に合わねえ。あの東洋人に倍の料金を請求しようぜ」

すぐ側で低い男の声。後部座席に座っているのだろう。

京介が頭突きを食らわした男が、浩志に銃撃されて死んだらしい。

「あぶねえから銃は肩にでも掛けとけ。報酬の半分を前金でもらっているが、残りの報酬は三倍にしてもらおう」

助手席と思われる方から声がする。後部座席の男が、興奮して98式小銃を振り回したらしい。

京介は横になっているため男たちは見えないが、声から判断して三人の男がいるようだ。しかも三人とも強い抑揚がある英語で話している。理解はできるが、聞き取りにくい。

車は猛スピードで走っている。空港からはかなり離れたに違いない。

京介は体を起こして座り、迷彩柄のトレーナーのポケットに右手を突っ込んだ。両手が前で縛られており、意外と自由が利く。犯人は誘拐に関しては素人かもしれない。

ポケットから小銭入れを出した京介は、中からセラミックの小型ナイフを取りだした。リベンジャーズのメンバーなら誰でも持っている道具である。空港で見つかっても怪しまれないように、形はナイフというより斧のように四角く、一辺が鋭い刃になっていた。

指に挟んで持ち、手首のロープを切断しようとしたが、ナイフが小さいため届かない。仕方なく足首のロープを切断し始めた。もっとも逃げることを考えれば、足さえ自由であれば事足りる。

十分ほどして足首のロープを切ることができた。京介は足を閉じてナイフの刃を上に向けた状態で、靴のつま先に挟み込んだ。両手首を縛っているロープをその上を滑らせるように上下に動かした。だが、足のロープを切るより、はるかに難しい。

「ちっ」

ナイフを落としてしまった京介は舌打ちをし、思わず肩を竦めると上を見た。ガムテープを口に貼られているにもかかわらず、意外と大きな音が漏れてしまったのだ。

ハンドライトで照らしてきた後部座席の男と、目が合った。

「こいつ、もう目を覚ましているる。何しているんだ！」

京介は急いでナイフを足で挟むと、手首のロープを擦り付けた。

「ロープを切っているぞ！」

男が金切り声を上げる。

「くっ！」

ロープの切断を諦めた京介は男の腕を摑んで引き摺り下ろし、男を足元に転がすと頭を両膝で挟んで首をへし折った。

「死にたいのか！」

助手席の男が怒鳴り声を上げ、銃を向けてきた。

京介が倒した男から98式小銃を奪うと、助手席の男が発砲してきた。頭上を抜けた複数の銃弾が、後部ウインドウを粉々に砕く。

「うっ！」

その場に伏せた京介は、ボルトを引いて銃を抱え上げるように持ち上げて連射した。縛られているため片手で撃っているようなものだ。98式小銃が支えきれずに踊り、天井に穴を空ける。京介は銃口を後部座席に押し付けて固定し、トリガーを握りしめた。フロントガラスを粉砕した銃弾が、運転手の後頭部にも当たった。

瞬間、車は大きく左に曲がり建物に突っ込んだ。

正面玄関の鉄格子を突き破り、バンは一階の柱に激しくぶつかって停止した。

衝撃で飛ばされた京介は天井に叩きつけられ、運転席のシートに頭をぶつけた。バンは運転席がめり込むほど、潰れている。相当スピードを出していたようだ。

京介は肩で息をしながら右手で口に貼られたガムテープを剝ぎ取ると、急いで壊れて歪んだドアの隙間からずり落ちるように車外に出た。ガソリンが漏れており、引火して爆発する危険性があるからだ。

「こっちだ！」

「派手(はで)にやりやがったな」

「さっさと、済まそうぜ！」

外から複数の男の声が聞こえてきた。野次馬だろう。人がすぐ駆けつけてくるところを見ると、街中のようだ。

「まっ、まずい」

街というキーワードが頭に浮かんだ京介は、足に激痛を覚えながらも慌てて車の下に隠れた。直後にハンドライトの光が車に浴びせられる。

「こいつ、まだ生きてやがる」

おそらく助手席に座っていた男のことだろう。

「おいおい、マシンガンもあるぞ！」

歓声の直後に銃声がした。手に入れた98式小銃で、助手席の男を撃ち殺したようだ。予感が当たった。ダウンタウンでも治安が悪いエリアの住民は、殺人や強盗を平気でする。京介も見つけられていたら、殺されていただろう。

「めぼしいものは他に無さそうだな。帰るぞ」

財布や時計などを漁ったのだろう、一人がそう言うと、男たちの足音が遠のいた。

「やれやれ」

京介は溜息を漏らすと、しかめっ面になった。右足首が異常に痛むのだ。車が激突し、天井に叩きつけられた際に骨折したに違いない。

「ガソリンがここまで漏れているぞ。おもしれえ」

建物の外から声が聞こえる。

京介は車の下から顔を出した。暗いため外からは見えないはずだ。

「早くやれよ」

囃し立てられた男の一人が、火の点いた煙草を投げ捨てた。

途端に建物の入り口で燃え上がった炎が、車に向かって延びてくる。

「やっ、やばい！」

悲鳴をあげた京介は、這うように車の下から抜け出し、壁につかまって立ち上がると、近くのドアを開けて倒れこんだ。

凄まじい轟音。

車が爆発炎上した。

四

浩志はルノーのSUV、キャプチャーの助手席で沈痛な表情をしていた。急遽空港のレンタカーショップで借りた車で、運転は加藤がし、後部座席に宮坂と姜文が座っている。

京介が空港で拉致されたため、浩志は仲間を二つに分けて京介を追跡するチームと、黒川、村瀬、鮫沼の三人をヨハネスブルグの傭兵代理店で武器を調達するチームに分けていた。追跡と言っても、京介が持っているスマートフォンのGPS信号を追っているだけだ。車の調達に時間がかかり、引き離されてしまったが、犯人らも途中でパンクを修理したらしく、信号は二十分ほど停まっていた。距離的には十キロほど先だ。

だが、場所が特定できたからといって、ろくな武器もなしで救い出せるとは思っていない。手元にあるのは、浩志が空港の警備員から奪ったベクターSP1と撃ち殺した犯人が落としていった98式小銃である。ないよりマシだが予備の弾丸がなく、撃ち合いになったらあっという間にマガジンの弾は尽きてしまうだろう。

「俺たちに何か隠し事はないか？」

浩志は後部座席の姜文をバックミラーで見て、中国語で尋ねた。車内で浩志の他に中国語に長けている者はいない。姜文が話しやすいようにあえて使っているのだ。

「ない」

姜文は憮然とした表情で答えた。

「京介が拉致されたのは、偶然とは思えない」

浩志はじろりと姜文を睨んだ。

「私が計画したとでもいうのか？」

鼻先で笑った姜文は、首を横に振った。

「おまえが立てたとは、言っていない。俺たちはレッド・ドラゴンに恨まれている。作戦が漏れているんじゃないのか」

「今回の作戦を知っているのは、組織のトップと馬用林様、それに私の三人だと聞いている。組織から作戦が漏れるはずはない。そもそもリベンジャーズは、世界中の闇の組織から狙われている。我々が犯人だとするのは短絡的だろう。それに、妨害されて不利益となるのは、我々だ。自分の首を絞めてどうする」

姜文は肩を竦めてみせた。彼の言っていることは正論であるが、何を言われても信用する気にはなれない。

「どうだか」

浩志もふんと鼻息を漏らした。

「あっ、信号が消えました」

ダッシュボードの近くに自分のスマートフォンを置いてハンドルを握っていた加藤が、溜息混じりに言った。彼は京介のスマートフォンが発するGPS信号を見ながら運転していたのだ。

「場所は?」

浩志も自分のスマートフォンの画面を見ながら尋ねた。

「ダウンタウンの中心、パークステーションのすぐ近くですね」

加藤がスマートフォンの画面を拡大して淡々と答えた。彼はヨハネスブルグに来るのは初めてなのだろう。

「パークステーションか」

浩志は渋い表情になった。ダウンタウンの中心部は治安が悪い。特にパークステーション周辺は「強盗に遭う確率が百五十パーセント」と言われている。犯人に殺されなくてもこの辺りで放り出されれば、京介の命は危ない。

「とりあえず、信号の消えた場所まで行きますか?」

加藤は浩志の様子を見て、控えめに尋ねてきた。

「そうしてくれ」

浩志が頷くと、加藤はアクセルを踏んでスピードを上げた。

高速道路を下りて右折し、チャールトン・テラス通りに入った。途中にあるジョースロボ・ドライブとの交差点に、世界でもっとも荒廃した超高層ビルと言われるポンテシティアパートが闇夜に屹立（きつりつ）している。

つい最近まで、この五十四階建てのビルは麻薬の売人などの犯罪者や不法移民が住み着き、近辺で一般人の生存時間は十五秒と言われるほど無法地帯であったが、ワールドカップを境に環境が改善されて、少しは治安も持ち直したようだ。ビルは中心部が空洞になっているが、一時は住民が捨てたゴミがコア部分に五階まで溜まっていたという。夜間は真っ暗なビルトップに〝Vodacom〟というネオンが輝くのが、どこか現実離れして見える。

「薄気味悪いですね」

巨大な煙突のような、照明もほとんど点いていない巨大なビルの脇を通った加藤は、治安の悪さを直感的に感じたらしい。

車はサラトガ・アベニューからウルマランス通りに入り、パークステーションの横を通り過ぎた。車で移動する分には、停まらなければ大丈夫だ。昼間でも、地元の住民は赤信号でも停まらないそうだ。まして、夜間通行する車は、ほとんどいない。走っているのは命知らずか、重武装した車に違いない。目的地までは数百メートル。４ブロック先を左に曲がったところで京介のＧＰＳ信号は消滅した。

「加藤、周辺を調べてくれ。宮坂は援護、姜文は運転だ」

ベクターSP1のスライドを引いて初弾を込めた浩志は、振り返って後部座席の二人に指示をした。

浩志は加藤と一緒に車を下りるつもりである。

4ブロック過ぎて、加藤は四車線の道から二車線の道へと左折した。

「なっ！」

加藤が声を上げた。

五十メートルほど先にパトカーが停まり、その周囲に規制線が張られ、野次馬が取り巻いている。

「車を停めろ。行くぞ」

銃を腰に差し込んだ浩志が、キャップ帽を目深に被って車を下りると、加藤もキャップ帽を被って続いた。野次馬はすべて黒人である。浩志も加藤も日に焼けて黒いが、黒人と比べたら肌は白く見える。

野次馬の隙間から規制線側を見ると、鉄格子の門があるアパートの入口に車が突っ込んで炎上したらしいことが分かった。辺りはまだ焦げ臭い匂いが充満している。車は原形を留めていないため判断は難しいが、空港で見たバンに似ている。

「おまえ、中国人か？」

隣りに立っている初老の黒人が、耳元で尋ねてきた。

「いや」

浩志は顔を向けずに答えた。

「悪いことは言わないから、肌が黒くない奴は立ち去るんだ。野次馬にギャングも混じっている。殺されるぞ」

親切に忠告してくれたらしい。

「そうする」

浩志は加藤の腕を叩いて合図し、野次馬から離れた。

五

かつて白人が支配した南アフリカ共和国では、〝アパルトヘイト〟で人種差別が徹底されていた。だが、国際的な非難と経済制裁を受けて一九九一年に撤廃(てっぱい)され、九四年にネルソン・マンデラが黒人で初めての大統領となり、白人と黒人は融和の道を選んだ。

だからといって完全に南アフリカが黒人国家になったわけではなく、未だに富裕層は白人が占め、大多数の黒人は貧困に喘(あえ)いでいる。この国から犯罪を減少させるために必要なのは、銃ではなく富の分配なのだが、現状からして実現は困難である。

ヨハネスブルグで宿泊するなら、中心部は避けて比較的治安がいいサントンかローズバンクのホテルを通常選ぶことになる。ホテルの敷地内なら夜間でも安全だ。だが、それでも夜中に外出するのなら自己責任で死を覚悟することになるだろう。

京介が乗せられていた可能性がある車の事故現場を立ち去った浩志らは、ローズバンクにあるハイアットリージェンシーにチェックインして荷物を置くと、ダウンタウンのディケイズアートホテルにチェックインした。

一階のフロアは、昼間はオープンスタイルのカフェになっている。大きなホテルではないが、ヨーロッパ人のバックパッカーもいるので、このあたりではそこそこ安全と思われているらしい。京介の行方が分からないため、彼の信号を見失った地点からなるべく近い場所に捜査本部とも呼ぶべき拠点として一室借りたのだ。

午後十時半、浩志がチェックインしたスタジオタイプの部屋に、行動を共にしている加藤と宮坂と姜文が顔を揃えた。サントンにある傭兵代理店で武器を調達した黒川らとも、間もなく合流できるだろう。

「そうか、引き続き捜査してくれ」

ベッドに座っている浩志は電話を切り、スマートフォンをポケットに突っ込んだ。部屋はスタジオタイプと言っても二十平米しかないので、むさ苦しい男が四人も入れば狭く感じられる。

「友恵ですか?」

ベッドの隣りに置いてあるソファーに腰掛けている宮坂が、尋ねてきた。

「現場近くにアクセスできる監視カメラはないそうだ。実際、俺たちが近辺を探ったときも、監視カメラはなかったがな」

浩志は現場から立ち去る前に、友恵に監視カメラの有無を調べさせていた。彼女ならインターネット回線で繋がる監視カメラがあれば、セキュリティを破って映像データを手に入れることは簡単である。また、池谷には、地元の傭兵代理店に連絡し、警察の捜査報告を取り寄せるように頼んであった。

「それから、警察の捜査報告は、問い合わせ中らしい」

浩志は抑揚のない声で続けた。京介の人間離れした生命力を考慮すれば生存の可能性はあるが、期待はできない。

「現場の状況を改めて、説明してもらえますか?」

宮坂は難しい表情で言った。彼は現場から数十メートル離れた場所に停めた車の陰で待機させていた。もし、住民が浩志と加藤に気付いて襲い掛かるようなら、狙撃して援護することになっていたため、現場は見ていないのだ。

「道路にブレーキ痕がなかった。バンは、猛スピードでアパートに突っ込んだのだろう。運転していた男が、単にハンドル操作を誤ったとは思えない。何らかのトラブルがあったことは間違いない。いずれにせよ、衝突時に意識がなかったと考えられる」

浩志は元刑事として、現場を分析していた。ハンドル操作を邪魔されたとしても、意識があればブレーキを踏むはずだ。

「突っ込む前に気を失っていたのか、死んでいたのかということですか。ひょっとして、京介が車内で暴れた可能性もありそうですね」

宮坂はニヤリとした。

「そういうことだ。アパートの玄関には鉄格子の門があった、それを枠ごと破壊して突き破り、玄関の柱に激突して停まったようだ。その後、ガソリンタンクから漏れたガソリンに引火し、爆発炎上したのだろう」

そこまで説明した浩志は、加藤に出入口のドアを確認するように合図をした。廊下に人の気配を感じたのだ。

ドアがノックされた。

加藤はドアスコープを覗くと、ドアを開けた。

黒川と村瀬が、小脇に麻袋を抱えて入ってきた。

「お待たせしました」

黒川が麻袋からグロック17Cと予備のマガジンを出すと、村瀬も銃とマガジンを出して、ソファーの前のテーブルの上に置いた。この辺(あた)りでスーツケースや大きめのバッグを持ち歩けば、襲ってくれというのと同じである。みすぼらしい麻袋に入れて、人数分の銃を手分けして持ってきたらしい。

浩志らは、グロックと予備のマガジンを三本ずつ取り、銃をズボンに差し込んだ。

「とりあえず、ハンドガンだけ持ってきました。AKS74やその他の装備は、車に隠してあります。物騒ですから、念のため鮫沼に見張らせています」

柵のある駐車場に置いてあったとしても、車上荒らしに遭う確率は高い。ダウンタウンは無法地帯と言っても過言ではないのだ。

「了解……」

浩志は振動するスマートフォンを出し、電話に出た。

「そうか」

短く返事した浩志は、溜息をもらした。

「池谷からの連絡だ。地元の傭兵代理店から答えが返ってきた。現場から三人の焼死体が見つかったらしい。焼け焦げているので、人種までは判断できないようだ」

南アフリカの警察の体たらくは有名であるため、鑑識がちゃんとなされたか疑問ではある。もっとも毎日五十人前後の死体と向き合うのだ。殺人事件が交通事故と変わらないほど軽く扱われても、不思議ではない。

「望みは、ありそうですか？」

黒川が険しい表情で尋ねた。

「あいつが、殺しても死ぬと思うか？」

宮坂がぎこちなく笑って見せた。

「死体を確認するまで、生存は否定しない」

浩志は淡々と言った。それだけの話である。下手な憶測や希望は傭兵に必要ない。


京介は自分のイビキで目覚めた。

「うっ！」

体を起こそうとして、全身に激痛が走り、京介は体をくの字に曲げた。

アパートに激突したバンから抜け出した京介は、車から漏れていたガソリンに火を点けられたことに気づき、必死で逃げた。とはいえ、右足首の激痛で歩くことができず、やっとの思いで立ち上がって近くのドアを開けて倒れこんだ途端に爆発した。

だが、立っていなかったことが幸いしたようだ。服に火がついたものの爆発の衝撃波を受けず、逃げ込んだ階段室で転がって火を消し止めて命拾いした。

アパートの住民が騒動で外に出てくるかと思ったが、誰も顔を出さなかった。部屋から出れば危険だと知っているのだろう。京介は階段を上り、最上階の窓から外に出ると、非常梯子を伝って屋上に出た。住人だろうがギャングだろうが、見つかれば殺されると思ったからだ。

アパートは七階建てで、激痛を堪えて必死に階段を片足でジャンプして上がった。屋上に着いて大の字になって呼吸を整えていたら、眠ってしまったらしい。

ゆっくりと起き上がり、迷彩柄のジーパンのポケットからスマートフォンを出した。

「何！」

画面が粉々に割れている。電源は点くが、通信機能は失われていた。仕方なく、ライトモードにして、右足首を見てみる。右足首は象の足のように腫れ上がっていた。やはり骨折したらしい。

「くそったれ！　ついてねえな」

声を張り上げた京介は、右手で口を押さえた。住民に知られたら、朝まで生きていられるか分からない。

京介は動作不能になったスマートフォンを投げ出し、大の字になった。

「なんとかしてくれ」

夜空に煌(きら)めく無数の星を京介は見つめ、激しく舌打ちをした。

六

ディケイズアートホテルが面しているフォックス・ストリートに二台のルノー・キャプチャーがひっそりと停車している。

時刻は午後十一時を過ぎていた。見渡す限り、人影はない。街はゴーストタウンのように森閑（しんかん）としている。だが、寝静まっているわけではなく、誰しも闇を恐れて息を潜めているからだろう。

街灯から離れた場所に停められていた一台目のキャプチャーのエンジンがかかると、その後ろに停められていた車もライトを点けた。

一台目には浩志と加藤と宮坂、それに姜文、二台目には黒川と村瀬と鮫沼が乗っている。全員迷彩ペイントの黒だけ使って顔面だけでなく手の甲まで塗り、肌が露出しないように長袖のシャツを着ていた。暗い場所では黒人と区別はつかないだろう。

「行くか」

浩志は全員の準備が整ったことを確認し、ハンドルを握る加藤を促した。

腰にはグロック17C、股の間にはＡＫＳ74を立てかけている。パトカーも襲撃を恐れて、夜の街を巡回することはない。出会ったところで重武装の浩志らを見れば、見て見ぬ振りをするだろう。夜のヨハネスブルグで武器を隠す必要はないのだ。

大通りのコミッショナー・ストリートに出た。昼間は渋滞することもある通りも、人気はもちろん、車の通りもない。

前方の交差点から、荷台に人を乗せたピックアップが曲がってきてすれ違った。バックミラーで確認すると、百メートルほど行ったところでUターンしている。新車のような綺麗なキャプチャーが二台も通ったので、気になったらしい。

ピックアップは、バンパーに鉄板を溶接して強化されていた。ヨハネスブルグでは、わざと車をぶつけてきて相手の車を停めて、金品だけでなく車ごと奪う強盗が横行している。

「全員に告ぐ。後方のピックアップに注意しろ」

苦笑した浩志は、首に巻き付けてあるスロートマイクで仲間に呼びかけた。無線機はいつも携帯しているものではなく、小型だが強力なものを傭兵代理店で準備している。

案の定、ピックアップがスピードを上げてきた。

「総員、銃を見せろ」

浩志の号令で、全員がＡＫＳ74の銃身を窓からわざと突き出した。

途端にピックアップが、急ブレーキをかけて止まった。二台の車からいくつもの短機関銃の銃口が見えたのだ。さぞかし肝を冷やしたことだろう。ピックアップはタイヤを軋ませせてUターンし、浩志らの車から遠ざかって行った。

十分ほど走り、サウエール・ストリートに右折した。一方通行の五車線の道の歩道に三台のバンが停車している。急発進した三台のバンは道を横切る形で停車し、バリケードを築いた。

浩志らの車は、十メートル手前で停まる。

「何て街だ。総員戦闘態勢」

舌打ちをした浩志は号令をかけた。

三台のバンの後部ドアが開き、ハンドガンやナイフ、鉄棒などで武装した黒人が次々と下りてくる。

浩志らはＡＫＳ74を構えて、車を下りた。相手は総勢十三人ほどだ。組織的な動きからして強盗団なのだろう。

「後ろからも来ます」

黒川が警告してきた。

振り返ると、街角の闇に紛れていたのだろう。十人前後の男たちが、手に手に武器を持って小走りにやってくる。別の強盗団かもしれない。ヨハネスブルグでは、大勢で襲って身ぐるみ剝がすという強盗団が数え切れないほどある。

「黒川、後ろを頼んだ。威嚇発砲！」

浩志の号令で、全員が向かって来る男たちの足元に発砲した。途端に半分以上の男たちが逃げ出したが、ハンドガンを持った男たちは、バンの陰に隠れて反撃してきた。

だが、所詮(しょせん)素人の持つハンドガンとプロが使う短機関銃では、レベルが違う。ハンドガンで撃ち返してきた男たちをリベンジャーズの仲間は、ものの五秒で片付けた。背後からやってきた男たちも、黒川らが蹴散らしている。残った連中は、蜘蛛(くも)の子を散らすように車と仲間の死体を残して消えた。

「出発！」

浩志が助手席に乗り込むと、二台のキャプチャーは歩道に乗り上げて三台のバンを迂回(うかい)し、元の道に戻った。

数百メートル進んで、鉄道陸橋を渡った次の交差点を右折し、1ブロック先で停まった。左側にあるアパートの玄関が大破し、黒焦げのバンがまだそこにある。警察は、すぐに事故現場を片付けないだろうと、浩志は思っていた。そこで、時間をおいて現場を独自に捜査することに決めたのだ。

車から浩志と加藤と黒川が下りた。現場の捜索は三人で行い、残りの者は見張りに残す。ホテルからたった十数分のエリアで一度目は未遂だったが、二度目は武装した男たちに襲われたのだ。この街は、油断できない。

「アパートには一般人もいる。注意しろ」

浩志はAKS74を肩にかけ、ハンドライトを左手に握り、右手にグロック17Cを構えて現場に足を踏み入れた。

バンを覗くと、死体もまだ片付けていない。遺体は三体とも損傷は激しいが、燃え残った衣類は迷彩柄ではなかった。

車の前には爆発で粉々に散ったエントランスのガラスドアがあるが、車が突き破った鉄格子の門が邪魔で使用不能になっている。その手前に鉄製の非常口のドアがあり、ロックはかかっておらず、誰でも入れる状態になっていた。

「うん？」

非常口から侵入した浩志は、床に布切れがあることに気が付いた。迷彩柄のトレーナーの生地である。焼け焦げているところを見ると、京介は服に火が点いたため、床に転がって消したのだろう。

加藤も同じような布切れを拾い、頷いてみせた。

銃声。

「上だ」

浩志は迷わず、階段を駆け上がった。

三階まで上がったところで、浩志らの足元に銃弾が跳ねた。廊下に銃を持った二人の黒人が待ち構えていたのだ。壁ぎわに身を寄せて弾丸を避けた浩志は、二人の男の眉間を次々と撃ち抜いた。

男たちは左手に持っていた時計や宝石を床にぶちまけて倒れた。非常口から侵入し、押し込み強盗をしていたのだろう。

再び銃声が響く。

浩志らはまた階段を上へと急いだ。

六階の廊下を覗くと、黒人が銃を向けてきた。一瞬迷った浩志は男の腕を撃ち抜くと、駆け寄って男の顎を蹴り抜いた。確かに銃は持っているが、住民が自衛のために持っているのか、判断に迷ったのだ。男の銃の腕が良ければ、殺されていたかもしれない。

すぐ近くのドアが開いている。

浩志は加藤と黒川にハンドシグナルで合図を送り、黒川を見張りに残し、加藤に続いて浩志が突入した。

リビングらしき部屋のソファーに老夫婦が座っている。その傍で銃を持つ男の左胸に、浩志は二発撃ち込んだ。加藤は、呆気にとられている。住民か強盗か迷ったらしい。さらに奥の部屋に入った浩志は、棚を物色している男の腕と太腿に銃弾をぶち込んで気絶させた。浩志は、夜中にドアの鍵が開いている時点で、強盗が入ったと認識していたのだ。

安全を確認した浩志は、加藤に合図して廊下に出た。

「どうした？」

黒川が左の太腿を押さえて立っている。

「部屋から出てきた男に、いきなり撃たれました。大したことはありませんが、迂闊でした。銃を隠し持っていたのです。住民と勘違いしました」

黒川は数メートル先のドアを指差した。出入口に黒人が首から血を流して倒れている。住民かどうか判断に迷ったため黒川は、反撃が遅れたのだろう。男は左手に布袋を持ち、右手に銃を握っていた。住人ではない。

階段まで戻ると、ナイフを持った三人組と出会ったが、浩志らを見て悲鳴を上げ、駆け下りて行った。

「きりがありませんね」

加藤に支えられている黒川が苦笑してみせた。警察が現場に駆けつけた際、野次馬が数十人いた。その中に、偵察をしていた押し込み強盗が紛れ込んでいたのだろう。

「うん？」

ポケットのスマートフォンが振動している。画面を確認すると、友恵からだ。

「俺だ」

――発見しました！

スマートフォンのスピーカーが震えるほどの友恵の声が響いた。

「大きな声を出すな。どこだ？」

——屋上です！　そのビルの屋上です。私、光が見えたんです。

友恵は興奮しているのか、訳の分からないことを言っている。

「屋上か」

通話を終えた浩志は、加藤と黒川をその場に待機させて階段を駆け上がり、最上階の窓から外に出て、梯子を上った。

屋上の中ほどにライトが点灯している。

銃を構えながらも浩志は、急いで光に向かって走った。

ライトモードになっているスマートフォンの近くに京介が大の字になっている。

「そういうことか」

グロック17Cをズボンに差し込んだ浩志は、顔を綻（ほころ）ばせた。軍事衛星で近辺を探っていた友恵は、この光に気が付いたようだ。映像を拡大し、京介を発見したに違いない。

「京介、起きろ」

浩志はのんきにいびきをかいている京介の肩を揺り動かした。さすがに南半球の国だけあって、三月といえど屋上は初夏の気持ちいい風が吹いている。

「……藤堂さん？」

両眼を見開いた京介は、首を傾げた。寝ぼけているようだ。

「大丈夫か？」

「はっ、はい。右足首を骨折したようです。他は異常ありません」

頭をもたげた京介が、慌てて報告した。自分の状態を正確に把握しているのなら、心配はなさそうだ。

「帰るぞ」

浩志は京介の腕を取って体を起こした。

「腹が減りました」

京介が凶悪な顔で笑って見せた。痛みを笑って誤魔化しているのだろう。

「うまいもの食わしてやる」

口元を綻ばせた浩志は、肩で京介を担ぐように立たせた。

前哨戦

一

　午後五時、ウェインライトは、上海浦東(プードン)国際空港の第一ターミナル一階から、出迎えのベンツSクラスに背の高いボディーガードの男とともに乗り込んだ。

　ウェインライトはタイ陸軍特殊部隊の観閲式に予定どおり参加し、チェンマイを後にしていた。彼にとってこうした公式の場は、表の顔である武器のコンサルタントとしての力を発揮する場として大切なため、欠かすことはできないのだ。

「ヨハネスブルグに入ったリベンジャーズが、また襲撃されたそうだ」

　後部座席で自分のスマートフォンの画面を見ていたウェインライトは、独り言のように呟いた。

「姜文からの報告ですか？」

助手席に乗っているボディーガードが尋ねてきた。男は髪をオールバックにし、鋭い目付きをしている。隙のない動きは、武道の心得があるのだろう。

「そうだ。藤堂の仲間が拉致され、救出したものの二人も負傷したらしい」

姜文からの報告を読み終えたウェインライトは、ふんと鼻から息を漏らした。

「予想通り、金栄直は食いついてきたということですね。さすがに世界最強の傭兵特殊部隊が動いたとあっては、あの男も焦っているでしょう」

ボディーガードは低い声で笑った。この男は身辺警護だけでなく、ウェインライトの行動をかなり把握しているようだ。

「あの男は、策略家だ。リベンジャーズの一人を拉致して、仲間をダウンタウンに誘き寄せたらしい。リベンジャーズは、地元のギャングどもと交戦したようだ。もっとも彼らは赤子の手を捻るように払いのけたらしいがな」

ウェインライトは鼻で笑った。

「馬先生、あなたほどの策略家に比べれば、金栄直は子供騙しに過ぎません」

「孫狼よ、おだてても何も出ないぞ」

ウェインライトは苦笑した。

「そもそも金栄直に藤堂が命を狙っているという偽の情報を流したのは、あなたです。慌てた金栄直は、自ら日本に潜入しました。もっとも、身内の悪口は言いたくありませんが、せっかく誘き寄せたのに、日本支局の連中は、あの男を取り逃がしました」

　孫狼と呼ばれたボディーガードは、大げさに首を振った。

「金栄直は、テコンドーと剣舞の達人らしい。それに、工作員として子供の頃から教育を受けている。これまでも我々の暗殺から逃れ、人前に出ることはなかった。情報員としては一流なのだ。だから、私は初めから金栄直の抹殺を日本支局に期待はしていなかった。それよりも偶然ではあったが、金栄直がテロを画策していた島根県に藤堂の父親がいたことで、ひらめいたのだ。藤堂を利用すれば、金栄直に対処できるとな。金栄直は藤堂を誘き寄せるためか、交渉するためかは知らないが、父親を人質にするつもりだったらしい。だが、自殺だとしても殺してしまったのだ。もっとも我々の思う壺だがな」

「金栄直の部下が父親の死に関係しているからこそ、藤堂は今回の仕事を引き受けたんですよね」

　孫狼はバックミラーでウェインライトを見た。

「父親の死が金栄直に関係しているといえば、藤堂は復讐に燃えて二つ返事で引き受けると私も思っていた。だが、危うく断られるところだったよ。あの男は、私怨では動かないらしい。長年戦地を流浪してきた男に肉親の情などないようだ」

　ウェインライトは厳しい表情で首を横に振った。

「なるほど、冷血な男だからこそ、未だに傭兵ということですか。あの男が仕事で殺害した人間は百人を優に超えるという噂は聞きました。傭兵じゃなかったら、生半可な殺人鬼じゃないですからね」

孫狼は口笛を吹いた。

「だからこそ、私は彼を使うのだ。毒をもって毒を制する。もっとも危険な男という意味では、私は誰よりも信頼している」

「しかし、リベンジャーズは囮(おとり)として使われているのですよね」

ウェインライトが信頼しているという言葉に、孫狼は首を捻った。

「ヨハネスブルグに入るまでのスケジュールは、朝鮮人民軍偵察総局にリークしてある。それから先は、彼らが自らの力で任務をこなせばいい。彼らは囮でもあり、切り込み隊でもある」

「それにしても、同行させている姜文は、囮だとは知らないのですよね」

「同情しているのか？」

ウェインライトは、孫狼をちらりと見た。

「まさか。あの男は、ナンバー3のくせに私の座をいつも狙っていました。油断ならない男です」

「それだけ姜文は、闘争心が強いのだ。私は、あの男の生真面目さを買っている。だから、今回の任務を与えた。日本の諺に〝敵を欺くには、まず味方から〟という言葉がある。姜文が事情を知っていれば、用心深い藤堂は信じないだろう」

「そんな諺があるのですか」

孫狼は小さく頷いた。

「だからこそ、藤堂は疑うこともなく任務を遂行するはずだ。だが、金栄直はそれを許さないだろう。ひょっとするとアフリカにまで来て、直接指揮を執（と）るかもしれない。そうなれば思う壺だが、それを振り払って藤堂が任務を完遂させれば、それはそれで報酬を支払えばいいだけの話だ」

「まあ、難しいでしょうね。金栄直も馬鹿じゃない。リベンジャーズが苦戦している間に我が〝猛虎突撃隊（モンフー）〟が、ナミビアにやすやすと侵入し、北朝鮮の武器密輸ルートを壊滅させるでしょう」

孫狼は得意げに言った。

「そういうことだ。リベンジャーズが無事に南アフリカを出国したとしても、ナミビアに入るのは難しい。金栄直はリベンジャーズに総力で戦いを挑むはずだ。ナミビアは彼らにとって死地、まさに殲滅地帯になるだろう」

ウェインライトは、嗄（しゃが）れた声で笑った。

二

日本のメディアはこぞって北朝鮮が孤立していると騒いでいる。その影響で、北朝鮮が世界中の国々から国交を絶たれていると、多くの日本人は勘違いしている。

実際、北朝鮮と国交がないのは、日本や米国や韓国、それに一部の親米国家を合わせた数カ国に過ぎず、百六十二国（二〇一六年現在）と外交関係を結んでいるのだ。しかもフランスを除く英国やドイツなどヨーロッパ諸国は、国連の制裁決議では賛成しているが、平気で北朝鮮と国交を続けている。

北朝鮮は韓国統計庁の二〇〇八年の発表によれば、金二千トン、鉄五千億トン、マグネサイト六十億トン、無煙炭四十五万トン、銅二百九十万トンなど、六兆四千億ドル相当の地下資源を保有する資源大国である。

そのため中国をはじめ国交を続けている国々は、北朝鮮が崩壊し、韓国の下で統一されてこれらの地下資源が値上がりすることを恐れている。彼らは北朝鮮が国連制裁を受けることで、外貨獲得ができずに地下資源を叩き売る現在の状況が一番好ましいのだ。

空港で拉致された京介を無事救出した浩志らが、京介と負傷した黒川を市内の病院に入院させ、ローズバンクにあるハイアットリージェンシーに戻ることができたのは、翌日の午前二時を過ぎていた。

宿泊費が手頃なダウンタウンのディケイズアートホテルでもよかったのだが、セキュリティを考えれば、五つ星ホテルに越したことはない。何より駐車場の車を心配しなくてすむ。というのも車のトランクに傭兵代理店で手に入れた武器を隠しているからだ。

シャワーを浴びた浩志はジーパンにTシャツというラフな格好になったが、出かけるわけではない。基本的に寝る際は、いつでも行動できるように服を着ることにしている。

ドアがノックされた。

グロック17Cを手にドアスコープを覗くと、宮坂が廊下に立っていた。右手にウイスキーのボトルを持っている。浩志が無言でドアを開けると、宮坂は軽い会釈をして入って来た。

「クアラルンプール国際空港の免税店で買ったんですよ」

宮坂はワイルドターキーの十二年もののボトルを見せた。いつもは八年ものをよく飲むが、口当たりのいい十二年ものも嫌いではない。

浩志は窓際の椅子に座るように手で合図すると、洗面所にあった二つのグラスを椅子の脇の丸テーブルに置いた。

「今回の仕事ですが、何かとケチがつきましたね」

宮坂はグラスになみなみとバーボンを注いだ。

任務に就く前に二人も脱落者を出したのは初めてのことで、瀬川もハイジャック事件で負傷しているので、三人も参加できないことになる。

「まあな」

浩志はバーボンを口に含み、香りを鼻腔から抜きながら喉に流し込んだ。

「正直言って、クライアントがレッド・ドラゴンということで最初から不安がありました。それを裏付けるように京介が拉致されたことで、不安は現実となりました」

宮坂はグラスのバーボンを半分ほど一気に飲んだ。リベンジャーズで酒がどちらかというと苦手なのは加藤だけで、後の仲間は浴びるほど飲む。

「……」

浩志は頷いて話を続けるように促した。

「今回の任務ですが、本当はリベンジャーズを殲滅させるために仕掛けられた罠じゃないかと思うのです」

宮坂は真剣な眼差しを向け、グラスの残りの酒を飲み干した。

「可能性はなきにしもあらずだが、それなら俺たちが乗った飛行機を爆破すれば済んだことだ。それに、アフリカで北朝鮮の武器が出回っていることは、池谷が友恵に確認させた。裏は取ってある」

浩志もグラスのターキーを呷った。

今回の仕事と情報をもたらしたのは、ウェインライトである。彼は金栄直が計画したハイジャック航空機にわざと浩志らを乗せて、情報の確かさを証明してみせた。方法はともかく、情報は確かである。浩志以外の仲間は、ウェインライトの素性を知らないだけに怪しむのは当然で、浩志でさえ心底信頼しているわけではない。

「しかし、京介が拉致されたことが偶然とは思えません」

宮坂は首を捻って渋い表情になった。

「京介は犯人たちの会話を聞いていたそうだ。依頼人は東洋人だったらしい。そこで、友恵に空港の監視カメラ映像を保存しているサーバーをハッキングさせ、顔認証ソフトで検索をかけてもらっている。うまくいけば、犯人を炙り出せるかもしれない」

空港は広いわりに監視カメラの数が少ないため、出入国した人間をすべて捉えていると は限らない。それに犯人の東洋人が最近入国したとは限らないので、大して期待はしていなかった。

「仮にその東洋人が例の金栄直だとしたら、どうして我々の行動を読んだのですか？」

「チェンマイで、俺と大佐が襲われた。もしそれが金栄直の仕業だとしたら、やつは俺たちか馬用林を監視していたのだろう。少なくともレッド・ドラゴンがリベンジャーズに仕事を依頼したことは分かっているに違いない。とすれば、俺たちの行動はある程度読めるはずだ」

金栄直は武器密輸の総責任者に任命されている。アフリカの拠点を何としても守ろうとするだろう。金栄直は、アフリカに北朝鮮の工作員を送り込むか、あるいは常駐の工作員を使って妨害してくるはずだ。そもそも北朝鮮と国交を絶っている国は、ほとんどない。工作員が世界中どこにいても不思議ではないのだ。

「なるほど、ヨハネスブルグはアフリカに来るには、玄関とも言える。そこで待ち構えていたというわけですね。それでは、京介を拉致した理由は？」

頷きながらも宮坂は尋ねてきた。

「おそらく誰でもよかったんだろう。一番後ろにいた仲間を空港職員は別室に連れて行くことになっていた。そこを襲ったのだ」

空港職員は報酬をもらっていたはずだ。もっとも、襲われるとは思っていなかっただろうが。

「てっきり、京介の顔が凶悪だからだと思っていましたが、違いましたか」

宮坂は膝を叩いて笑うと、浩志と自分のグラスにターキーを注いだ。

「俺たちは、まんまと罠にかかったのだ」

ターキーを今度はゆっくりと飲んだ。八年ものは喉越しの辛さを楽しめるが、十二年ものはバーボンとしては上品すぎる。

「罠？」

宮坂は傾けたグラスを止めた。

「京介を殺すなら、空港で殺せた。あいつを拉致してダウンタウンで監禁するのが目的だったに違いない。京介が車内で暴れて事故になったが、結果は同じだった。俺たちは、救出するためにダウンタウンのギャングや強盗団を相手にしなければならなかった。京介だけじゃなく黒川も負傷した。狙いは、自分たちの手を煩わせずに俺たちに被害をもたらすことだった、と俺は考えている」

金栄直が犯人なら、恐ろしく頭の切れる男なのだろう。金正恩は幹部を粛清する際に、機関銃で九十発も銃撃して肉体を粉砕したり、火炎放射器で生きたまま焼却したり、また百匹もの野犬に食い殺させたりと、考えつくあらゆる残虐な手段を用いる。

恐怖を知り尽くしているのが、金正恩なのだ。金栄直もそれに倣っているのか、あるいは影響を受けているのかもしれない。浩志らにとって、無関係の住民を殺害することは、ある意味で恐怖だ。それを知っているからこそ、ダウンタウンで騒動を起こしたと考えるのは、論理の飛躍だろうか。

「そういえば」

浩志はチェンマイで銃撃してきた男が堀に落ちて爆死したことを思い出した。てっきり自爆したと思っていたが、捕まることを恐れた金栄直が爆破したのかもしれない。あらかじめ、リモート爆弾を持たせて部下に仕事をさせ、ミスをしたら無線で起爆信号を流して殺すのだ。

「どうしました。難しい顔をされていますよ」

二杯目のターキーを飲み干した宮坂が、怪訝な表情をしている。

浩志は眉間に皺を寄せていた。ハイジャックもそうであったが、日本を陥れるためには、何百人もの一般人を巻き込んでも平気らしい。金栄直という人物を冷酷で残忍だと考えれば、これまでの事件が読めてくる。

「侮れない敵だ」

浩志は空にしたターキーのグラスをじっと見つめた。

三

午前十時半、浩志はO・R・タンボ国際空港の、三階まで吹き抜けになっている空港ビル中央部の雑踏を避けて、到着便の掲示板が見える柱の陰に現地の英字新聞を読みながら立っていた。

昨夜はダウンタウンに潜入するために迷彩ペイントの黒を使ったが、今日は濃い茶色の舞台にも使われるカラーメイクを塗っている。顔立ちからして黒では違和感があるが、濃茶なら馴染んで見え、黒人の近くにいても肌の色は目立たない。また、基本は化粧品なので、石鹸で洗えば落ちる。キャップ帽を被り、Tシャツにジーパンに手ぶらという格好のため、観光客には見えない。

到着ロビーから続々と乗客が荷物を持って現れた。それを待ち受けるのは、様々な個人名や社名が書かれた看板やプラカードを持った人、人、人の群れである。個人で出迎える者も中にはいるだろうが、ほとんどは現地の旅行代理店や交通機関の案内係など様々だ。もっとも浩志も、ワットとアンディー・ロドリゲスとマリアノ・ウイリアムスの三人を出迎えに来ている。

「……」

浩志は新聞を畳んで小脇に挟み、振動するスマートフォンをポケットから出した。友恵からの電話だと画面に表示されている。

「どうだ？」

――ここ数日における、タンボ空港の監視カメラ映像の解析が終了しました。確認できるプロフィールデータをピックアップしたところ、五十人以上が挙がりました。

友恵には、Ｏ・Ｒ・タンボ国際空港の監視カメラ映像を保存するサーバーをハッキングさせている。彼女が使っている顔認証ソフトは、彼女が同じくハッキングで手に入れたＣＩＡの膨大なデータとリンクさせていると聞いていた。京介の拉致に関わるような人物ということで調べてもらったのだが、五十人以上というのは多過ぎる。

「犯罪者も入れているのか?」

苦笑した浩志は尋ねた。予測していたのは、北朝鮮の工作員がせいぜい二、三人だと思っていたのだ。

「情報機関という括りでは、朝鮮人民軍偵察総局が十名、中国人民解放軍総参謀部が十五名、CIAが七名、英国SISが四名、フランスのDGSEが三名、イスラエルのモサドが五名です。犯罪者という括りでは、インターポールで国際手配されている人物が八名いました。必要なデータをおっしゃって頂ければ、すぐに送ります」

友恵は淡々と言った。彼女にあえて北朝鮮と限定しなかったのは、先入観で事件をあらぬ方向に導く恐れがあったからだ。そのため彼女も絞りきれずにピックアップしたのだろう。それにしてもたったの数日で五十人以上の各国の情報員や犯罪者が、一般人に混じってこの国を出入国しているというのは驚きだ。さすがにアフリカの玄関と言われるだけある。

「北朝鮮と中国、それにCIAの情報もついでに貰っておこうか」

——了解しました。

彼女からの連絡を終えてわずか数秒でメールが届いた。どこにいても瞬時にデータは受け渡しできる。世界は進化したものだ。

さっそく朝鮮人民軍偵察総局の情報員の情報を見た。だが、金栄直は見当たらない。彼はまだ三十代後半と若いが、北朝鮮人民軍の幹部になったのだ。海外の現場に出てくることはないのかもしれない。

浩志は送られてきた三十二人分のデータに目を通し、顔と名前を覚えた。遭遇するかどうかも分からないが、少なくとも顔が認識できれば対処も変わってくるからだ。

——こちら、ピッカリ。リベンジャー、応答してくれ。

ワットから無線連絡がブルートゥースイヤホンに入ってきた。彼らはロンドンのヒースロー空港で合流し、ドバイ経由で来たため、トランジットのドバイで池谷が京介のことを伝えてある。敵が同じ手口を使うとは思えないが、警戒を怠らないように到着直後に無線連絡するように打ち合わせていた。

「リベンジャーだ。そのまま到着ロビーから出てくれ。途中で声をかける」

——了解。目立たないように行くから、見つけてくれ。

「分かった」

浩志は柱の陰から出て、雑踏を見渡した。すると、広い通路に溢れている人々が左右に分かれ、その真ん中を三人の男が肩で風を切って歩いて来る。

先頭は胸板が牛のように厚いスキンヘッドのワットで、その後ろを並んで歩いているのは、黒人のマリアノ・ウイリアムスとスペイン系のアンディー・ロドリゲスだ。二人とも身長は一八五センチ前後あり、体格もいい。

三人は米陸軍の中でも最強の特殊部隊と言われたデルタフォースの元上官と直属の部下である。退役して数年経つが、未だに現役の頃と変わらない体型をしていた。周囲の一般人は、彼らが醸し出す威圧感を恐れて道を開けているのだろう。

「何が目立たないようにだ」

浩志は思わず苦笑した。

「むっ！」

ワットらに近づこうとした浩志は足を止め、近くの柱の陰に隠れた。

「ピッカリ、リベンジャーだ。おまえたちのすぐ後ろに北朝鮮の工作員が四名いる。そのままタクシー乗り場で、キャブズ・フォー・ウィメンに乗ってローズバンクにあるザ・ウインストンホテルに行くんだ」

友恵のデータがさっそく役に立った。朝鮮人民軍偵察総局所属の情報員が二人ずつに分かれて、ワットらの後を歩いている。四人ともまるで観光客のようにバックパックを担いでいた。

キャブズ・フォー・ウィメンは、女性ドライバーだけのタクシー会社で、女性が一人でも乗れるように配慮されている。だが、男性客でも乗ることができて安心だと評判がいい。その他にもローゼズタクシーが安全だと言われているが、白タクでなくても一般のタクシー運転手が強盗とグルになって、乗客を見知らぬ場所に連れて行き強盗をするというのはよくある話らしい。ぼったくられるだけなら可愛いものだ。

――分かった。出迎えがあるのだな。

ワットはいつものごとく冗談めかして言った。わざと囮になるべく、目立つようにしたに違いない。

「そういうことだ」

キャップ帽を目深に被った浩志は、ワットらに先回りをして空港ビルを出ると、待機していた加藤が運転するルノー・キャプチャーに乗り込んだ。

待つこともなくワットらがタクシーに乗り込むと、背後を歩いていた四人の北朝鮮の情報員は、タクシー乗り場に割り込んできたバンに飛び乗った。

ワットらが乗り込んだタクシーは、四十分後にローズバンクの閑静な住宅街にある五つ星のザ・ウィンストンホテルの正門に到着した。

同じヨハネスブルグでも、エリアが違うだけで環境は天と地ほど変わる。もっともこのあたりの住宅は豪邸ばかりだが、周囲は高い塀で囲まれ、その先端には有刺鉄線が張り巡らされていることが多い。

ザ・ウィンストンホテルは、保養地にある別荘のような二階建ての南欧風の建物が優雅に配置されており、部外者が入れないように正門の守衛室でチェックを受ける。

浩志はワットらに尾行がついた場合を想定し、彼らの名前でホテルのレストランの予約を取ってあった。

ワットらを乗せたタクシーがホテルの敷地に入ると、尾行してきたバンは、その場を離れた。空港から直接来たので、チェックインすると思ったに違いない。ワットらは、レストランで優雅に昼飯を食べた後で、浩志らと合流することになる。

「思惑(おもわく)通りですね」

ニヤリとした加藤は、百メートル先を走るバンの後を追った。

四

ヨハネスブルグのガンショップでは、店員が後で取得すればいいと、許可証を持たない客にも簡単に銃を販売する。欧米製の9ミリ口径のハンドガンなら六千ランド(約四万四千円/二〇一六年六月現在)から、中国製なら二千五百ランド(約一万八千円)と手頃な値段で購入できる。

白人が米大陸を銃で制圧したのと同じ手段で、南アフリカに入植した白人は銃で所有地を拡大し、黒人を抑圧した。そのため、銃は自衛手段であり、同時に市民権と同じだという意識が根付いている。それがアパルトヘイト後には、黒人たちにも広まった。また、腐敗し頼りにならない警察が、市民の銃武装を助長させているのが現状だ。

Ｏ・Ｒ・タンボ国際空港でワットらは、四人の朝鮮人民軍偵察総局所属の情報員に尾行された。改めて友恵に彼らの素性を調べさせたところ、偵察総局のナンバー2に就任した金栄直の部下であることが分かった。

また、この数日間で南アフリカに入国した偵察総局の情報員は、十四人にも及ぶ。すべて金栄直の直属の部下らしい。浩志らはウェインライトから仕事を引き受けてすぐにアフリカ行きを決めて行動に移したが、それ以前に入国した偵察総局の情報員は八人もいた。タイミングから考えて浩志らを待ち伏せるためではなく、南アフリカが武器の巨大マーケットであることを考えれば、偵察総局ナンバー2となった金栄直が、アフリカで武器を密輸し、外貨を稼ぐために送り込んだのだろう。

ワットらを尾行していた男たちを浩志は逆に追跡し、彼らのアジトと思われるサントン駅に近い雑居ビルを発見している。ネルソン・マンデラの像が建つサントンスクエアーからもほど近い場所で、開発が進む駅周辺は真新しい斬新なデザインのビルが建ち並ぶが、十数年前に建てられた比較的古いクレセントビルの一角に彼らは事務所を構えていた。

クレセントビルから二百メートルほど離れた5番ストリートの路上に、一九九一年式で角ばった形をしているベンツのバン、トランスポーターが停められている。

後部荷台には折りたたみ椅子が持ち込まれ、浩志とワット、それに姜文が難しい表情で顔を突き合わせていた。バンは北朝鮮の情報員のアジトを見張るために新たに借りたものである。

「俺たちの動きが筒抜けだ。どうなっているんだ」

昼食を終えて合流したワットが、姜文をジロリと見た。

「また、私のせいだと言いたいのか。馬鹿馬鹿しい。北朝鮮のサイバー軍が我々のありとあらゆる通信を傍受しているのだ。分からないのか。彼らに行動を知られたくないのなら、電子機器を使わないことだ」

姜文は憮然とした表情で言った。

サイバー軍とは、朝鮮人民軍偵察総局に所属する電子戦部隊だ。全容は闇の中だが、サイバーテロを得意とし、121局と呼ばれる最精鋭の部隊が中心的な役割をしているらしいが、極秘部隊のため定かではない。だが、偵察総局のナンバー2にのし上がった金栄直が、同じ組織内の部隊を使いこなすことは充分考えられる。

「北朝鮮のサイバー軍か。中国のサイバー軍と連携しているという噂がある。なるほど、筒抜けになるはずだ」

ワットはわざとらしく笑って皮肉を利かせた。

「いい加減にしろ！　我々が、関わるはずがないだろう。そもそも自分で任務を妨害してどうするんだ」

　姜文は顔を真っ赤にして怒った。彼はカラーメイクをしていない。目が細く吊り上がっているために、カラーメイクをするとかえって違和感があるためだ。

「二人とも止めるんだ。ヨハネスブルグの偵察総局の拠点を潰さなければ、作戦に次はない。こんなところで争っている暇はないんだ」

　浩志はワットと姜文を睨みつけた。

　ヨハネスブルグで武器を揃えたのは、陸路でナミビアに行くためだ。だが、背後から襲われるような真似はしたくない。

「分かった、分かった。そんな怖い顔をするな。俺はリベンジャーズの任務が、安全であることを願っているだけだ」

　ワットは僅かに両手を上げた。

「ヨハネスブルグの拠点を潰すのは、私も賛成だ。だが、あまり時間を食うと、ナミビアに入るのが遅くなる。我々もまだ、北朝鮮から送られてくる武器が何か把握していない。港から搬送され、基地の厳重な倉庫に隠されたら、見つけることは不可能になるだろう」

　姜文は渋い表情になった。ナミビアにもレッド・ドラゴンの情報員は潜入させてあると聞いている。彼は常に現地の情報員と連絡を取っているらしい。

「ナミビアの武器引き渡しを阻止する。それは目的の一つだが、最大の目的は何だ？」

　浩志は改めて尋ねた。

「金正恩の片腕とも言える金栄直を失脚させることだ」

姜文は即答した。金正恩は粛清の嵐で、北朝鮮の政治部と軍部を刷新（さっしん）したが、それだけに孤立している。その中で信頼できる金栄直を失うようなことになれば、現政権に大打撃を与えることになるだろう。

「金栄直は、昇進前は少佐だった。だが、一人でハイジャックの実行犯に接触するなど、活発に動いていた。どうしてか分かるか？」

浩志はワットと姜文を交互に見た。士官クラスが、ＩＳの実行犯と直接接触したことに浩志は注目していたのだ。二人は揃って首を傾げた。

「他人を信用できないからだ。ヨハネスブルグの拠点を潰せば、金栄直は隣国の武器ルートを心配しなければならなくなる。そうなれば自分がやるしかないと、奴は自ら行動を起こすはずだ。直接金栄直を狙えるチャンスも出てくるだろう」

「なっ、なるほど」

浩志の意見にワットと姜文は、大きく頷いてみせた。

五

午後十時を過ぎた。

朝鮮人民軍偵察総局のアジトがあると思われるクレセントビルの周囲にリベンジャーズは、二台のルノー、キャプチャーとベンツのトランスポーターに分乗している。

浩志は、加藤と姜文の三人でAチーム、宮坂と村瀬と鮫沼はBチーム、ワットとマリアノとアンディーはCチームと、三つのチームを作ってアジトを監視させていた。

クレセントビルは七階建てで、一フロアに五十平米の部屋が二十ある。偵察総局は三階に二つの部屋を借りていた。場所を突き止めてから十時間近く経ち、その間に浩志は手分けして情報を集めている。

偵察総局は東亜(ドンヤー)国際貿易会社という名前でビルのテナント契約しており、北朝鮮の物産を取り扱う業務をしていることになっていた。だが、貿易会社は隠れ蓑(みの)で、武器や麻薬など金になるものは何でも扱っているらしい。

浩志がヨハネスブルグの傭兵代理店に問い合わせたところ、東亜国際貿易会社は市内のガンショップに北朝鮮製と思われる中国の銃のコピー商品を売りさばいているそうだ。本物の中国製よりも安く、品質も遜色(そんしょく)がないと評判がいいらしい。もっとも、中国製の銃はロシア製のコピーであることを考えれば、顧客の満足度のレベルが低いということであろう。

また、麻薬も地元のギャングに販売しているという噂もある。ヨハネスブルグのギャングは、ナイジェリアや中国の犯罪グループと関わっている。そこに北朝鮮が擦り寄ったとしても、不思議ではない。

ヨハネスブルグの傭兵代理店の支配人はマーカス・ワシントンという白人で、浩志はアフリカで仕事をする際にこれまでも何度か世話になっており、信頼が置ける男だ。五十五歳とまだ働き盛りで、南アフリカの政治家やヨハネスブルグの警察とも太いパイプを持っていた。

クレセントビルのテナントは、金融や貿易関係など業種は様々である。どの企業もオフィスとして使っているが、近隣に新しいビルが相次いで建設されているので、移転していく企業も多いようだ。そのため、各フロアのテナントは歯抜けの状態になっていた。

「照明が消えましたね」

キャプチャーの運転席からクレセントビルを見つめていた加藤が呟いた。

助手席に浩志、後部座席に姜文が座っている。ビルの監視をはじめて三時間が経つ。

ビルは商業ビルで、午後七時までにテナントに入っている会社のほとんどの従業員は退社している。だが、北朝鮮の情報員と思われる男たちは外出先から戻っても、退社することもなく、東亜国際貿易会社が入っている部屋の明かりだけがなかなか消えなかったのだ。

浩志は、東亜国際貿易会社の部屋が見えるようにクレセントビルの向かいのビルの前に車を停めさせていた。しばらく待ってみたが、北朝鮮の情報員が玄関から出てくる様子はない。

「あのビルに裏口はなかったな」

浩志は加藤をちらりと見た。監視活動をする前に、加藤にビルのセキュリティを調べさせてある。

「新しくできたビルに三方を囲まれていますので、出入口は表のエントランスだけです」

加藤は律儀（りちぎ）に三時間前と同じことを言った。

「どうやら宿舎としても使っているらしいな」

浩志はおもむろに首に巻いているスロートマイクの位置を直すと、加藤に車を出すように手で合図をした。

頷いた加藤はキャプチャーを発進させ、五十メートル先の交差点でUターンさせると、クレセントビルの前に停まっていたベンツのトランスポーターの後ろに車を付けた。トランスポーターには、ワットとアンディーとマリアノが乗っている。

浩志は加藤と姜文とともにＡＫＳ74を手に車を下りた。腰にはグロック17Ｃを収めたホルスターを巻いている。

遅れて交差点近くに停車していた別のキャプチャーが浩志らの車の後ろに停まり、ＡＫＳ74を肩にかけた宮坂と鮫沼が下りてきた。運転席には村瀬がいる。今回は、鮫沼と二人で三台の車とエントランスの見張りをすることになっている。

トランスポーターの後部ドアが開き、ワットとアンディーとマリアノが姿を現した。三人ともAKS74を持っているが、彼らの銃はなぜか小さく見える。

「待ちくたびれたぜ」

ワットは手に持っていたAKS74をトランスポーターに立てかけると、背伸びをしながら欠伸をした。

「何か忘れていないか?」

浩志はストレッチをはじめたワットに尋ねた。

「完璧主義者の俺が、忘れ物をするわけがないだろう」

ワットはわざとらしく、肩を竦めた。アンディーとマリアノが笑っている。

「筒状の武器を忘れていないか?」

浩志は曖昧(あいまい)に尋ねた。戦闘前のリラックスタイムを満喫(まんきつ)しているワットに付き合っているのだ。

「筒状? トランペットか、いやいやあれは楽器だったな。そうか、鉄パイプだな。鉄パイプで敵の頭を殴りつけるのなら、効果的だ。どこかの工事現場で拾ってくるか」

ワットは右手を額に当てて探す振りした。彼の周りに、にやけた顔の仲間が集まっている。戦闘前の緊張をほぐすためのものだが、そもそも緊張するような青臭い兵士は仲間にはいない。

「中佐、トリガーが付いている武器ではありませんか」

マリアノがわざと直立不動の姿勢で言った。中佐というのは、ワットが米軍を退役する際の階級である。

「ドカンと大きな音がする武器だと、自分は思います」

アンディーが敬礼して言った。冗談に付き合う仲間思いの男たちである。

「トリガーが付いた、大きな音がする武器？　ますます分からない」

ワットは首を左右に傾げた。

「もういいだろう。先に行くぞ」

痺れを切らした浩志は、エントランスに向かって歩き出した。

「待て待て、つまらない男だ。クイズを出しといて先に行くな」

ワットは慌てて車の中からポンプアクション式ショットガンのレミントンＭ８７０を二丁持ち出し、一丁をアンディーに投げ渡すと浩志に並んだ。

加藤はビルに侵入し、監視カメラやセキュリティシステムだけでなく、各部屋のドアの施錠まで調べてきた。そこで、ドアは蹴破ることはできないと判断し、ドアの鍵を破壊するためにショットガンで発射できるブリーチング弾を使用することにしたのだ。そのため、ワットのチームに傭兵代理店で調達するように指示しておいた。

エントランスはガラスのドアになっているが、カードキーがなければ開閉しない。しかもガラスは鋼線が入った強化ガラスである。

「ぶちかますか」

ワットがガラスドアに向けて、M870を構えた。

「勘弁してください」

苦笑を漏らした加藤が、ポケットからカードキーを出してガラスドア脇にあるセキュリティボックスに差し込んで、ドアを開けた。ビルに侵入する際に、ビルから出てきた男から加藤は掏り取っていたのだ。

「行くぞ」

浩志は加藤の肩を叩いて先に行かせると、号令をかけて走った。

六

三階まで駆け上がったリベンジャーズは、二手に分かれた。

クレセントビルは道路に面して東側にエントランスがあり、三階のエレベーターホールに近い南北に、東亜国際貿易会社が入っている。その北側の部屋のドアの左右に、浩志率いるAチームとレミントンM870を持ったアンディーが立った。

ワットは、宮坂とレミントンM870を構えるマリアノの二人を従え、南側にある部屋のドアについている。

浩志をはじめとして、古くからのリベンジャーズの仲間は野戦を得意とする。それに対してワット、アンディー、マリアノはデルタフォースで野戦だけでなく市街戦の厳しい訓練を受け、実戦の経験も豊富にあった。そのため彼らにレミントンM８７０を任せてあるのだ。

浩志はグロック17Cのスライドを引いて初弾を込めた。それを合図に全員が、自分の銃に初弾を込める金属音が響く。

「カウント3、3、2、1、ゴー！」

スロートマイクで浩志は全員に号令をかけた。

マリアノとアンディーが同時にドアノブの横を狙って、レミントンM８７０を発砲し、ドアの施錠を吹き飛ばす。

夜間だけにビル内に轟音が轟いた。

むろん、音はビルの外にまで聞こえただろうが、近隣に住宅はない。また、聞こえたところで、通報する者もいないはずだ。市民は暴力に対して警察を当てにしていない。

「ゴー、ゴー！」

浩志とワットの掛け声で、仲間は室内に突入した。

道路に面した北側にある窓にはブラインドが下げられており、街灯の光がわずかに射し込んでくるだけだ。

仲間は用心深く身をかがめて、暗闇を進む。

銃声！

部屋の奥にマズルフラッシュ。

浩志の耳元を銃弾が唸りを上げて通り過ぎ、背後の壁に当たった。部屋に最後に入ったため、廊下から漏れる光で浩志は影絵のように浮き上がり、標的になったに違いない。

横に飛んだ浩志は、マズルフラッシュの残像めがけてグロックを連射した。

床に何かが落ちるどさりという重い音がして、銃撃音は止んだ。

仲間が無言で動く。

「フリーズ！」

浩志はドア近くの照明のスイッチを入れて叫んだ。

部屋の出入口に近い半分ほどのスペースには、ダンボール箱や木箱で埋め尽くされている。窓がある道路側の壁に二段ベッドが四つあり、その足元に頭から血を流す死体が転がっていた。先ほど浩志を狙って発砲してきた男らしい。手にはマカロフPMをライセンス生産した北朝鮮製の66式拳銃が握られている。

加藤とマリアノ、それに姜文の三人はベッドのすぐ近くで銃を構えていた。ベッドの上にはまだ七人の男がいるが、66式拳銃を持ったまま手を上げている男が二人もいる。

「銃を捨てろ！」

姜文が朝鮮語で命じると、ベッドの上段にいる男が66式拳銃を床に投げ捨てて両手を高く上げた。「フリーズ！」という英語が通じなかったらしい。米国では単に動くなという だけでなく、武器を捨てなければ撃ち殺すという意味も含まれている。

姜文は母国語である中国語の標準語である北京語の他に、広東語と英語とフランス語と朝鮮語が話せるらしい。一緒に行動するには彼の能力をあらかじめ知る必要があったため、アフリカに渡る前に浩志は聞いていたのだ。

中国武術の通背拳を身につけ、武器も使いこなし、数カ国語を話すことができる。傭兵にはもってこいだが、所詮はレッド・ドラゴンの一員だけに油断は禁物である。

「全員、両手を上げたまま下に下りるんだ」

浩志は英語で命じると姜文に顎で示した。すると姜文はベッドの上にいる男たちに向かって朝鮮語に訳した。

——こちらピッカリ、リベンジャー、応答願います。

ワットからの無線連絡だ。

「俺だ。こっちは片付いた。七人確保、一人死亡」

浩志はアンディーと加藤がナイロン製の結束バンドで、男たちを縛り上げるのを見ながら答えた。姜文は、その間、銃で手を上げている男たちを見張っている。順応性の高い男だ。チームとしての息も合ってきた。

――こっちは、無傷で五人確保したぞ。これより捜索を開始する。

無傷という言葉を強調してワットは言った。手際（てぎわ）がいいだろう、と笑っているワットが目に浮かぶ。

「了解」

苦笑した浩志は、無線を終えると、部屋に積み上げられている木箱の蓋（ふた）を取った。工業製品とラベルが貼られた木箱には小さなダンボール箱がぎっしりと詰まっている。

「70式拳銃か」

浩志はダンボール箱のラベルを確認して蓋を開け、中からハンドガンを出した。ベルギーＦＮ社のブローニングＭ１９１０を改良した北朝鮮製の銃である。アフリカなどに輸出されており、北朝鮮の外貨獲得に一役買っている武器だ。

「ありましたよ」

別のダンボール箱を調べていた加藤が、手を挙げた。

「確認してください」

加藤はダンボール箱から白い粉が詰まったビニール袋を出した。

浩志は袋に穴を空けて中身を嗅いだが、特に匂いは感じない。酢酸（さくさん）の匂いがするヘロインもあるが、ほとんどの合成麻薬は無臭である。試しに数粒指先にとって舐（な）めてみた。不快な苦味を感じる。浩志はすぐさま唾を床に吐き出した。

「アミドンかもしれないな」

浩志は眉間に皺を寄せた。アミドンはドイツでモルヒネの代用品として開発されたオピオイド系鎮痛剤で、日本ではメサドンの商品名で使われている。中毒性が非常に強い麻薬でもあり、北朝鮮の一般市民の間で服用する住民が増加しているそうだ。

――こちらピッカリ。リベンジャー応答せよ。

「リベンジャーだ。こっちは、70式拳銃とアミドンだ。そっちは？」

――こっちは、アイスだ。これで、証拠は揃ったな。

ピッカリの笑い声が聞こえる。

アイスとは、メタンフェタミン（ヒロポン）のことで、この麻薬も北朝鮮では煙草を吸うような感覚で大流行しているという。将来性のない独裁政治で絶望感を味わっている北朝鮮の国民は、現実から逃避するために麻薬に走るのだ。

浩志はヨハネスブルグの傭兵代理店の支配人であるマーカス・ワシントンに電話をかけて、東亜国際貿易会社が扱っている密輸品の詳細を報告した。マーカスから翌日にも地元の警察署の署長に伝えられることになっている。腐敗しているとはいえ、膝元で堂々と武器と麻薬を扱われては警察の顔が立たない。すぐに動き出すとマーカスは言っていた。

「撤収するか」

浩志は部屋をぐるりと見渡した。武器や麻薬の販売総額は数十億円になるのかもしれない。ここを潰せば、金栄直もかなり焦るだろう。

「むっ！　動くな！」

浩志はホルスターから銃を抜いた。

結束バンドで後手に縛られ、床に正座させられていた男が、急に走り出したのだ。

男は二段ベッドに飛び乗ると、頭から倒れこんだ。

「何考えているんだ。こいつは？」

宮坂が男をベッドから引きずりおろした。男はなぜかにやけた表情をしている。

不安を感じた浩志は、すぐさまベッドの上を調べた。ロッドアンテナが付いたスマートフォンより一回り小さい黒い箱が枕元にあった。中央にデジタル数字が並ぶ小さなモニターがあり、その下に赤いボタンが付いていた。数字は60から減っていく。

「こっ、これは……。退避！　全員、ビルから退避せよ！」

浩志は黒い箱を投げ捨てると大声で叫んだ。

「ピッカリ、応答せよ。ビルから直ちに退避せよ！　爆発するぞ！」

仲間を急き立てながら浩志は無線連絡をした。

――了解！

「おまえたちも出ろ！」

浩志は捕虜にするつもりだった男たちも立たせて部屋から出ると、ワットのチームは廊下を非常階段に向かっていた。その後を後手に縛られた男たちが駆けて行く。

「早く出ろ！」

部屋に一人だけ座り込んでいる男に向かって浩志は大声を上げた。制止を無視してベッドに飛び乗った男である。

「放っておきましょう！」

加藤とアンディーが背後で叫んだ。姜文は非常階段の前まで退避している。

「くそっ！」

浩志が舌打ちをした瞬間、部屋の奥で巨大な火の玉が発生した。

轟音と凄まじい衝撃波。

浩志はアンディーと加藤とともに吹き飛ばされた。

ナミビアへ

一

ヨハネスブルグのビジネス街にあるクレセントビルに、朝鮮人民軍偵察総局のアジトはあった。

三階にある二つの部屋に武器と麻薬が隠匿されており、同時に偵察総局の情報員が宿泊施設としても使用していたようだ。

リベンジャーズは二手に分かれて突入し、瞬く間に制圧している。突入時に攻撃してきた情報員一名を殺害し、十二名を拘束したが、一人が隙を見て自爆装置のスイッチを入れた。二つの部屋にはあらかじめ一分後に爆発するように爆弾がセットされ、可燃物も仕掛けてあったようだ。二つの部屋が大爆発した後、あっという間に炎に包まれ、ビル全体にまで延焼する惨事になった。

起爆スイッチのボタンを押した男は爆発で死んだが、残りの十一名は駆けつけた地元の警察に引き渡している。警察署長から通達があったらしく、警察官は浩志らに質問することもなく情報員を受け取った。武器や麻薬は押収できなかったが、ビルをまるごと燃やしたのだからただでは済まされない。南アフリカの拠点を失った朝鮮人民軍偵察総局は、かなりの痛手を被ったに違いない。金栄直がこれを受けてどう出るか面白くなった。

浩志とアンディーと加藤も爆風で吹き飛ばされたが、その場に居あわせた姜文と非常階段まで退避していたワットらに助けられて脱出し、事なきを得ている。

翌日の午前六時、浩志らは三台のジープ・ラングラーに分乗して、ヨハネスブルグから出発し、西に向かう国道N４号を疾走していた。

二〇一二年型ラングラー・サハラだけにアフリカの大地によく似合っている。

ジープは傭兵代理店であらかじめ用意させていたものだ。乗り捨てかあるいは全損状態の場合は買取りで、返却した場合は車の状態によって値段が変わる、だが、貸し出した担当者は戻ってくることなど期待していなかった。

すでに二時間半走り続けている。ヨハネスブルグから遠ざかるに従って道路の両端に広がる緑の色は濃くなり豊かさを増していた。基本的に起伏の少ない乾燥地帯の風景はどこまで行っても変わりそうにない。だが、三十分ほど前から次第にまた枯れ草が目立つようになってきた。ボツワナの国境に近づいてきたのだ。

ボツワナは海抜千メートル前後と高いために三月の平均気温は二十度から二十三度と熱帯にもかかわらず温帯の気候である。しかも雨季も終わりかけて初夏の素晴らしい青空が広がっているため、車はエアコンをつけずに窓を開けていた。道路の舗装状況もいいため、砂埃（すなぼこり）もさほど気にならない。

「私の遠い祖先もこんな風景を見ていたのでしょうかねえ」

ハンドルを握るマリアノは、いたって機嫌（きげん）がいい。彼はリベンジャーズで唯一の黒人のため、先頭車の運転をしているのだ。

ワットとマリアノとアンディーの三人は、南アフリカ人で旅行代理店が企画した南部アフリカ大陸のガイド兼運転手という役柄である。マリアノは黒人のため、南アフリカやナミビアで通用する様々な偽の証明書を傭兵代理店から支給されていた。浩志らは三台の車に分乗している日本人のツアー客という設定だ。そのため、今回は全員が戦闘服ではなく、ベージュのサファリシャツを着ている。もっとも、行動しやすいので戦闘服と機能は大して変わりはない。

後部座席には加藤が乗っており、車に揺られて眠っていた。兵士は休養を取ることも重要な任務なのだ。

「祖先は皆同じ風景を見ていた」

浩志はぼそりと言った。

人類の祖先はアフリカで誕生し、世界に伝播（でんぱ）したというアフリカ単一起源説と、ジャワ原人、北京原人、ネアンデルタール人などが各地で進化したとする多地域進化説がある。また、最近では、ネアンデルタール人はホモ・サピエンス（現生人類）と交配しながら消滅したという説もあるが、基本的に人類の共通の祖先はアフリカに起源があることは間違いないようだ。

「確かに人類の祖先はネズミのような小さな四つ足だったらしいですね。アフリカは、黒人だけの故郷じゃないということですか」

マリアノは大きく頷いた。彼は救急医療の資格を持つインテリである。浩志の呟きを理解したようだ。

人類は進化しながら世界中に移住し、やがて地域ごとに文化文明を築いた。国家という概念ができたのは、税金を首長や王に収めるようになってからだろう。また、文明に不可欠な文字や数字が発明されたのは、税金を徴収（ちょうしゅう）するためだという説がある。前年の納税の記録をつける必要があったからだ。アイヌや米国の先住民が文字を持たなかったのは、納税の義務がなかったからだという説があるのはそのためだ。

「くだらない生き物だ」

浩志は溜息を漏らした。

世界中の紛争地を流浪していつも思うことは、指導者が間違っていれば国家は破滅するということだ。私利私欲に走り、宗教に偏重し、国民の立場に立てない者が国のトップになれば、必ず国は乱れる。

昨夜はできれば敵味方に怪我人を出さずに作戦を終了させたかったが、そうはならなかった。反撃してきた男も、自爆スイッチを押した男も、北朝鮮という国家に忠誠を尽くしたのだろう。だが、その北朝鮮は国家の生い立ちから今日に至るまで一度たりとも人民のために政治が行われたことはない。まして、三代目の最高指導者となった金正恩は、国民の疲弊を顧みずに贅沢三昧の限りを尽くし、核ミサイルに偏重して国の財産を貪り食っている。

「くだらない生き物ですか。確かにそうですね。私たちは、何のために戦っているんでしょうか？　分からなくなります」

マリアノも溜息をついた。頭のいい男だけに浩志の溜息の理由を深く考えたのだろう。だが、戦いに迷いがあると思われては困る。

「希望だ」

「希望、ですか……？」

マリアノはちらりと浩志の方を見てきた。

「人類は文明を築き、国家を形成して、世界中を勝手に分割した。その瞬間から世界は破滅に向かって時計の針を進めている。だが、俺たちは、国家の軍隊とは違う。自分たちの信じる正義で行動する自由があるのだ。それによって破滅の針を少しでも遅らせ、罪もない人々を救うことができると、俺は信じている」

普段無口な浩志が、熱く語った。昨日のことも含めてどうしようもない怒り覚えていたためだろう。

「なるほど……。破滅の時計を遅らせることが、希望ですね」

マリアノは浩志の熱弁に感銘を受けたようだ。

眼前に大型トラックが列をなして停まっている。

正面には工事中のバリケードが築かれており、ボツワナの国境まで迂回しなければならない。南アフリカ側は、道路整備とともに国境に大規模な施設を建設しているためだ。

先頭車両の前にパトカーが停まっており、バリケードの前で出国のチェックをしている。

下手に南アフリカから隣国のナミビアに行くよりは、ボツワナを横貫した方が早い。しかもＮ４号の国境には監視所が現在ないため、検問もほとんどないことは傭兵代理店の情報で分かっていた。

「ボツワナは、旅行気分で通れますかね」

トラックの車列の最後尾につけたマリアノが尋ねてきた。

「期待しないことだ」

浩志は鼻で笑った。

二

日本の国土の約一・五倍の面積があるボツワナ共和国のボツワナは〝ツワナ人の国〟という意味で、総人口二百三万人の約九割をツワナ人が占める。

だが、南アフリカには、ボツワナの数倍のツワナ人が暮らしている。民族が分断された理由は、ここでも十九世紀のヨーロッパ列強によるアフリカ分割が関係しているのだ。

英国は、南部アフリカを保護領（植民地）としてドイツ帝国と奪い合う歴史の中で、現在のボツワナ共和国の前身となる領域を、英国の南アフリカ会社に移管する手続きを進めた。教科書にも出てくるセシル・ローズは、全アフリカを英国の支配下に置く野望があったからだ。これに反発したツワナ系の首長国に対して、英国は居留地を強制指定して囲い込んだ。その後にボツワナ共和国が生まれたのである。

第二次世界大戦後にボツワナ共和国は独立したが、当時は世界最貧国であった。もっとも何もない土地と判断されたために独立できたのだが、独立の翌年である一九六七年に世界最大規模のダイヤモンド鉱山が発見され、ボツワナは奇跡的に今日のアフリカでも稀有(けう)

な近代民主国家に発展している。

午前九時過ぎにボツワナに入国した、浩志らリベンジャーズを乗せた三台のジープ・ラングラーは、南部を通る国道を走っていた。地平線が見えるサバンナを抜けるコースだ。浩志らがヨハネスブルグの傭兵代理店に用意させたラングラーは、後部が二重構造になっており、武器が隠してあった。

だが、南アフリカの仮の検問所でも、ボツワナ側であるロバツェの検問所でも車体を調べられることもなく、パスポートに入出国のスタンプを押す程度の簡単な手続きで通過できた。ビザも不要なボツワナは南部アフリカの中でも治安はトップクラスで、武装した傭兵特殊部隊が検問所を堂々と通過するとは、想像すらできないからだろう。

「眠くてかなわない。人を轢き殺す前に、何か話しかけてくれないか？」

運転をしているワットが欠伸をしながら言った。検問所を出てから通行人は目撃していない。この先も街に入らない限り、野生動物は出るかもしれないが人は見かけないだろう。

ワットはロバツェの検問所で、浩志と作戦上の話がしたいと運転をマリアノから代わっていたのだ。まだ一時間半ほどしか経っていないが、話をするのは彼だけで、浩志は地平線を眺めているだけだった。加藤は後部座席で相変わらず眠っている。作戦で一番先に活動することになるため、今のうちに、休養する必要があるのだ。

「さっき、カニエという小さな街を過ぎたろう。あれを過ぎたら当分まともな街はないぞ」

浩志も大きな欠伸をした。ヨハネスブルグの郊外から四時間近く走っている。南アフリカはまだ木々が多かったが、ボツワナに入ってからは緑の色も失せていた。地平線まで続く光景は同じだけに、変化に乏しく眠くなるのだ。

「ただでさえ何もないのに、冷たいビールやジュースをどうやって飲めというのだ」

ワットは両手をハンドルから放して大げさに言った。

カラハリ砂漠を抜けてボツワナを八時間で通過し、ナミビアの首都ウィントフークには夜中の十時に入る予定である。一応非常食と水は豊富に積んであるので、少々予定が狂ったところで困ることはない。

「ウィントフークまで我慢すれば、ヒルトンのバーで飲む酒が美味くなる」

比較的ナミビアの治安はいいが、ボツワナほどではない。車に隠してある武器の心配をしなくてすむように、ホテルはセキュリティを考えてヒルトンホテルに予約を入れてある。

「それもそうだな。ヒルトンのスカイバーは、ウィントフークの街が一望できる。夜景はさほどでもないが、夜空を楽しみながら飲むビールは最高だ」

眠そうな顔をしていたワットが、両眼を見開いた。彼はボツワナには二度来たことがあるそうだ。近隣諸国で任務があり、そのついでにボツワナの自然公園に遊びに来たらしい。ボツワナにはチョベ国立公園や中央カラハリ動物保護区など、アフリカでも屈指の野生動物の生息地域があるのだ。

ずいぶん昔の話だが、浩志も車でボツワナを抜けてジンバブエやアンゴラに移動したことがある。ボツワナの周辺国は、何かと紛争があるため、通り抜けるのに都合がいいのだ。

脇に置いてあるタクティカルポーチで呼び出し音がした。普段あまり使わない衛星携帯電話である。

「俺だ」

画面を見て浩志は電話に出た。

――無事に南アフリカから出国されたようですね。ホッとしました。田中さんは予定通り、今日の夕方にウィントフークに到着されます。一昨日浅岡さんとも連絡がつきましたが、その後音信不通になっています。紛争地に入られているので、なかなか通信ができないのでしょう。

池谷からの連絡である。

これまでに瀬川と黒川と京介の三人が負傷したために、田中と辰也を招集するように池谷に頼んであった。この先困難な場面も想定しなければならないだけに、メンバーの補充は急を要する。

田中は負傷した瀬川が退院し、クアラルンプールで日本行きの飛行機に乗るまで付き添っていたが、その後単独で行動している。また、シリアのクルド人民防衛隊（ＹＰＧ）で教官を務めている辰也とは、海南島を出る際に招集するかもしれないと直接声は掛けてあった。

「田中は一人で行動しているのか？」

朝鮮人民軍偵察総局の南アフリカの拠点は壊滅したが、安心はできない。

――大丈夫です。ナミビア政府に招待された日本のＮＧＯ団体がありましたので、彼らに紛れ込んで行動しています。藤堂さんたちより安全ですよ。

池谷は自信ありげに答えた。彼は政府だけでなく幅広いパイプを持っている。

「辰也の所在が分かったら、教えてくれ」

辰也はワットとともに長年リベンジャーズのサブリーダーとして活動してきた。それに彼ほど爆弾の知識がある者もいない。彼の自由にさせてはいるが、戦力としては欠かせないのだ。

「うん？」

ポーチに衛星携帯電話を仕舞おうとすると、また呼び出し音がした。画面を見ると、友恵からだ。

「俺だ」

――大変なことが分かりました。金栄直はもうアフリカに入っています。

「何、どういうことだ?」

――改めてO・R・タンボ国際空港の監視映像の解析を進めていたんです。そしたら四日前に金栄直の姿を発見しました。

彼女には、二、三日前まで調べて欲しいと頼んでいた。金栄直はリベンジャーズの行動を予測し、先回りしたのかもしれない。

「京介を罠にかけるように指揮したのは、金栄直かもしれないな」

電話を切ると、話の内容を理解したらしいワットが気難しい顔で言った。

「おそらくな」

浩志は渋い表情で頷いた。

三

カラハリ砂漠は、ナミビアと南アフリカにも一部かかるが、ボツワナ全土の七十パーセントを占める。

砂漠と言ってもサハラ砂漠のように見渡す限りの砂丘が続くような荒涼とした光景は南西部を除いてほとんどない。年間二百五十ミリ以上の降水量があるためで、まだらではあるが植物に覆(おお)われており、南西部の砂漠気候を除きステップ気候である。

浩志らは、午後一時過ぎに国道沿いのカングという街に入った。ナミビア砂漠の中央にある小さな街だが、ガソリンスタンド、レストラン、ホテル、スーパー、飛行場となんでも揃っている。旅人にとってオアシスのような存在だ。ボツワナを横断するなら、ここで一泊するのが順当だろうが、南アフリカで思わぬ足止めを食らったため先が急がれた。

ガソリンスタンドで三台のジープに給油し、レストランには入らずにスタンドの並びの屋台で浩志らは遅めの昼食を摂(と)っている。ガソリンスタンドの客を当てにして店を出しているのだろう。テーブルは一つ、椅子は五脚しかなく、黒人のトラックの運転手に占拠されているが、屋台の脇に生える大きなアカシアの木の心地よい影の下に座れた。

メニューはボツワナでは国民食である牛肉を塩と水だけで調理したセスワと牛の腸を煮込んだカレー風味のセロベという二種類の肉料理、それに細長い米だ。

浩志はアカシアの木陰で、セロベとライスを頬張っている。よく煮込まれて具材は口の中で溶けるように柔らかく、カレー風味なので臭みもなくうまい。いろいろな内臓が旨味(うまみ)を出している。これがトマト風味ならイタリア料理のトリッパと同じだ。ライスじゃなくフランスパンでも相性はいいだろう。

「マリアノの車だが、エンジンオイルの交換が必要だ。それにエンジンの調子も今ひとつらしい」

ワットはセスワと米を大盛りにした皿を左手に、缶ビールを右手に浩志の隣りに腰を下ろした。ワットに限らず、仲間は全員サンタ・ルイスという地ビールを水代わりに飲んでいる。ライトビールなのでボツワナの乾いた空気と肉料理に良く合うのだ。

ヨハネスブルグからすでに六百六十キロ走っている。その間、休憩したのはガソリンで給油した二回だけだ。枯れた草むらに腰を落ち着けるだけで、癒（いや）される。

「車が先にへばったか」

浩志はセロベを頬張りながら苦笑した。

中東の砂漠の道と違って、カラハリ砂漠の国道は舗装が完備されており、砂が被っていることもあまりない。だが、砂交じりの風が吹くこともあるので、車の吸気には良くないのだろう。

「俺の腰もへばりそうだ」

ワットは肩を竦めた。軍人としては完璧に近い男だが、唯一腰を痛めていることが難点である。タフな男で、弱音を吐くのは珍しい。

ナミビアの首都ウィントフークまでは残り七百キロ、順調に行けば七時間後にホテルに到着できる。だが、腰痛持ちに七時間というのはかなりきつい。

「また痛み出したのか？」

今回は何も聞いてなかったので、正直言って気にしていなかった。

「最近調子が良かったんだ。だが、さっき車から下りてストレッチをしたら痛くなってきた。というか思い出したんだ。同じ姿勢はダメだな。今なら適度な運動をすれば、治るんだが」

胡座（あぐら）をかいて座っているので、まだ大したことはないようだ。浩志にも同じ経験があるが、輸送機や軍用車で長時間の移動をすると、腰を痛めることがある。血液の循環が悪くなるからだろう。

「あと七百キロあるぞ」

「横になって行けば大丈夫だ」

強がりを言っているようだ。胡座をかいているのも、無理をしているのかもしれない。

武器は南アフリカで揃えるしか方法はなかった。そのため、目的地まで陸路を選んだのだが、ワットに数人つけて先に飛行機で行かせる手もあった。もっとも空港は敵の監視下に置かれる可能性があったため、あえて避けたということもある。

食後、浩志はアカシアの木の下に仲間全員と姜文を呼び寄せた。

「ウィントフークからの情報は、どうなっている？」

浩志は姜文に尋ねた。レッド・ドラゴンの情報員が、ナミビアの軍部と北朝鮮の情報員の監視をしていると聞いている。

「予定では、この二、三日中にウォルビスベイにパナマ船籍の貨物船〝ピョンアン2号〟が入る予定だ。その船に武器が積まれている。まだ現地から連絡もないので、入港していないはずだ」

姜文は自信ありげに答えた。貨物船はレッド・ドラゴンが中国の軍事衛星を使って追跡していると聞いていた。ちなみにウォルビスベイはウィントフークに近い港湾都市である。

「パナマ船籍？」

ワットは首を傾げた。

「北朝鮮の海運会社は、国連の制裁決議の対象になっている。だが、香港の事実上の子会社が活動し、制裁を逃れているのだ」

姜文はニヤリとした。

二〇一六年三月国連安全保障理事会決議で、制裁対象となっている北朝鮮最大の海運会社の事実上の子会社が香港にあり、その会社が制裁逃れを巧妙化させてアフリカ諸国などへ武器を密輸していると、報告がされている。

また、香港の海運会社は二〇〇七年に日本人男性が設立し、その男性は他にも八つの海運会社を経営して北朝鮮の制裁逃れに協力しているという。

「それなら聞くが、北朝鮮の軍港は英米の諜報機関の監視下にある。そこから大量の武器を積み込めば、北朝鮮船籍の船じゃなくても軍事衛星が追跡し、米国のフリゲート艦か潜水艦が追尾するはずだ。この情報を摑んでいるのは、本当にレッド・ドラゴンだけなのか？」

ワットが訝しげな目を姜文に向けた。ヨハネスブルグで合流した際に、ワットは姜文を質問攻めにしているが、まだ納得していないらしい。

「土木建築の資材と一緒に積まれたので、他国の諜報機関は摑んでないはずだ。北朝鮮はナミビア政府から橋梁建設のプロジェクトを受注している。誰にも怪しまれない。できれば、港に到着した貨物船ごと爆破したい。そうすれば、金栄直、ひいては北朝鮮政府にも大打撃を与えられる。しかも、ナミビア政府に対しても北朝鮮と付き合うデメリットとして警告にもなる」

姜文はワットの目をしっかりと見返して答えた。

「入港待ちというのなら、なるべく早く港の近くにアジトを設ける必要があるな。ここからチームを二つに分ける。加藤、宮坂、村瀬、鮫沼、それに姜文は、先駆隊のAチーム、俺と一緒に行動する。Bチームはワット、アンディー、マリアノの三名。車の整備が終わり次第出発してくれ」

ガソリンスタンドでエンジンオイルを交換しているが、エンジンの不具合の原因を調べるにも時間がかかりそうだ。ワットらをツアーガイドとしていたが、出国時なら怪しまれることはないだろう。ワットを休ませる上でも、彼らに車を任せるのがベストである。

「Ａチームは、五分後に出発。今日中にウィントフークに入る。Ｂチームは途中で分かれて、今日はガンジで待機。明日夜明け前に出発し、ウィントフークへ向かってくれ」

現在走っている国道Ａ２号を進めば、そのままナミビアとの国境に出られる。だが、この先国道Ａ２号沿いに宿泊施設があるような街や村はない。

ガンジはボツワナの北部で国道Ａ２号から枝分かれする国道Ａ３号沿いにあり、飛行場や二つ星程度だがホテルもある街である。距離も現在位置から二百七十キロと近い。ガンジからウィントフークまでは五百二十キロ、早朝に出れば、昼までには到着できるはずだ。

「気を遣わせたな。今日ゆっくりすれば、明日には良くなるだろう」

ワットはすまなそうな顔をした。アカシアの木に摑まって立ち上がったところを見るとやはり無理をしていたらしい。

「車と同じだ。明日までにオーバーホールしておいてくれ」

浩志はニヤリと笑った。

四

午後三時二十分、ワットらBチームは出発した。浩志のAチームは一時間以上前に出発している。

ガソリンスタンドで劣化したエンジンオイルを交換し、その上オイルフィルターまで交換したので出発が遅れたのだ。オイルが汚れていたのは、フィルターのせいだったらしい。

「日が暮れないうちに走ってくれ。イボイノシシやハイエナを轢き殺すような真似はごめんだぞ」

ワットは後部座席で横になって言った。

ボツワナで街灯があるのは首都の幹線だけである。郊外の道は、日没とともに大自然の闇に飲み込まれる。道路を突然横切る野生動物を避けることは困難だ。

「任せてください、大将」

ハンドルを握るアンディーは、ラテン系らしく陽気に答えた。

国道A2号は片側一車線だが、ガードレールがなく、乾燥地帯に耐えうる草木が生える砂漠と青空が広がる景色がどこまでも続くため開放感がある。それに大型トラックや定期バスとすれ違うこともあるが、交通量はいたって少ないこともあり、広大な空間を貸切にしているような錯覚を覚える。

「やっぱり、アフリカだな」

助手席のマリアノが歓声を上げた。

ダチョウの群れが車の前を横切ったのだ。国道A２号の東側は、中央カラハリ動物保護区になっており、運が良ければ道路の近くでも保護区から出てきた動物に会える。

「うん？」

助手席のマリアノがサイドミラーを見て首を捻った。

「どうした？」

ワットは半身を起こして尋ねた。

「後ろを走るトレーラーですが、カングを出るときからいるんですよ。この車のスピードに合わせているような感じですね。それに我々がカングに入った後に、北部からやってきたんですよ。おかしくありませんか？」

マリアノはバックミラーを見ながら答えた。ワットも振り返ってみると、後部ハッチのウインドウから大型のコンテナを牽引しているトレーラーが見える。おそらく四十フィート（約十二メートル）コンテナだろう。

アンディーはワットの腰に響かないように六十マイル（約百キロ）に抑えて走ってい

た。そのため、時折後ろからトレーラーや乗用車に猛スピードで追い抜かれる。直線道路が続くため、どの車も百二十キロ前後で走っているのだ。そもそもトレーラーは北部からやってきたのなら、Uターンしたことになる。

「俺もそう思っていた」

アンディーも気付いていたようだ。

「待っていろ」

後部座席から這い出したワットは荷台の床板を外し、隠してあった二丁のＡＫＳ74を出すと、一丁をマリアノに渡した。

「来た！」

アンディーが叫んだ途端、トレーラーが衝突してきた。

ジープは道路から押し出された。

ワットとマリアノの二人が、銃を構える直前である。衝撃でワットは荷台から後部座席まで飛ばされ、助手席のマリアノは、フロントガラスに頭部を打ち付けて出血した。

「シット！」

鋭い舌打ちをしたアンディーは、アクセルを踏んだ。ジープは猛烈な砂塵を巻き上げた。四駆だけに舗装された道路と変わらずにタイヤのグリップは利いている。

だが、トレーラーは執拗に追ってきた。

アンディーは、アカシアやバオバブなどの立木を避けながら走るためスピードが上がらない。一方で、トレーラーはその巨体で木々にはお構いなしになぎ倒しながら疾走して来る。このままでは追いつかれてしまう。

「また来るぞ！」

アンディーが悲愴な声を上げた。

衝撃が車体を揺さぶる。轟音とともに車体の後部がめり込んだ。

体勢を立て直したワットが、後部座席のウインドウを開けようとした。

「くそっ！」

ウインドウが開かない。車体が歪んだのか、電気系統が故障したのだろう。舌打ちをしたワットは、ウインドウを連射し、窓ガラスを吹き飛ばすと身を乗り出して銃を構えた。

「スピードを上げろ！」

雄叫びをあげたワットは、迫り来るトレーラーの運転席めがけてマガジンが空になるまで撃ち続けた。

黒人の運転手の頭が吹き飛んだ。

ジープの脇をすり抜けて行ったトレーラーは走り続け、米粒ほどの大きさになってようやくスピードを落とすと、その先の茂みに吸い込まれた。運転手は死んだが、アクセルにまだ足が載っているのだろう。そのうち振動でアクセルから足が離れれば、エンジンブレーキが掛かって自然に停止する。それにアカシアやバオバブの大木にぶつかって、止まるはずだ。

アンディーが車を停めると、ワットは後部ドアを蹴って開けた。やはり衝撃で車体が歪んだらしい。だが、軍用車両にも使われるほど強固に作られた車体だからこそ、この程度ですんだのだ。普通の車だったら完璧に潰されていただろう。

「大丈夫か？」

助手席のドアをなんとか開けたワットは、マリアノを気遣った。銃撃するためにシートベルトを外した瞬間に、フロントガラスに頭部をぶつけたらしい。

衝撃としては二回目の方が大きかった。アンディーがとっさに負傷したマリアノのシートベルトを片手で固定したために大事には至らなかったのだ。

「額を切っただけです」

マリアノはタクティカルポーチから、止血帯を出すと額に当てた。

「縫うほどでもないか」

ワットは止血帯を外して傷の具合を確かめると、医療用テープで止血帯を止めた。

「なんてこった。また、派手にやられましたね。検問所でなんて言われるか」

車から下りたアンディーが、車体の後部に回って喚いている。

「大丈夫だ。象に追突されたと言えば、この国じゃ問題ない」

ワットは車体を叩きながら笑った。

「うん？」

鼻をヒクヒクと動かしたアンディーが、膝をついて車体の下を覗き込んだ。

「どうした？」

ワットも腰を屈めようとして顔をしかめた。

「まずいですよ。こいつ、気前よくガソリンを吐き出している」

アンディーが溜息がてら答えた。

二度の衝突でガソリンタンクが破損したらしい。このまま運転してもすぐにガス欠になる。第一ガソリンに引火する危険性が大きい。

「使えねえな」

首を振ったワットは国道の方角を見た。木々に視界を奪われて見えないが、トレーラーに追われて二キロほど離れているようだ。

歩いて国道に出れば車の通りがまったくないわけではないので、ヒッチハイクはできるだろう。だが、車から武器を持ち出すことはできなくなる。また、カングからは百キロ以上離れているので、戻って修理することは不可能だろう。

「あれですかね」

アンディーが、東の方角を指差した。

遥か彼方の茂みの中にトレーラーがあるはずだ。

「それしかないだろう」

ワットはふんと鼻息を漏らした。

五

アカシアの木や豆科のモパネの木が鬱蒼と茂り、足元の雑草は青々としている。雨季も終わりかけているが、大地は乾燥しているようで地中はまだ潤っているらしい。

ワットを先頭にマリアノとアンディーが、東に向かって歩いていた。

ガソリンタンクが破損したジープを捨て、死体を乗せて走り去ったトレーラーを求めてひたすら歩いているのだ。とりあえず、個人の装備とＡＫＳ74、それにグロック17Ｃと予備の弾丸だけ携帯している。他にもレミントンＭ８７０が二丁とＲＰＧ７がジープに積まれていたが、荷物になるので草むらに隠してきた。

トレーラーの車輪の跡を追ってすでに二キロ近く歩いているが、まだ発見できない。

「むっ！」

ワットが銃を構えて立ち止まった。

前方の茂みから突然動物が現れ、目の前を横切ったのだ。

頭から直線的に伸びた角があるオリックスである。

「驚かせるなよ」

ワットは、大げさに額の汗を手で拭った。

地図上では、中央カラハリ動物保護区は国道A２号の東側にあり、道路から数十キロ離れているはずだが、フェンスで囲ってあるわけではないので保護区の動物は自由に移動する。

「頭を吹き飛ばされたくせに、ずいぶんと走ったようだな」

腰を屈めて雑草の上のタイヤ痕を確かめていたアンディーは、苦笑いを浮かべた。

「トレーラーはスピードを出していた。アクセルから運転手の足が離れても、エンジンブレーキで完全に止まるまで時間がかかったのだろう」

マリアノも白い歯を見せて笑った。額には止血帯が貼られているが、怪我は大したことはなさそうだ。

「急ごう」

頷いたワットは歩き出した。車から下りた当初は足を引きずるようにしていたが、今は普通に歩いている。歩くことで、筋肉がほぐれて腰痛も軽減されたらしい。

さらに一キロほど進んだ三人は、背丈ほどのブッシュを掻き分けながら進んだ。トレーラーは奇跡的に幹が太い木の間をすり抜けるように走ったようだ。首なし死体が運転したとしか思えない。

「なっ！」

ブッシュを抜けたワットは、思わず声を上げ、慌てて自分の口を塞いだ。

トレーラーが大きな木にぶつかって停まっていた。しかもその周りに巨大な象が三頭もいるのだ。

「どういうことだ？」

ワットは頭の汗をポケットから出したバンダナで拭き取った。

「あれは、マルーラの木ですよ」

マリアノが答えた。

マルーラはボツワナのナショナルツリーで、どこにでも生えている。梅に似た外見の果実は年明けから実りはじめ、三月から四月に青いまま落実する。落実し黄色く熟成した実は発酵（はっこう）し、象や猿などの動物が好んで食べ、酔っ払う。匂いに誘われ、人間のように酔っ払う快感を覚えている動物もいるはずだ。

「マルーラか、道理でな」

ワットが苦笑を浮かべた。

土地の住民もマルーラの実からどぶろくを作ったり、お菓子を作ったりする。

「とりあえず、風下に移動するか」

ワットはブッシュに沿って北側に移動した。風上にいては野生動物に気付かれる。象は凶暴になると手が付けられないので絶対に感づかれてはならない。

「よほど低速でぶつかったようですね。フロントはまったく壊れていない」

アンディーは、個人装備から双眼鏡を出してトレーラーを観察している。

「マルーラの木がクッションになったのかもな。それにトレーラーが衝突した衝撃で枝から果実が落ちて、象を呼び寄せたのだろう。この時期になると、木に生(な)っている状態で果実が発酵することもあるらしい。甘酸っぱい匂いに引き寄せられたようだな」

アンディーから双眼鏡を取り上げたワットは、トレーラーを見てニヤリとした。

果実はまだ象の足元に沢山(たくさん)転がっているが、彼らがすべてを食べつくすのは時間の問題である。マルーラの実がなくなれば、ほろ酔い気分で去っていくはずだ。

「気長に待ちますか」

マリアノが草むらに腰を下ろした。象からは五十メートルほど距離がある場所だ。背後にブッシュはあるが、隠れようとは思っていない。なぜなら、象は嗅覚と聴覚は優れているが、視力は弱く、色覚もないからだ。

「仕方がない」

ワットとアンディーも座った。

午後四時半になっている。日が暮れて行動するのは非常に危険であるが、大型のトレーラーなら怖いものなしだ。ジープで移動するよりは安全である。

「うん？」

視線を感じたワットは振り返り、ぎょっとした。

ブッシュの向こうに体長百四十センチほどの獣が、数頭いる。ワットらよりも北側にいるのは、風下だからだろう。

「カッショクハイエナですよ」

マリアノも気が付いたようだ。

「ハイエナは、死肉を漁る動物だ。危険はないだろう？」

引き攣った笑みを浮かべたアンディーは、生唾を飲み込んだ。どんな強敵が相手だろうと平気な男でも、野獣は苦手らしい。

「いいや、奴らは腹が減っていれば、集団で狩りをする。安全とは言い切れない。今我々を襲わないのは、象を刺激したくないからだろう」

マリアノは答えた。彼は医学の知識だけでなく博学である。間違いないだろう。

「まずいぞ。ハイエナの百メートル後方にある木を見てみろ」

ワットは後方にあるアカシアの木を指差した。

太い枝の上にヒョウがじっとこちらを見つめている。

「ヒョウですよ。ひょっとして私の血の匂いに惹きつけられたのかもしれませんね」

マリアノは、険しい表情になった。

「いや、惹きつけているのは、トレーラーの首なし死体だろう。ハイエナもヒョウも、俺たちと一緒で象が立ち去るのを待っているに違いない」

ワットは苦笑いをした。

「象がいなくなったら大変なことになりますよ。とばっちりを受けて我々も奴らの餌になりかねません」

マリアノが激しく首を振った。

「まずいっすよ。どうしますか？」

後ろを見ていたアンディーが、顔を引き攣らせた。

いつの間にか背後のブッシュに先ほどの倍の数のハイエナが蹲っていたのだ。

「トレーラーの死体は、間違い無く野獣を誘き寄せているようだ。象がいなくなる前に行動するぞ。絶対発砲するな。ＡＫＳの５・45ミリ弾じゃ、象は倒せない、刺激するだけだ」

ワットは腰を浮かせるとＡＫＳ74を肩に担ぎ、マリアノとアンディーに合図を送り、ゆっくりとトレーラーに向かって進みはじめた。

「ハイエナもヒョウもじっとしています」

しんがりに就いたアンディーが声を潜めて言った。

三人は風下からトレーラーに到着すると、運転席側は死体が邪魔なため牽引しているコンテナの間を抜けて助手席側からトレーラーに乗り込んだ。象はマルーラの木の幹を挟んで反対側に一頭、左右に一頭ずついる。ドアを開ける前からワットらに気が付いているらしいが、今のところマルーラの実を食べることに夢中で無視しているようだ。

「ずいぶん散らかっているな」

最初に乗り込んだワットが苦笑を浮かべた。

フロントガラスはなくなっており、死体は頭の半分が吹き飛んでいた。そのため運転席は血まみれで、無数のハエがたかっている。だが、エンジンはまだ止まっていない。単純に死体の足がアクセルから離れたためにエンジンブレーキがかかったようだ。木にぶつからなければ、低速でどこまでも走り続けただろう。

トレーラーに襲われた際、ワットはＡＫＳ74を連射モードにしてマガジンが空になるまで銃撃した。三十発近くが運転席に命中し、運転手の頭にも十発前後当たったに違いない。頭が吹き飛ぶのも当然である。

「隊長、撃ち殺すにしても、もっとスマートにできなかったんですか」

トレーラーのギアをニュートラルにしたアンディーは不満を言うと、ドアを開けて死体を外に突き落とし、運転席に座った。

「文句言わずにさっさとここから離れるぞ」

ワットは助手席に収まった。

車体に軽い衝撃を覚える。右側にいた象が、トレーラーに興味が湧いたのか、鼻でトレーラーの車体を叩いているのだ。

「アンディー、早く車を出せ」

運転手の休息場でもある後部座席に座っているマリアノが叫んだ。

「わっ、分かった」

慌ててアンディーがギアをバックに入れてアクセルを踏んだ。途端にトレーラーが唸りを上げた。

それまでマルーラの実を食べていた象の動きがぴたりと止まると、三頭ともけたたましいサイレンのような咆哮を上げる。エンジン音が気に入らなかったらしい。

「やばいぞ！　逃げろ！」

ワットが叫んだ。

トレーラーが勢い良くマルーラの木から離れると、三頭の象が気が狂れたように猛然と追い掛けてきた。

六

ナミビア、ウィントフークの南東部の高台にトゥーレというこぢんまりとした四つ星のホテルがある。

レンガ色の屋根がある建物は避暑地の別荘のように洗練されており、市内を一望できるテラスがガラス張りのレストランなどにある。北欧風デザインのレストランには暖炉（だんろ）まであり、客は欧米の白人がほとんどで優雅な空間に浸（ひた）っているようだ。

ホテルのエントランスがある建物とは別棟にエグゼクティブルームがある。

午後七時半、プライベートプールを備えたテラスに白いテーブルと椅子が出され、目つきの鋭い男が、ワイングラスを片手に一人でブラックペッパーソースがかけられたヒレステーキを食べていた。

夕方まで気温は二十九度まで上がっていたが、日が暮れて二十三度まで下がり、街の中心部から吹き上げてくる西風が心地いい。もっとも夜明け前は乾燥地帯だけに十度を下回ることもある。

「桂健（ガイジエン）、現状を報告せよ。ボツワナで二手に分かれたリベンジャーズは、その後どうなった？」

男は口元をナプキンで拭うと、テーブルの傍に直立不動の姿勢で立っている体格のいい男に尋ねた。

「藤堂が率いるチームは、すでにナミビアに入国しております。検問所からも連絡が入りました。二、三時間後にウィントフークに到着するでしょう。また、ヘンリー・ワット含めた三人の米国人が乗った車は、私が用意させたトレーラーで襲わせました。車は走行不能になったらしく。現在もボツワナのカングの北百キロ地点から動いていません」

ボツワナかナミビアの検問所の職員を買収し、浩志たちの入出国を報告させたに違いない。桂健と呼ばれた背の高い男は、質問を予期していたらしく滞りなく答えた。

「おまえは、馬鹿か。トレーラーで襲った米国人がどうなったのか報告していないぞ。車が走行不能というだけで、この私が納得できるとでも思っているのか？　誰が故障した車の報告をせよと言ったのだ！」

目つきの鋭い男は、桂健を睨み付けた。

「金栄直同志、お言葉ではありますが、我々が自由に使えるのは、ハッキングに成功した中国の軍事衛星だけです。正直言いまして、米国やロシアの軍事衛星と違い、中国の衛星は精度が落ちます。昼間はなんとか車の位置は摑めますが、夜間の監視は極めて難しくなります。まして乗っていた人間まで追跡することはほぼ不可能です」

桂健は額に汗を浮かべて答えた。

同志は北朝鮮では目上に対する敬称である。この数年会議や公の場だけに使われていたが、昨年の二〇一五年に北朝鮮の季刊誌等で同志という言葉は、資本主義の悪影響で使用が減少したとし、積極的に使うように奨励している。おそらく金正恩の思想統制の影響があるのだろう。

気取ってステーキを食べていたのは、浩志らがターゲットとしている金栄直だった。友恵が数日前にアフリカに入っていることを確認していたが、ナミビアに来ていたようだ。

「……それならば、トレーラーの運転手とは連絡が取れたのか？」

神経質そうに下唇を嚙んだ金栄直は聞き直した。

「ボツワナの北部は電波状況が悪いので、まだ連絡は入っていません。明日の朝にでもトレーラーはナミビアに戻ってくるはずですので、改めてご報告します」

桂健は金栄直の視線を外して答えた。

「同じことを〝ジョンウニ〟の前で言えるのか？」

金栄直は、鼻で笑ってみせた。

韓国語では親しい友人などを呼ぶ際に下の名前に〝イ〟や〝ア〟をつける。〝ジョンウニ〟とは、正恩に〝イ〟をつけたもので、金栄直は将軍様と恐れられる金正恩とは友人であると、わざと部下に見せつけているのだろう。

もっとも一般市民も、奇抜な髪型をした北朝鮮一の肥満男を馬鹿にして、〝ジョンウニ〟

と陰で呼んでいるらしい。

「お許しください。これまで１２１局が総力を挙げてリベンジャーズの動きを捉えてきましたが、アフリカはインターネットの状況が悪く、同局は実質的に南アフリカを出国したリベンジャーズを見失っています」

桂健は上目遣いで答えた。

姜文は浩志から情報漏洩を疑われた際に、朝鮮人民軍偵察総局に所属する電子戦部隊が絡んでいると指摘していたが、当たっていたらしい。

「１２１局か、所詮二流ハッカーの集団じゃないか。中国に潜入させた我が同胞からの情報でなんとかなっているに過ぎない。レッド・ドラゴンがこの私をターゲットにしたという情報がキャッチできたから、私はリベンジャーズの先を読んで行動している。１２１局からの情報が、本当に役に立っていると思っているのか？」

金棠直はワイングラスに自らワインを注ぎながら尋ねた。

「まさか、レッド・ドラゴンにまで同胞が潜り込んでいるのですか？」

桂健は両眼を見開いた。

「前将軍様は、まだ子供だった〝ジョンウニ〟を見て、将来の指導者に相応（ふさわ）しいと思われたそうだ。それで〝ジョンウニ〟と同じような年齢の子供に英才教育を施（ほどこ）し、中国や日本や米国などに送り込んでその国で活躍する人物に仕立て、今日の情報戦略に備えたのだ。私もそうだが、その一人がレッド・ドラゴンで重要な仕事をしている」

前将軍とはもちろん金正日（ジョンイル）のことである。

「それで、金栄直同志は様々な情報をお持ちなのですね」

「中国は、友好国ではなく、実質的には敵国であり、有効国に成り下がった」

「有効国……?」

日本語と違って、韓国語では友好と有効では発音も違う。だが、桂健は金栄直の意図が分からないようだ。

「お前は我が国の核兵器が現在、何基あるか知っているか?」

金栄直はワインを飲みながら唐突な質問をした。頬が少し赤らんでいる。酔っているのかもしれない。

「確か十八基かと……」

桂健は自信なさげに答えた。核兵器の存在は、北朝鮮の国営メディアが盛んに宣伝しているが、実態は極秘である。

「二十一基だ。実戦配備されているものもあり、ミサイルの攻撃目標の大半は米国と日本と韓国に向けられているが、数基は北京や上海に設定されている。だからこそ、今や世界第二の経済大国になった中国は、我が国をなるべく刺激しないようにしているのだ」

金栄直は飲み干したワイングラスをテーブルの上に置いた。テーブルには空のワインボトルが置かれている。

二〇一四年末時点で、北朝鮮が保有する核兵器は十から十六基と言われていたが、二〇一六年時点では、二十基前後保有していると言われている。

「はっ、はい……」

桂健は曖昧に頷いた。

「おまえは、私が何を言わんとしているのか、分かっていないようだな。かつて中国は友好国だった。だが、その実態は、我が国を属国として扱うためで、気に入らない場合はいつでも我が国を潰してやるというのが、あの国の考え方だ。そのため先の将軍様の時代から、中国とは距離を取っている。その証拠に〝ジョンウニ〟の暗殺計画さえ、中国ではあるんだぞ。中国は敵国である。だからこそ、あの国の情報を利用し、活用するのだ」

「なるほど、中国は友好国ではなく、利用するだけの有効国なのですね」

北朝鮮も韓国と同じく、漢字の教育はほとんどなされていない。そのため桂健は金栄直の漢字を使った言い回しが分からなかったようだ。

「今後もレッド・ドラゴンに潜り込んでいる同志から、情報は送られてくるだろう。お前にも直接教えてやる。活用することだ」

金栄直はヒレステーキにナイフを入れた。

「それでは私が、直接迎撃部隊の指揮を執って対処いたします」

桂健は深々と頭を下げた。

「自信があることはいいことだ。〝ジョンウニ〟は口先だけの人間は、決して信用しない。だからこそ、私は彼から信用されている。おまえも私のように贅沢したかったら、成功することだ。支配する者になりたいか、あるいは重機関銃でミンチになりたいか、おまえならどちらを選ぶ？」

金栄直は血の滴るステーキが刺さったフォークを、桂健の目の前に突き出した。

「恐れながら、支配する者です」

桂健は唇を歪ませて笑った。

「それでいい。ナミビアをリベンジャーズの墓場にするのだ」

鼻息を漏らした金栄直は、カットしたステーキを美味そうに頬張った。

ウィントフークの夜

一

北朝鮮はこれまで、アフリカや中東諸国と密接な関係を築いて来た。

例えば第四次中東戦争に北朝鮮は、エジプトやシリアなどの反イスラエル国家に派兵して戦っている。内戦中のアフリカ国家に対して特殊戦教官を派遣し、軍事訓練を行うこともあった。

またマリやスーダンなどのように工場建設をしたり、エチオピアでダム建設をしたりと軍事面だけでない支援も行っている。

なぜ、北朝鮮が中東やアフリカ諸国と友好関係を結ぶのか。理由は、「国連の敵」と名指しする米国や日本などに対抗する同盟国を作るためであった。

だが、金正恩体制になってから、これらの国々でも北朝鮮の評判は著（いちじる）しく悪くなっている。

タンザニアでは北朝鮮が派遣した百人の医師が、地元の呪術師と結託し、「インチキ医療」を施して患者から高額な医療費を請求して外貨を稼いでいることが二〇一六年四月に発覚した。また、数百人もの犯罪者を赤道ギニアに移送し、強制労働させていることも分かっている。他国を援助するどころか、外貨欲しさの成り振り構わぬ悪行に、アフリカ諸国からも批判されているのだ。

だが、軍事的に結びついた国とは、未だに深く繫がっている。

二〇一五年六月、北朝鮮の李洙墉(リスヨン)外相がナミビアを訪問した際、同国のハーゲ・ガインコブ大統領は今後も兄弟国としての友好関係を強化発展させるためにあらゆる努力をすると約束したという。

ナミビアには米国の制裁対象である朝鮮鉱業開発貿易会社の社員が駐在し、秘密裏(ひみつり)に武器弾薬工場を建設しているという情報もある。

ナミビアでの武器取引は国連制裁決議に反するものだが、決議が禁じるのは「北朝鮮から直接、武器や関連物資を調達すること」と解釈する加盟国があり、北朝鮮の商業製品にカモフラージュされた武器や、武器に転用できる商品及び部品などがアフリカ諸国などで流通しているのだ。

ボツワナとナミビアの国境の六キロ手前にチャールズヒルという小さな村がある。定期バスの停留所と、その近くに営業しているトタン屋根の雑貨店があるだけの僻地(へきち)の村だが、なぜか村内の道はアスファルトで綺麗に舗装されている。ナミビアのマムノ国境に近いということで、国の玄関口として政府が整備したのだろう。

午後八時半、村のはずれの荒れ地に二台のジープが停められ、車を背に浩志ら先発のリベンジャーズが焚(た)き火(び)を囲んで食事をしていた。

彼らは南アフリカの傭兵代理店で、武器の他にもフランス軍のレーションを購入している。レーションは栄養バランスが考えられていることもあるが、何よりフランス軍のレーションはうまいからだ。また、チャールズヒルの売店で豆のトマト煮や果物などの缶詰を調達する仲間もいた。

レーションの主食である牛肉のシチューを食べ終えた浩志は、バックパックをクッションにして夜空を見上げてくつろいでいる。気温は十五度近くまで下がっているが、ジャケットを一枚余分に着たので寒くはない。

村には街灯もなく、八時を過ぎてまだ照明を点けている家もあるが、ほとんどの家は闇に飲み込まれていた。そのため、満天の星を余すところなく眺めることができる。

予定では今頃国境とウィントフークの中間地点まで進んでいるはずだったが、ワットが襲撃されたことを受けて国境の手前で待っているのだ。彼からは救援要請はなかったので心配はしていないが、今後の行動計画を変えるためにウィントフークに行く前に合流すべきだと判断した。そのため、予約してあったヒルトンホテルはキャンセルしている。

「お湯が沸きました」

加藤がコンロにかけてあったケトルを持ってきた。

浩志は自分のバックパックからチタン製のマグカップを出し、レーションに入っていたカフェオレの粉末を入れた。

「こいつもいるでしょう」

加藤がマグにお湯を注いでいると、宮坂が持参のジャックダニエルの瓶を投げてよこした。さっそく、ジャックダニエルをマグカップに垂らすと、湯気とともにバーボンの芳香が立ち上がる。

「いいね」

浩志は思わず顔を綻ばせた。

紛争地でくつろぐことは滅多にできないが、それでも食事は楽しめるように誰でも工夫するものだ。兵士にとって至福の時間であるが、だからといって油断することなく、村瀬と鮫沼がＡＫＳ74を構えて見張りに立っている。

見張りは一時間交代にしていた。チャールズヒルには二時間前に到着しており、そろそろ彼らも交代の時間だ。

「隣り、いいですか？」

離れた場所に座っていた姜文が声を掛けてきた。彼は到着してから沈痛な面持ちで、仲間から距離を置いて食事を摂っていたのだ。

浩志はマグカップ片手に顎で隣りを示した。

「ワットらは、なぜ襲撃されたと思いますか？」

姜文は囁くような声で尋ねてきた。浩志の仲間に聞かれたくないのだろう。

「襲撃してきたトレーラーは、おそらくナミビアから送られてきたに違いない。先行した我々は、そのトラックとどこかですれ違っているはずだ。だが、襲われなかった。いくら四十フィートコンテナを牽引しているからといっても、二台のジープを襲うのは難しいと判断したのかもしれない」

浩志はちらりと姜文を見た。

「そうかもしれない。だが、ワットらがまだカングにいると、どうして分かったのか。おかしいとは思わないのか」

姜文は険しい表情になった。

「おまえは俺に朝鮮人民軍偵察総局に所属する電子戦部隊が、俺たちの動向を探っていると言っていたな。そこで、俺はある筋にそれが事実かどうか調べさせた。どうやら当たっていたらしい」

浩志は友恵にあらゆる可能性を考慮して調査を頼んだ。

彼女はすぐさまO・R・タンボ国際空港のセキュリティサーバーを調べ、北朝鮮の電子戦部隊の侵入の痕跡を発見した。また、友恵は南部アフリカを監視できる中国の軍事衛星も調べたところ、やはり外部からコントロールされた形跡を見つけている。

南アフリカに到着した時から、浩志らは監視下に置かれていた可能性があるのだ。

「我が国の軍事衛星で、監視されていたというのか」

姜文は両眼を見開き、浩志を見つめた。

「らしいな。だが、欧米の軍事衛星に比べて精度が落ちる。そのため、日が暮れてからは俺たちを追跡することはできないようだ」

浩志らは、一旦ナミビアに入国してウィントフークに向かうと見せかけ、荒野を迂回して国境を越え、チャールズヒルに戻っていたのだ。検問所も敵に買収されており、情報が漏れていると予測してのことである。国境のフェンスは、この国に限らず、検問所周辺にあるだけで、道がない場所ではフェンスや壁など障害となるものはない。

「そういうことか」

姜文は大きな息を吐き出した。敵に動きが読まれているため、浩志らに疑われていると思っていたのだろう。また、馬用林への報告がそのまま敵に渡っている可能性も疑っていたはずだ。

「俺たちに疑われていると思ったのだろう。だが、安心するのは早いぞ。今後、馬用林への一切の通信は禁止する。報告は作戦が終了してからにしろ」

浩志は射るような鋭い視線を姜文に向けた。

「どういうことだ？」

姜文はピクリと頰を痙攣させた。

「おまえにそのつもりはなくても、馬用林、あるいは彼の部下が裏切っていないという保証はない。俺たちはカングで二手に分かれた。中国の軍事衛星の性能からして、一度に二つのターゲットを追跡するのは、難しいはずだ。襲撃してきたトレーラーは、最初からワットらを襲うつもりだったと考えるべきだろう。作戦を無事に終わらせたいのなら、連絡を断て」

浩志は厳しい表情で命じた。軍事衛星で単純にカングには一台の車が残っていると判断したのかもしれない。だが、姜文のウェインライトへの報告が漏れている可能性は捨てきれない。

「……分かった」

姜文は伏し目がちに頷いた。

二

ナミビア中部の国境から十キロ内陸にある未舗装の道路を、四十フィートコンテナを牽引するトレーラーと二台のジープが、砂塵を巻き上げながら走っている。

先頭はトレーラーで、加藤が運転し、村瀬が助手席に乗り込んでいた。加藤が先頭車両を運転するのは運転技術もさることながら、彼の天才的な方向感覚を頼りにしているからである。トレーラーなのはフロントウインドウがない運転席は砂塵をもろに被るためで、先頭を走るしかないのだ。それにコンテナは空のため、足回りはいい。

二台目を走るジープのハンドルを宮坂が握り、浩志とワットは後部座席に、三台目のジープには鮫沼とマリアノとアンディー、それに姜文が乗っていた。

トレーラーに乗っていたワットらとは、午後八時五十分にチャールズヒルで合流し、車の編成を変えて五分後には出発している。

フロントウインドウもなく、フロントに複数の銃痕が残るトレーラーでは検問所の通過も難しいと考え、検問所を迂回して国境を越えた。

「今思い出しても、冷や汗が出る。マルーラの木をバックで離れた途端、三頭の巨大な象が追いかけてきたんだ。焦ったぜ。なんせフロントガラスがないから、象のやつ、走りながら俺たちを捕まえようと鼻を伸ばしてきた。俺は思わず、パオーンと、象語で止めろと叫んだね」

ワットが、真面目な顔をして面白おかしく話す。

「勘弁してくれ。本当か」

ハンドルを握る宮坂の笑いが止まらない。

「俺は、象の鼻を何度も手で払ったさ。とはいえ、五十メートルほど走ったら、ようやく象と距離が取れた。と思ったら、アカシアの木に激突したんだ。アンディーのやつ、象にビビって後ろも見ずに走っていたんだ。そしたらまた、象に追いつかれてしまった」

ワットは話を区切ると、ペットボトルの水を飲み始めた。

「焦らさないでくれ。それで、どうなったんだ？」

宮坂が振り返って尋ねてきた。すでにワットの話術にはまっている。

「象が鼻で俺の胸倉を掴んだのだ。頭にきた俺は思わず、言ってやったね。俺と力比べをしたいのなら、外に出なってね。そしたら、俺の迫力に象が後ずさりしたんだ。その隙にアンディーが方向転換して逃げたというわけさ」

ワットは身振りを交えて、自慢げに笑った。どうせバックで進んで、木に激突したところまでが事実だろう。

「ほっ、本当かよ」

首を捻った宮坂がバックミラー越しにワットを見た。

「自慢話は、その辺にしておけ」

苦笑いをした浩志は、ワットのおしゃべりを止めた。放っておけば、追っかけてきた象を投げ飛ばしたとか、とんでもないことを言い出すに決まっている。ホラ話を宮坂が喜んで聞いているため、調子に乗っているのだ。

「残念だな。この後、三頭の象が国境近くまで追いかけてくる話をしようと思っていたのに」

「気が済んだだろう。それより、これからの動きだ」

ワットの報告を黙って聞いていたが、これ以上聞く必要はない。そもそも姜文を別の車両に乗せたのは、ワットと行動計画をたてるためである。

「分かった。聞かせてくれ」

ようやくワットは、真面目な顔になった。

「辰也と田中は、ウィントフークに入っている。とりあえず彼らを回収する」

シリアの紛争地で活動していた辰也とは、なかなか連絡が取れなかった。彼は単独でトルコのガズィアンテプ空港から国内便で、イスタンブールのアタテュルク国際空港まで行き、そこからO・R・タンボ国際空港まで飛んでNGO団体と行動していた田中と合流し、ウィントフークから四十二キロ東に位置するウィンドフック・ホセア・クタコ国際空港に午後五時に到着している。

「予定通り、ヒルトンホテルに入ったのか？」

ワットの顔が強張った。リベンジャーズの本隊と別行動を取っているため、敵は彼らに無警戒なはずだが、浩志らが予約を入れていたホテルに入るのはあまりにも無用心だと言いたいのだろう。

「辰也の定宿にしたらしい。マリアノとアンディーの三人で、二人の回収をしてくれ」

個人経営の小さなホテルにチェックインしたと報告されていた。だが、安全かどうかは分からないためにワットらに迎えに行かせるのだ。ホテルは安全だとしても、敵に動きを読まれる可能性がある。合流して野宿したほうがリスクはない。

「任せておけ。そっちはどうするんだ？」

ワットは軽く頷き、顎を浩志に向けた。

「ウィントフークで活動するレッド・ドラゴンの諜報員と接触して、情報を得るつもりだ。だが、数時間前から連絡が取れないと姜文が言っている。身の危険を感じて、あえて連絡を取らずに隠れているらしい。通信が傍受されている可能性があるようだ」

これまでの経緯から、浩志も電話回線は怪しいと睨んでいる。そのため、仲間にはスマートフォンの電源を切るように指示をしていた。

「この国は、南アフリカと違って、監視カメラは極端に少ない。これで夜の間に軍事衛星の監視から逃れれば一安心だが、今後また敵に我々の動きを察知される可能性はないだろうか？」

ワットは難しい表情で言った。姜文を疑っているのだろう。

「姜文は、俺と一緒に行動させる。それにヤツには、作戦が完了するまで、馬用林との一切の連絡を断たせた」

浩志は自分のタクティカルポーチからスマートフォンと衛星携帯を出し、ワットに見せた。

「……？」

ワットはスマートフォンと衛星携帯を受け取って首を捻った。

「姜文が、自ら差し出してきたのだ。作戦を遂行する上で、我々に信頼されることが重要だと、気付いたらしい」

「ほお」

ワットは手元の通信機器を見て、小さく頷いた。ある程度は納得したようだ。

「だからと言って、全面的に信じるつもりはないがな」

浩志は表情もなく言った。

三

ウィントフークの中心街から南に五キロの地点に、二千二百五十メートルと千五メートルの二本の滑走路を持つウィントフーク・エロス空港がある。

気象状況が悪い時は、ウィンドフック・ホセア・クタコ国際空港の代替空港になるが、規模が小さい割にプライベート飛行機や遊覧飛行にまで使われる煩雑な空港としても有名だ。

ウィントフークの北西部にあるゴレアンガブ・ダム湖から市街の中央部を流れるアレブッシュ川は、乾いた大地に潤いを与え、川岸にはベルト状の森が続く。

エロス空港の東側にあるサファリ・コートホテルは、アレブッシュ川の森をバックに建てられ、プールサイドにはヤシの木が生い茂り、アフリカというよりワイキキのリゾートホテルのような雰囲気がある。

だが、プールサイドを見渡せるレストランには周囲の客に馴染まない九人の男たちがいた。三人ずつに分かれて、隣り合ったテーブル席に座っている。それぞれアロハシャツやポロシャツにジーパンとラフな格好をしているが、鍛え上げられた筋肉と短く刈り上げた髪型に鋭い目付きなど、リゾートを楽しむような雰囲気ではない。

その中で際立って背の高い男がいた。ウェインライトの部下であり、〝猛虎突撃隊〟の指揮官でもある孫狼である。

「孫先生、兎とは連絡は取れましたか？」

孫の前に座っている肌の浅黒い男が、小声で尋ねた。

「いや、兎らとは連絡が取れない状態が続いている。金栄直の部下がウィントフークで活発に活動しているために、アジトに隠れているようだ。リベンジャーズがナミビアに入ったために金栄直も焦っているのだろう」

兎とはウィントフークにいるレッド・ドラゴンの諜報員のことらしい。

「リベンジャーズを使っての陽動作戦もかえって問題ですね」

浅黒い男は肩を竦めてみせた。

「陳、ものは考えようだ。あいつらは、これまで負傷者も出して苦労している。我々は一般人に紛れて、南アフリカ経由で楽に飛行機で来られた。この先も、あいつらは金栄直のトラップにかかるだろう。俺たちは、それを横目で見て進めばいい。金栄直の息の根を止めるのは、我々の仕事だ。急ぐことはない」

孫は鼻先で笑うと、グラスのビールを飲み干してボーイを呼び、おかわりを頼んだ。

「そうですよね。あいつらは数日前に行動を起こしましたが、武器を南アフリカで調達したために陸路を進み、一方で昨日上海を発った我々はスーツケース一つで何の障害もなくナミビアに入国しました。あとは、出撃前に大使館で武装するだけですからね。これほど楽なことはありませんよ」

〝猛虎突撃隊〟の武器はあらかじめ中国大使館に用意されているらしい。レッド・ドラゴンは人民解放軍の影の組織と言われているが、存在が極秘、あるいは非公式というだけで、表の顔として人民解放軍の軍籍も持っているに違いない。

「ただ、リベンジャーズを見くびらない方がいいだろう。金栄直のトラップを撃破してくるはずだ。だが、それも計算のうちだ。この国に金栄直は諜報部員だけでなく、大勢の兵士を連れてきていると聞いている。その半分でも彼らに片付けて貰えば、我々の仕事も楽になる」

「あくまでも可能性の問題ですが、リベンジャーズが作戦を完遂した場合は、どうなるのですか？」

それまで黙って孫と陳と呼ばれた男の会話を聞いていた別の男が、周囲を気にしつつ尋ねてきた。彼らは中国語で話している。聞かれたとしても理解する者はいないはずだが、用心しているのだ。

「満（マン）よ、おまえはサブリーダーだぞ。しっかりしてくれ。我々が、リベンジャーズを殲滅させるまでだ」

孫は目を細めて答えた。狡猾（こうかつ）そうな油断ならない顔である。

「馬尊師から、命令が出ているのですね」

質問した満は、ニヤリとした。馬尊師とは、ウェインライトのことだろう。

「命令は出ていないが、私はそう解釈している。リベンジャーズ、というか藤堂を生かしておけば、いずれまた中国の害になる。害虫は始末せねばな」

孫は口角を僅かに上げた。爬虫類を思わせる笑顔である。

「待ち遠しいですね。奴らと戦うのが」

満は、陳と顔を見合わせて頷きあっている。

「我々の顔は、金栄直に知られていない。これからも堂々としていればいいのだ。しかも用心のため、中心街ではないホテルにチェックインしている。だが下手に動けば、気づかれる。観光気分でいればいいのだ」

「それでは、このまま待機ということですか？」

陳は溜息を漏らした。

「いや、すでに目的地は判明している。明日の朝には出発するぞ」

孫は二杯目のビールを飲み干すと、メニューを広げた。

四

ウィントフークの中心街に、音楽家の名前が付けられた道路が多いエリアがある。ワグナー・ストリート、ブラームス・ストリート、シューベルト・ストリート、モーツァルト・ストリート、もちろんベートーヴェン・ストリートなど、このエリアはウィントフークでも治安がいい閑静な住宅街である。

だが、昼間は巡回しているパトカーも、夜ともなれば姿を消し、街全体の治安が悪くなるのは他のアフリカ諸国と変わらない。

ウィントフークの中心街を東西に抜けるサム・ナジョマ・ドライブを走っていた二台のジープが、ベートーヴェン・ストリートに右折した。

幹線であるサム・ナジョマ・ドライブでさえ行き交う車は極端に少ないが、車とすれ違ってもヨハネスブルグと違って武装強盗団やギャングらしき姿は今のところ見かけないので、南アフリカに比べれば治安は良い。

先頭車をAチームとし、浩志、加藤、姜文という組み合わせで、二台目のBチームは、宮坂、村瀬、鮫沼の三人が乗り込んでいる。

トレーラーはワットらが使い、辰也と田中がチェックインしたホテルに向かっていた。

血塗れの運転席は、気分が悪いだけでなくハエがたかるためさすがに掃除している。フロントガラスがないのは玉に瑕だが、埃さえ我慢すれば、雨が降ることはまずないので問題ない。

時刻は午後十一時四十分になっていた。

庭付きの一戸建ての住宅が星空の下、整然と並んでいる。この国の経済状況から考えれば高級住宅街と言えよう。だが、欧米諸国の大豪邸に比べれば、庶民的な感覚がする。強いて言うならば、米国西海岸の中流階級の住宅街と言えばいいだろうか。

「確か、この先の通りを右折したところにある緑の屋根の家らしい……」

案内役の姜文は右手で指し示し、苦笑した。

街灯はまばらで、街は暗闇に包まれている。場所は事前に地図サイトの衛星写真の画像で確認してきている。家の屋根はレンガ色が多く、中には緑やグレーなど他の色も混じっているらしいが、日が暮れてからは判別できない。上空から見た家の特徴など何の役にも立たないのだ。

首を捻った加藤は車を停めた。下手に進んでも通り越してしまう。

「これを使え」

後部座席の浩志は、タクティカルポーチからスマートフォンと衛星携帯を出して姜文に渡した。

「えっ！」

　姜文は目を丸くして、受け取った。彼は馬用林との連絡を断つために浩志に預けたので、返してもらえるとは思っていなかったのだろう。

「機器の管理は自分でしろ。スマートフォンを使って案内してくれ。ただし、GPSは立ち上げるなよ」

　浩志は表情もなく言った。GPS機能を使えば、自分の現在位置が割り出せて便利であるが、敵に捕捉される可能性がある。友恵からも北朝鮮の電子戦部隊なら、スマートフォンや携帯のGPS機能を探知し、所在を突き止められるはずだと注意されていた。

「わっ、分かりました」

　頷いた姜文は、スマートフォンの電源を入れて地図サイトを立ち上げた。

「1ブロック先にストラウス・ストリートとの交差点がある。そこを右折してくれ」

　スマートフォンの画面を見ながら、姜文はハンドルを握る加藤に指示を出した。

「了解」

　返事をした加藤はゆっくりと発進し、次の交差点で右折した。夜間で住宅街なだけに、3600CCあるジープのエンジン音を気にしてのことである。

「停まれ！　消灯！」

　座席から身を乗り出して前方を見ていた浩志は、首に巻いたスロートマイクのスイッチを押しながら鋭く命じた。ウィントフークに入る直前にワットらと別行動をしているが、その時からスロートマイクとヘッドギアは使用している。

加藤がすぐさまブレーキを踏んでヘッドライトを消すと、後続のジープも浩志からの無線連絡を聞いてヘッドライトを消して停車した。

「目的の家は？」

浩志は姜文に尋ねる。

「九十メートル前方、左手の三軒目です」

姜文は険しい表情で答えた。

三軒目の家の前に二台のランドローバー・ディフェンダーが、停車している。二〇一五年に排ガス規制に対応できなくなったことで生産終了となった四駆だ。アフリカでは圧倒的に日本の四駆が人気だが、ディフェンダーも人気がある。

昼間なら路上駐車している車もあるが、夜間なら敷地内に車は入れるはずだ。事実、街に入ってから路上に停まっている車は、廃車寸前のボロ車か、人が乗った車のどちらかであった。状態のいいディフェンダーが二台も路上駐車してあるのだ。敵の車と見て間違いないだろう。

「先を越されたか」

舌打ちをした浩志は、加藤にライトを消したまま五十メートルほど車を進めさせ、物音を立てないよう車を降りた。グロック17Cを手にした加藤と姜文も音もなく続く。闇に埋もれた住宅街は、わずかな音でも響くのだ。

三人ともＡＫＳ74は、車に残した。家に侵入した際に邪魔になることもあるが、アサルトライフルは発砲音が大きいからだ。

「これよりＡチームは、突入する。Ｂチームは待機。なお敵を発見したら、拘束せよ」

スロートマイクを使って浩志は指示をした。

――了解。

無線で返事を返してきた宮坂が、ＡＫＳ74を抱えて車から降りてきた。「拘束せよ」というのは、基本的に武器を手に持たないという前提がある。しかし宮坂は狙撃の名手だけに、家の外から浩志らを援護し、なおかつ攻撃的な敵を狙撃するということだ。傭兵にとって拘束というのは、二の次である。危険を冒(おか)してまで、捕虜にすることなどあり得ない。

村瀬も車を降りたが、浩志らが乗ってきた車の運転席に乗り込み、鮫沼は二台目の車の運転席に座っている。彼らは二台の車の監視と共に、脱出時に素早く車を動かし、浩志らを回収できるように待機しているのだ。彼らもチーム内の役割が分かってきたので、浩志が細かく指示しなくても動けるようになった。

「行くぞ」

仲間の配置を確認した浩志は、加藤と姜文に合図した。

五

ストラウス・ストリートの百六十坪の敷地がある一軒家はブロック塀に囲まれ、平屋の建物の周囲には樹木が植えられていた。

邸宅と言っても過言ではない立派な家は、レッド・ドラゴンだけでなく、中国の大使館関係者の宿泊施設としても使われているらしい。現在は大使館関係者が三人、レッド・ドラゴンの情報員が四人宿泊しているようだ。彼らは〝兎〟というコードネームを持つチームで、ナミビアの朝鮮人民軍偵察総局の諜報員の活動を監視している。

二メートルの高さがあるブロック塀の上部には、有刺鉄線が張り巡らされ、正門はやはり高さが二メートルある頑丈な鉄格子になっていたが、鍵が壊されていた。敵は正面から堂々と入ったようだ。玄関脇の部屋の照明が点いている。リビングにいるところを襲われたのかもしれない。

浩志と加藤と姜文の三人は、鉄格子の門を開けると正面玄関を避け、敷地内の樹木の暗闇に沿って建物の裏に回り込んだ。ゴミ箱が置かれ、換気扇がある近くにドアがある。キッチンなのだろう。

グロック17Cを抜いた浩志は、裏口の脇に立った。反対側に加藤と姜文が、銃を構えている。浩志はタクティカルポーチから先端の尖った器具を出し、ドアのシリンダー鍵の穴に差し込んだ。ドアの解錠は刑事時代に覚えたテクニックであるが、未だにチームの誰よりもうまい。

微かな金属音を立てたドアをそっと開けると、加藤と姜文が風のように音も立てずに侵入した。三人は全神経を集中させ、敵の存在を確認しながら廊下を進んだ。

銃声。

「むっ」

浩志はリビングと思われるドアまで急いだ。

銃声が続く。

浩志がドアの脇に立つと、反対側で加藤と姜文が銃を構えて頷いた。

ドアを蹴破った。

加藤と姜文が部屋に雪崩れ込む。

浩志もグロックを右手に踏み込んだ。

床に血塗れの男が何人も倒れている。

銃を持った四人の男が、一斉に振り返った。

「フリーズ！」

銃を構えた加藤が叫んだ。

だが右側の男たちが、銃口を向けてきた。

浩志が即応し、二人の男たちの眉間を撃ち抜く。

左側の男たちは反対にガラスの窓を突き破って外に飛び出した。

「リベンジャーだ。二名逃走！」

浩志は無線で叫び、窓際まで近寄って壁に身を寄せた。下手に窓から顔を出せば、逃げた男たちから狙撃される可能性があるからだ。

壊れた窓ガラスからちらりと外を見ると、二つの人影が正門に向かって走って行く。

浩志は加藤と姜文に負傷者の手当てをするようにハンドシグナルを送ると、窓から芝生の庭に飛び降り、男たちを追った。

二発の銃声が轟いた。ハンドガンではない。

正門から出た男たちが、路上に次々と転がった。ＡＫＳ74を持った宮坂が数十メートル先から走って来る。

銃を手にしていたために、宮坂が二人の太腿を撃ち抜いたのだ。

先に倒れた男が、銃を持ったまま半身を起こす。

「銃を捨てろ！」

叫んだ浩志は走りながら、男の頭に狙いを定めた。

男は倒れている仲間の頭に二発の銃弾を撃ち込んだ。すかさず自分の頭に銃口を当ててトリガーを引いた。一瞬の出来事である。

「何！」

舌打ちをした浩志は立ち止まった。

「なんてことだ。また、自決ですか」

駆け寄ってきた宮坂が、頭を掻いた。

「ミンチになるのが嫌なんだろう」

浩志は冷たい目で二つの死体を見ている。なんとも虚しい光景だ。北朝鮮の工作員は、任務に失敗すれば母国に送還されて死刑になる。金正恩が側近を重機関銃で肉片になるまで銃撃したように、彼らも見せしめに残酷な方法で殺されるのだろう。それが嫌で自殺するに違いない。

「こいつら、どうしますか？」

ＡＫＳ74を肩に担いだ宮坂が、溜息を漏らした。死体の処理を聞いているのだ。紛争地でない市街地では警察が絡んでくるため、死体は別の場所に遺棄することもある。

「放っておけ」

アフリカで殺人罪に問われるのは、現行犯だけだろう。鑑識の捜査が入るようなことはまずない。

浩志は宮坂に車に戻るように命じ、屋敷に踵を返した。

リビングに入ると、壁際にソファーやテーブルが寄せられ、七人の血塗れの男が寝かされていた。加藤と姜文が別々の男の心臓マッサージをしている。他の五人は頭を銃で撃たれており、すでに事切れていた。

跪いた浩志は、加藤が救急処置をしている男の脈を調べると、瞳にLEDライトの光を当てた。瞳孔に変化はない。首筋と肩を切り刻まれている。拷問されたのかもしれない。

「諦めろ。こいつは助からない」

浩志は加藤の肩を叩いた。

額の汗を拭った加藤は黙って頷くと、立ち上がった。

「うっ……」

姜文が心臓マッサージをしていた男が息を吹き返した。この男も腹部を数箇所刺されている。止血帯で応急処置をしたようだが、長くは持たないだろう。

「報告せよ」

姜文が男の耳元で尋ねた。

「十二番埠頭（ふとう）……」

男は聞き取れないほどの小声で話しはじめる。気力だけで声を絞り出しているようだ。

「それで？」

眉を吊り上げた姜文が、男の肩を軽く揺さぶった。急速に男の瞳が力を失っていくのが、傍で見ている浩志にも分かる。

「ヘルミエン・コナー……」

男は人名を叫ぶと、口から血を吐き出して死んだ。

六

ウィントフークから二百六十キロ西に位置するウォルビスベイは、大西洋に面する港湾都市である。

ウォルビス湾は英国がケープ植民地との中継拠点として一八四〇年に湾と周辺一帯を領有し、のちに南アフリカの一部としたために、ナミビア独立後も南アフリカの飛び地として存在していた。

だが、一九九〇年に独立したナミビア政府からの再三の返還要求と、南アフリカにとっても飛び地のために税関手続きが煩雑なこともあり、一九九四年にナミビアに返還されている。

ウォルビスベイの港は天然の良港で、先進国の港にあるような巨大なガントリークレーンなどの港湾設備は整っていないが、貨物船や客船が停泊できるだけの桟橋が大小無数にあった。

午後十一時四十八分、浩志らがウィントフークにあるレッド・ドラゴンの宿泊施設に踏み込んだ頃、ウォルビスベイの港の南寄り、十二番埠頭に横付けされた貨物船〝ピョンアン2号〟から、荷下ろしがはじまっていた。

船体に錆が浮き出た〝ピョンアン2号〟を桟橋の近くで見上げる二人の男がいる。一人は朝鮮人民軍偵察総局の実質ナンバー1となった金栄直、もう一人は白髪交じりの黒人で年は五十代後半だろうか、ナミビア国防軍の軍服を着ていた。

「ミスター・金。この貨物船の荷物で、本当に私はこの国を変えることができるのか?」

黒人の軍人は、貨物船のクレーンで降ろされる木箱を見上げながら金栄直に尋ねた。

「コナー大佐、あなたは間違いなくこの国の覇者になられます。また、そうでなければ、我が国は困るのです」

金栄直はコナーをちらりと見ると、苦笑いを浮かべ、ポケットからマルボローのケースを出した。

北朝鮮での喫煙率は非常に高い。そのため、テレビ放送をするなど、国家をあげて禁煙運動をしている。だが、金正恩がところかまわず喫煙するので効果が上がるはずもない。小学校だろうと病院だろうと、煙草を吸いながら指導する指導者を見るにつけ、国民は苦笑を漏らすのが実態である。

「我が国は、陸軍と海軍合わせても一万人に足らない。私は陸軍の大佐であり、軍の序列から言っても実質的にはナンバー3だが、全軍を動かすことができない。だからこそ、あなた方の力が必要なのだ。力を得て、私はこの国を正しい方向に向かわせる。それがこの国を存続させる上で必要だからだ」

　コナーは拳を握りしめた。

「念のために確認しますが、大佐の目的は実力行使で大統領を補佐する側近を退陣させて、大統領の考えを改めさせることだと聞いております。間違いありませんね」

　金栄直は鋭い視線をコナーに向けると、煙草をくわえてジッポライターで火を点ける。

「私は政府転覆（てんぷく）を仕掛けようとは思っていない。ただ、首都の生活を向上させるためだけにヒンパ族を路頭に迷わせるわけにはいかないのだ」

　コナーは金栄直の視線を外すことなく、強い目で見返した。

「遊牧民の存在が、そこまで重要だとは、私には思えませんが」

　金栄直は煙草の煙を鼻から吐き出した。

「ヒンパ族を哀れんでいるのではない。現実を見ているのだ。彼らの人口は、都市部のスラム街に住む者も含めれば、五万人近い。ヒンパ族が反乱を起こせば、それこそ、国家は転覆する。大統領をそそのかす政治家どもを一掃することが、私の使命なのだ」

　ヒンパ族はナミビア北部のクネネ州に住んでいる民族で、彼らは放牧や、観光客相手に裸族としての生活を見せることで細々と生計を立てている。

だが、長年首都ウィントフークの電力不足に悩む政府は、クネネ川に巨大なダム建設を計画している。ダムが建設されれば百十五億立方メートルの貯水がなされ、ヒンバ族の放牧地三百八十万平方キロメートルの土地が水没するとされている。彼らから家畜を取り上げるのは、死刑執行を言い渡すようなものだと研究者や関係者が批判していた。しかもクネネ川沿いにある農園も失われ、食糧不足に陥ることは目に見えているのだ。

「まあ、我が国にとっても、ナミビアが破綻するのは困りますからね」

金栄直は肩を竦めてみせた。

「積荷は、予定どおり二回に分けて降ろすのだな」

コナーはクレーンで埠頭に降ろされた木箱に視線を移した。

「そのつもりですが、納品先の基地の建設は予定どおり進んでいますか？」

金栄直は煙草の煙をコナーの顔面に吹きかけるように吐き出した。立場は自分の方が上だと思っているのだろう。

「砂に埋もれて老朽化した施設を改造しているために手こずっているが、八十パーセントはできている。突貫工事で労働者の作業能力が遅れているのが原因だが、最低限の施設は出来上がった」

「奴隷どもの働きが悪いのですか。それでは、予定どおり明後日に我々の積荷は降ろしましょう。準備のために私も部隊と共に、明日中に基地に移動します」

舌打ちをした金栄直は、煙草を指先で弾くようにコナーの足元に投げ捨てた。奴隷とは、北朝鮮から連れてきた労働者のことだろう。

「私は怪しまれるといけないから、ギリギリまでウィントフークに残る」

コナーは火の点いている吸い殻を見つめながら言った。

「それは構いませんが、ハエがうるさいので、兵士を三、四十名ほどお借りできませんか」

金栄直は新しい煙草を出して火を点け、トラックに積まれる積荷を見つめている。コナーには一瞥もくれない。

「ハエ?」

コナーは首を捻った。

「私の命を狙って、この国にテロリストが派遣されたという情報が入ったのです」

腕組みをした金栄直は、苦笑いをしてみせた。テロリストとはむろんリベンジャーズのことだろう。

「数十人の兵士を連れているのに、私の力が必要なのか?」

コナーは訝しげに金栄直を見た。

「おっしゃる通り、六十名の部下と、さらに〝ピョンアン2号〟には、新たに百名の兵士が乗船しています。ですが、彼らを見知らぬ国で分散して配備しても意味はありません。私の護衛にすべて回すので、露払いが必要なのですよ。そもそも、私にもしものことがあれば、困るのは大佐じゃないですか」

口調を荒らげた金栄直は、体の向きを変えてコナーを睨みつけた。

「尋ねただけだ」

コナーは忌々しげに、足元の火の点いている煙草の吸い殻を踏み潰した。

ウォルビスベイ

一

　午前三時、ナミビア中部の乾燥地帯を抜ける国道B2号を、リベンジャーズを乗せたジープ・ラングラーとランドローバー・ディフェンダーが、二台ずつ連なって疾走している。

　ディフェンダーは、金栄直の部下と思われる男たちが乗っていた車を使っている。それまでワットらが使っていたトレーラーは、機動性が欠けるため人気のない場所に乗り捨てた。もっとも大きな街でも、一キロも離れれば人界とは思えない風景になるため、どこに車を捨てようが気にすることはない。

　辰也と田中を回収したワットらとは、ウィントフークから七十キロ北に位置するオカハンジャという田舎街の外れで合流している。

港湾があるウォルビスベイに向かうには、ウィントフークから西に向かう国道C28号もある。距離的には国道C28号の方が、はるかに短い。だが、高低差はあまりないが山岳地帯を抜ける悪路のため、北の平坦な乾燥地帯を通る国道B2号に迂回しているのだ。

先頭車両を加藤が運転し、助手席に浩志、後部座席に辰也と田中が座っている。二人にこれまでの経緯とこれからの作戦を説明する必要があるからだ。

「作戦に入る前に敵から攻撃を受けて仲間に負傷者を出すのは、珍しいケースですね。もっともまったく経験がないわけではありませんが」

これまで瀬川と黒川と京介の三人が戦線を離脱していると聞かされた辰也は、渋い表情をしている。

「今回のターゲットである金栄直は、頭が切れて狡猾な男らしい。部下に命じてレッド・ドラゴンのアジトを急襲し、情報員を拷問して我々の情報を聞き出そうとしたようだ。だが、口を割らなかったために全員が殺された」

浩志はむっつりとした表情で言った。これまで様々な敵を見てきたが、今回はどこか違和感を覚えるのだ。というのも、敵が作戦上のミスをした際に、次々と死んでいく。それが忠誠心というのならまだ分かるのだが、そうではないと思えるからだ。

金栄直は失敗を絶対許さず、残虐な方法で殺害することで部下を支配しているのだろう。金正恩は会議で居眠りしたなど些細なミスでも許さず、部下を次々と殺害してきた。

生きたまま火炎放射器で焼き殺すなど序の口で、百匹の飢えた野犬に食い殺させるなど、非道の限りを尽くしている。金栄直は、その悪魔の手法をそのまま取り入れているに違いない。

「他人のことは言えませんが、金栄直は、人の命を軽んじているゲス野郎ですね」

辰也は鼻で笑った。二ヶ月ほど会っていなかったが、どこか変わった感じがする。

「ところで、おまえはシリアではうまくやっているのか？」

浩志は曖昧に尋ねた。

辰也は、前回の作戦で知り合ったクルド人民防衛隊の女性兵士であるセダと一緒に過ごすべく、シリア北部にあるＹＰＧの軍事基地で教官として働いている。彼のような爆弾処理と爆弾作りの世界トップクラスのプロフェッショナルは、滅多にいない。かなりの待遇で雇われたようだ。

「彼女とはうまくやっています」

辰也も意味ありげに答えた。セダには十歳になる息子ヤヒヤがいる。

「息子とは、折りあいが悪いのか？」

浩志は苦笑を浮かべて尋ねた。

「とんでもない。ヤヒヤは俺のことを今では本当の父親のように慕ってくれます。俺も自分の息子のように可愛がっていますから」

辰也は声をあげて否定した。

「何が、うまくいってないんだ？」

首を傾げた浩志は、後ろを振り返った。

「ＹＰＧですよ。確信はありませんが、どうもロシアだけでなく、シリア政府とも裏で手を組んだらしいのです」

辰也は不満げに答えた。長年ＹＰＧはシリア政府から目の敵（かたき）にされていたので、信じられないのだろう。

「やはりそうか」

浩志は驚くこともなく頷いた。

シリア東部のアル・ヤウルービヤにあるＹＰＧの司令部に行った際に、ロシア人将校がいた。また、ＹＰＧが支配地域を自治領と宣言した際に、シリア政府はほとんど抵抗していない。シリア政府は、最大の敵となったＩＳを駆逐するために密かにＹＰＧと手を組んだのだろう。その結果、シリアの協力国であるロシアもＹＰＧに接近したに違いない。

敵の敵は味方という論理であるが、ＩＳがシリアからすべての支配地域を失えば、元の敵に戻るはずだ。誰しも毒饅頭（どくまんじゅう）を食らうのは理由がある。

「まあ、予想されたことですがね。それだけじゃなくて、ＹＰＧも彼女に対して最近冷たい態度をとるようになってきたんです」

辰也は溜息を漏らした。自分のことでは決して弱音を吐くような男ではないが、例外ができたらしい。

「彼女が、ヤジディ教徒だからか？」

クルド人は世俗的なイスラム教徒が大半を占める。だがそれでも、キリスト教やユダヤ教だけでなくゾロアスター教などの影響を受けるヤジディ教は異端に見えるのだろう。

「そのようですね。それにヤヒヤの教育環境として、シリアは最悪です。二人をどこか安全な国に住まわせたいと思っているんですが……」

辰也の歯切れが悪くなった。結婚を前提に日本で暮らすことを考えているのだろう。

「彼女はどう考えている？」

「彼女は自分の置かれた環境に文句を言うような女ではありませんが、ヤヒヤの将来は心配しています」

辰也の声が小さくなってきた。これほど勇猛果敢な男は滅多にいないのだが、女が関わると気弱になるらしい。

「どうせおまえのことだ。最初は積極的に彼女にアプローチしたくせに、その後がだらしがないのだろう」

浩志は前に向き直って肩を竦めた。もっとも他人のことは言えない。浩志は恋人である美香と八年間も付き合った末に、昨年彼女の要望を満たす形で結婚式を挙げている。傭兵という職業の縛りがあるため、約束できないという気持ちがあったからだが、女にだらしがないと言われればそれまでだ。

「はっ、はい。その通りです。もし彼女に断られたらどうしようかと思うと、切り出せなくて」

顔を赤くした辰也は、頭を掻きながら答えた。

「作戦が終わったら、告白することだ」

浩志は笑みを浮かべた。

「しかし、どうも決心がつきません。俺たちはいつ死んでもおかしくないんですよ」

辰也はまた溜息をついた。やはりかつての浩志と同じような躊躇いがあるようだ。

「おまえは、彼女を守りたいと思わないのか?」

「誰よりも思っていますよ。あの親子を守るのは、俺しかいませんから」

力強く辰也は答えた。一途な男だけに真剣に思っているのだろう。

「だったら、死を前提に考えるな。おまえにとって最大の任務は、二人を守って幸せにすることじゃないのか。結婚して日本に連れて行くんだな。それができるやつが、他にいるのか?」

浩志はちらりとバックミラーで辰也を見た。日本で安全に暮らすには、彼女らに日本国籍を取得させるのが、一番早い。

「……俺しかいませんよね」

辰也は大きく頷いた。

二

午前三時五十分、浩志らは、海風を受けながら国道B2号を西に向かっていた。国道B2号は大西洋に面した港街スワコプムントを抜け、海岸線沿いを南に三十キロほど進み、ウォルビスベイで終点となる。スワコプムントはかつてドイツの植民地であった南西アフリカの主要港であったため、ドイツ様式の建物が残る欧風の街で、ナミビア最大のビーチもあり、リゾートとして有名である。

「あれっ？」

加藤が突然ブレーキを踏んで国道脇の右側にある砂利に車を寄せ、ライトまで消した。先頭車に倣って、後続の車も次々と道を外れて停車し、ライトを順次消していく。特に命令がなくても、先頭車と同じ行動をとるのは基本である。

「どうした？」

浩志は前方に目を凝らしながら尋ねた。浩志も夜目は利くし、視力もまだ二・〇近くあるが、特に異変は感じなかった。

「前方に軍用車が数台停まっているようです」

加藤には見えるようだ。彼は視力三・〇と言っているが、単に測れないだけで、実際は五・〇あるらしい。アフリカのマサイ族並みの視力があるのだ。彼らも真っ暗闇で、動物のシルエットを認識することができる。裸眼で軍用ナイトビジョン並みに見えるということだ。

「距離は？」

「約一・五キロ先です」

加藤は淀みなく答えた。暗闇の一・五キロ先が見えるらしい。前方にある車がライトを点けているわけでもなく、星明かりで見ているに過ぎないのだが。

「現在位置を教えてくれ」

苦笑した浩志は、スマートフォンで地図を起動して加藤に見せた。浩志も敵に察知される危険性を考えて、ＧＰＳ機能は使っていない。

「我々は現在スワコプムント空港のすぐ傍にいます。軍用車はＢ２号とネルソン・マンデラ・アベニューが交わるラウンドアバウト（ロータリー交差点）に集結していました。四駆が二台にトラックが三台です」

加藤は地図を指で指し示した。

ウィントフーク方面から来た場合、スワコプムントの玄関口になる場所である。

「車両から見て、兵士の数は四十名前後いるな。場所的に言って検問をしているようだが、こんな夜中に妙だ。停車したことで、相手に気付かれた可能性はあるか？」

四台の車両は、ライトを消しているので今は闇に埋もれているが、突然ライトを消したのは不自然である。

「自分は視力に絶対的な自信がありますが、アフリカでは珍しいことではないようですから分かりません。念のためにすぐ先にスワコプムント空港へ向かう道がありますので、そちらに右折すれば、誤魔化せるかもしれませんね」

アフリカ人に限って言えば、マサイ族でなくても視力はいい。

「全員に告ぐ。前方に軍用車があるため、回避行動をとる。後続車にハンドライトでガイドを出してくれ」

浩志は無線で全員に連絡をした。

後部座席に座っている辰也がハンドライトを出し、発光部分を手で覆って僅かに隙間を開けて、バックドアのウインドウから後ろに向けた。僅かな光でも暗闇では見えるものだ。これでテールランプの代わりになる。他の車でも同じように後続車に合図を送った。

加藤は二十メートルほど先の交差点を右折し、八十メートル先で停車した。交差点と言っても建物があるわけではない。道路は見通しがいい乾燥地帯にあるため、見通しが利く。だが、交差点から国道B２号の百五十メートル先に建物があるため、その陰になる場所に停めたのだ。

浩志は車を下りて加藤を指差した。

無言で頷いた加藤は、すぐさま車を飛び出して暗闇に消えた。斥候に向かったのだ。

加藤を見送った浩志は、百五十メートル先にある建物の陰から出るべく、国道B２号に向かって歩きはじめた。すると、三台目の車から下りて来た宮坂が、狙撃銃用のナイトビジョンスコープを手に付いてきた。全員ではないが、宮坂とマリアノとアンディーは傭兵代理店で準備してきたのだ。

浩志は建物の陰から出たところで腰を落とし、膝を突いて前方の闇に目を凝らした。

「ＵＡＺ４６９が二台、ウラル３７５が三台です。それに黒人兵士が複数いますね。すげえなあ、裸眼で見えたんだ」

すぐ傍に腰を屈め、ナイトビジョンスコープを覗き込んでいた宮坂は、しきりに首を振っている。今さらながら加藤の能力に舌を巻いているようだ。

ＵＡＺ４６９は軍用四駆、ウラル３７５は軍用トラックで、どちらも旧ソビエト製である。ロシアは不要となった旧ソビエト製の武器や軍需品を世界中の第三国に売り捌いた。その結果中東に限らず、世界中のテロリストにまで武器が供給されたのだ。極論ではあるが、世界中の紛争や抗争は、ロシアが原因と言っても過言ではないだろう。

十五分ほどで、加藤は息も切らさずに戻ってきた。

「ご苦労」

「ナミビアの陸軍の将兵が、目視できるだけで十人確認できました。ラウンドアバウトの西側にテントを張って野営していますので、総勢四十人ほどの部隊かと思われます。またラウンドアバウトの東側には、ウラル３７５を道の両脇に停車させ、有刺鉄線を張り巡らせたバリケードで道を塞ぎ、ＡＫ74で武装した兵士をトラックの傍に五人ずつ配置していました」

浩志が声をかけると、加藤は淡々と報告した。

「ただの検問じゃないな」

通常の検問ならワットやマリアノらをツアーガイドとして切り抜けることも考えたが、武装した兵士がいるようでは、トラブルなく通り抜けることはできないだろう。

「近付けば、銃撃戦になるな。敵を倒すのは簡単だが、ナミビア政府軍は敵じゃない」

いつの間にか傍に立っていたワットが、難しい顔をして言った。相手が四十人だろうとリベンジャーズの敵ではないが、リベンジャーズが何者か知らない連中と交戦するわけにはいかない。

「迂回するぞ」

浩志は右手を大きく上げて乗車の合図をした。

三

ナミビア政府軍による検問が設けられたスワコプムントを抜けることを断念した浩志は、リベンジャーズに迂回を命じた。

スワコプムント空港への道路との交差点から国道B2号を一・六キロ戻った地点にウィントフークから山岳地帯を抜けてくる国道C28号の交差点がある。

国道C28号に入り三キロほど南下すると、D1984号というナミビア西部海岸線の砂漠を縦断する全長三十三キロの道路があり、終点はウォルビスベイに通じる国道C14号とぶつかる。世界最古の砂漠と言われるナミブ砂漠の一端を通過する道路だ。

リベンジャーズの四駆の車列は、国道C28号からD1984号に入っていた。舗装はしてあるが、砂漠を縦断する道路だけに路面に砂が満遍(まんべん)なくまぶされた状態になっている。

四台の車は、砂塵を巻き上げながら走っていた。

時刻は午前四時半になっている。

「俺たちは、作戦を進めているように見えるだけじゃないか?」

先頭車のハンドルを握る浩志は、自問するように呟いた。

仲間を休めるために浩志が運転しているのだ。助手席の加藤、それに後部座席の辰也と田中も眠っている。

——俺もそう思っていたところだ。

ヘッドギアのイヤホンから、ワットの声が聞こえる。二台目の車に乗り込んでいるワットも、仲間を休めるために運転を代わっていた。眠気を紛らわすために、二人は無線で話をしていたのだ。

「金栄直は、すでに俺たちに狙われていることを知っている。だから、少しだけ前倒しに動けば、俺たちを回避できるはずだ。それに待ち伏せすることも簡単にできる」

——まったく、その通りだ。武器を満載した貨物船がウォルビスベイの十二番埠頭に入港するという情報に基づいて、俺たちは行動している。だとすれば、戦闘機で奇襲でもしない限り、攻略法は限られる。その一つ一つを金栄直が潰していけば、俺たちはどこかでやつのトラップに引っかかるというわけだ。

「スワコプムントで待ち伏せしていた部隊は、俺たちを始末するために金栄直がコネクションを使って依頼した政府軍に違いない」

ウィントフークにあるアジトで殺されたレッド・ドラゴンの情報員が、死に際に〝ピョンアン2号〟の停泊先である十二番埠頭の情報以外にも「ヘルミエン・コナー」と言って事切れた。浩志はさっそく衛星携帯電話で、友恵に連絡して調べさせている。彼女は数分で顔写真を含む、詳細なデータを送ってきた。コナーは、ナミビア政府軍の陸軍大佐で実質的に陸軍のナンバー3の地位にある人物であった。

金栄直は、この大佐と深いつながりがあるらしい。真夜中に三、四十人の部隊を動かすことぐらい簡単にできるということは、コナーは軍でかなりの力を持っている人物なのだろう。

——この先、ウォルビスベイに行ったとしても、俺たちは苦戦を強いられるということか。金栄直という男は、本当に食えない野郎だぜ。

無線のノイズのようなワットの舌打ちが響いた。

「そういうことだ」

浩志は苦笑を浮かべ、前方の闇を見据えた。インパネの距離計を見ると、D１９８４号に入ってから、三十二キロ地点を過ぎたところだ。そろそろ国道C14号の交差点が見えるだろう。

「……待てよ」

浩志はブレーキを踏んでライトも消すと、車を下りた。外気は十二度ほどか、少し冷える。夜明けが近いため、湿度が高い。ナミブ砂漠特有の霧が発生するかもしれない。

後続車も順次、停車する。

「どうした？」

ワットも車を下りて来た。

「二百メートル先に国道C14号の交差点がある」

浩志は南の闇に向かって右手を上げた。ヘッドライトがT字路を捉えた瞬間、言いようのない胸騒ぎがしたため、急停車したのだ。

「……？」

ワットは肩を竦めた。臆病だと言いたいのだろう。

「金棠直は、俺たちの行動を予測している。だからスワコプムントにナミビア政府軍の部隊を配置していた。だが、あんな仰々（ぎょうぎょう）しい出迎えをすれば、俺たちが避けることは分かっていたはずだ」

浩志は前方の闇を見つめたまま言った。まだ、胸騒ぎが収まらない。

「要請を受けた部隊の指揮官が間抜けだったのかもしれないがな。あれは、待ち伏せと言うより、単なる道路封鎖に過ぎない。強行突破すれば、ナミビア政府軍が今度は敵になる。この国から脱出することも難しくなるだろう。だから、俺たちは回避した」

ワットは頷いた。

「このまま、進んでいいとは思えない」

浩志の声を聞きつけたのか、車から仲間が次々と下りて来る。

「頼んだぞ」

浩志は加藤に斥候を命じた。

宮坂とマリアノ、それにアンディーがナイトビジョンのスコープを取り付けたＡＫＳ74を手に小走りにやってくると、それぞれ片膝をついてスコープを覗き始めた。彼らは目的地が近くなったために車内でスコープを取り付けて、銃の調整をしていたようだ。

——道路に対戦車地雷が埋め込んであります。

百メートルほど先で、加藤がさっそく異常を見つけた。よほどの高速で通過しない限り、対戦車地雷はむろん車にも被害をもたらす。

「左前方に狙撃兵！」

突然、マリアノが声を発した。

「右前方に狙撃兵、発見！」

ほぼ同時に宮坂も声を上げた。

「トレーサーマン、戻れ！」

浩志は無線で叫んだ。

銃声が闇を貫いた。

加藤が崩れるように倒れる。

「応戦！」

浩志の号令が飛ぶ。

宮坂とマリアノ、アンディーが一斉にトリガーを引いた。

闇の向こうで、花火のようにマズルフラッシュが点滅を繰り返す。距離は二百メートル、十人前後いるようだ。

無数の銃弾が、音を立てて襲ってきた。

立膝を突いていた宮坂らは、うつ伏せの姿勢になり反撃している。

銃弾は先頭車両のジープに当たり、火花を上げた。

浩志も車からＡＫＳ74を取りだし、マズルフラッシュに向けて銃を撃った。銃の照準だけでは狙えるものではないが、宮坂らの援護にはなる。他の仲間も散開して、銃撃を始めた。敵味方双方の銃弾が闇夜を激しく飛び交う。

だが、敵のマズルフラッシュがみるみるうちに減っていき、やがて消滅した。距離は二百メートルである。宮坂らの狙撃は一撃必殺も同然なのだ。

「撃ち方、止め！　マリアノ、一緒に来てくれ。ワット、残存兵のチェック」

叫んだ浩志は、バックパックを抱えたマリアノを連れて加藤の元に走った。彼は高度な救急医療ができ、難易度の問題もあるが、外科手術の経験もある。

「ゴー！　ゴー！」

険しい表情のワットは他の仲間に指示し、残存兵がいないか捜索をはじめた。

浩志とマリアノは、路上に仰向けに倒れている加藤の傍に跪いた。

「迂闊でした」

加藤の意識はしっかりしているようだが、動けないらしい。

「腹を撃たれています。手術が必要です」

マリアノがしかめっ面で報告をした。

浩志も加藤の体を調べたが、他に撃たれた箇所はない。

「リミットは?」

眉間に皺を寄せた浩志は、小声で尋ねた。

「早ければ、早いほど」

曖昧に答えたマリアノは、溜息を漏らした。

「四時間もつか?」

手術ができるような病院は、ウォルビスベイならあるだろう。だが、敵の存在が気になる。あるいは、ウィントフークまで行くとなれば、車を飛ばしても四時間近く見なければならないだろう。だが、どのみち深夜に救急患者を見てもらえるような病院があるとは思えない。

「……」

マリアノは、止血帯で加藤の傷口を押さえながら首を横に振った。

四

Ｄ１９８４号と国道Ｃ14号のＴ字路の手前には、対戦車用地雷が仕掛けられ、国道Ｃ14号の向こう側に98式小銃にナイトビジョンスコープを付けた兵士が、九名も待ち構えていた。

北朝鮮の軍服を着ていたので、間違いなく金栄直配下の小隊なのだろう。銃撃戦の末、全滅させたが、斥候に出ていた加藤が狙撃されて重傷を負った。

午前四時五十分、国道Ｃ14号を西に進んだリベンジャーズを乗せた四駆の車列は、ウォルビスベイの東の玄関口である直径二百十メートルもあるラウンドアバウトに沿って、三台が右へ、一台は左に曲がった。

左折したのはアンディーが運転するジープで、ワットが助手席に、後部荷台には負傷した加藤が寝かされ、マリアノが傍で傷口を押さえて付き添っている。

浩志は右折した三台の車の先頭車両に乗っており、チームを引き連れて港の桟橋に向かったのだ。

「三キロ先の突き当たりを右折してくれ」

衛星携帯電話を左の耳に当てたワットが、まっすぐに右手を上げた。走行している道路の左手は防砂林が続き、その向こうは砂漠である。反対側の右手は住宅街になっており、升目に仕切られた敷地に様々な家が建っていた。

「了解」

アンディーはバックミラーで、後部荷台の様子を窺いながら答えた。

「ピッカリだ。今、右折した」

数分後、道路の突き当たりを曲がったところで、ワットは再び衛星携帯電話を耳に当てている。

――そこから、3ブロック目の交差点を左に曲がってください。

電話の相手は、友恵であった。

加藤が負傷した直後、浩志は友恵にウォルビスベイの病院のコンピュータのサーバーをハッキングし、外科医の住宅を探し出すように頼んでいた。ウォルビスベイには州立病院があるが、銃創の負傷者を連れて行けば警察や軍に通報される可能性がある。まして先進国と違って、真夜中に突然病院を訪れても対応してもらえるとは思えない。それよりも、直接外科手術ができる医師を発見した方が、トラブルは防げると考えてのことだ。

ワットのチームは外科の医師の自宅を訪れ、事情を説明して州立病院で手術してもらう予定である。要は、優秀な外科医を自宅まで迎えに行くのだ。そのため、友恵は米軍の軍事衛星をいつものようにハッキングし、ワットらが乗っているジープをモニターしながら誘導している。

彼女はすぐさまウォルビスベイの州立病院のサーバーをハッキングし、該当する医師を発見した。また、協力を求める医師が英国人と彼女から聞いたので、浩志はあえてワットにエスコート役を頼んだのだ。

アンディーは3ブロック目の交差点で左折した。

――そのまま九百メートルほど進むと、ウォルビスベイで一番治安がいい高級住宅街に入ります。景色が一変しますから、すぐ分かるはずです。

これまで衛星携帯電話も敵に存在を知られる可能性がある、と考えてなるべく使用しないようにしてきた。だが、このまま敵に先手を取られ続けるのは得策でないと判断し、GPS機能を外して使用しているのだ。

「分かった」

頷いたワットは、アンディーに速度を落として直進するように指示をした。

九百メートル走ると、右手は芝生にヤシの木が植えられた緑地帯がヘッドライトに照らし出された。緑地帯は四、五十メートルほどの幅で、砂浜もある海岸に面した公園になっているようだ。

左手は百坪から二百坪はある庭付きの豪邸が建ち並んでいる。

「確かに高級住宅街らしい」

ワットは小さく首を振って感心した。家が豪華というだけなら驚かないが、どの家も塀は高くてもせいぜい腰高、あるいは膝丈ほどの生垣なのだ。欧米ならともかく、アフリカに来てこれほど不用心な住宅街は見たことがない。それほど治安がいいということなのだろう。

――2ブロック目の三軒目の家の前で停車してください。

「二十メートル先で、停まってくれ」

ワットは友恵の指示で、二百坪ほどの敷地がある豪邸の前で車を停めさせた。

――英国人医師、デビット・シェリンガム、五十歳の家です。ロンドンにある病院に勤務していましたが、ナミビア政府の招待で一年前から州立病院で主任外科医として働いています。家族は今ロンドンに帰っているので、一人で住んでいるはずです。

友恵は州立病院やロンドンの病院のサーバーだけでなく、医師のパソコンまで調べたに違いない。

「こいつは、入る前に大騒ぎになるな」

車を下りたワットは、頭を掻いた。

敷地は高さが六十センチほどの生垣で囲われており、門柱らしき大理石の柱はあるが、門扉はない。他の家と同じように開放的な作りである。だが、赤外線の警報装置がいたるところに設置してあった。赤外線は目視できないが、あえて設置してあることが分かるようにセンサー部分にLEDが点滅している。街の治安がいいとはいえ、セキュリティ対策はしっかりとされているようだ。

「大丈夫ですよ」

アンディーがAKS74に取り付けてあったナイトビジョンスコープを見せた。

「その手があったか」

ワットは苦笑した。ナイトビジョンスコープがあれば赤外線は目視できる。ワットもマリアノの銃からスコープを取り外した。

「とりあえず、表敬訪問するか」

ワットはマリアノと加藤を車に残し、アンディーとともに屋敷をナイトビジョンスコープで調べると、隣家との境界線にある生垣から侵入した。赤外線で厳重なセキュリティをしているのは、英国人だけらしい。

二人はまるで散歩でもしているかのようにリズムよく赤外線網を突破し、アンディーが先の尖った道具でいとも簡単に玄関ドアの鍵を解除した。米軍最強の特殊部隊デルタフォースは、ソフト面でもハード面でも優れた能力を要求される。彼らにとって民家に潜入することなど、朝飯前なのだろう。

だが、ワットとアンディーが家に入った途端、室内の照明が点けられた。

「動くな！」

廊下の向こうでガウンを着た黒人が、ライフル銃を二人に向けている。

「怪しい者ではない。玄関の呼び鈴を押すのを忘れただけだ」

ワットは両手を上げて微笑(ほほえ)んだ。玄関ドアには、センサーが取り付けてあったに違いない。

「嘘をつけ！　この家は赤外線セキュリティで守られているのだ。警報装置をどうやって解除したか知らないが、十秒だけ時間をやるから出て行け。さもないとトリガーを引くぞ！」

男はロンドン訛(なま)りがある英語でまくし立てた。

「あなたはデビット・シェリンガム医師ですね」

ワットは男に笑顔のままゆっくりと尋ねた。銃を持った相手、特に素人は刺激しないに限る。

「そっ、そうだが、私に何の用がある」

名前を呼ばれてシェリンガムは狼狽えた。

「我々は泥棒や誘拐犯ではありません。仲間が銃で腹部を撃たれて重傷です。今すぐにでも手術をしてほしい。できれば、一緒に州立病院に行ってもらえませんか」

ワットは真剣な表情で懇願(こんがん)した。

「怪我人なら、どうして病院に直接行かないのだ」

シェリンガムは首を捻った。泥棒でないと聞いて、幾分表情が和らいだ。

「ロンドンの市立病院じゃあるまいし、この時間に受付してくれますか？」

「……確かに」

ワットの問いかけに、シェリンガムは苦笑いを浮かべた。

「それに我々は危険な連中に狙われている。病院に行けば存在が知られて、迷惑をかける恐れがあります」

「しかし、私一人が行ったところで、助手の医師や看護師も招集しなければ、手術はできないぞ」

シェリンガムは首を振って悩んでいる。

――こちら〝ヤンキース〟、容態が悪くなりました。早くしないと死にます。

マリアノからの無線が入った。

「了解！　今、手伝いに行く」

ワットは玄関脇にあるセキュリティボックスのスイッチを切ると、アンディーに迎えに行かせた。

「どういうことだ？」

シェリンガムが訝しげな目で見ている。

「仲間の容態が悪くなったらしい。すぐに手術をしてくれ」

ワットは少しずつシェリンガムに近づいていた。

「ばっ、馬鹿な。ここには食事用のナイフとフォークしかない。どうやって?」

「大丈夫だ。優秀な医師ならもう一人いる」

ワットはシェリンガムの銃口を摑むと軽く捻って取り上げ、ライフルからマガジンを抜くと、床に投げ捨てた。

「なっ!」

シェリンガムは、ワットの早業(はやわざ)に呆然としている。

玄関から加藤を抱きかかえたアンディーと、大きなバックパックを担いだマリアノが入ってきた。

「こっちだ」

ワットはシェリンガムを無視して勝手に奥に進んでダイニングキッチンに入り、テーブルの上の花瓶をどかすと、加藤を寝かせるように指示をした。

アンディーが加藤をそっとテーブルの上に寝かせると、マリアノがバックパックから手術に必要な道具を出して、キッチンに並べはじめた。

「最低限だが、手術ができる道具はあります。私も外科医としての免許はあるので助手はできます」

遅れてキッチンに入ってきたシェリンガムにマリアノは、様々な道具を見せた。殺菌が施されて袋に入れられたメスやハサミ、ガーゼや脱脂綿、麻酔それに代替血液まである。

眉間に皺を寄せたシェリンガムは、加藤の腹部の止血帯を外して傷口を調べ、手術道具を眺めて腕を組んだ。さすがに優秀な外科医らしく、患者を見た途端に表情が変わった。

「ほお、確かに。君たちは米軍の兵士だな。そもそも私の住居を突き止めるとは、ただ者じゃない。作戦中の事故か？」

道具を見て感心した様子のシェリンガムは、目を細めて尋ねてきた。

「それは答えられない。頼む！　手術をしてくれ」

ワットは両手を合わせ、祈るように頼んだ。

「この国は今のところ平和だ。だが君らはなぜか戦争をしているらしい。こんな道具で手術しろというのは、戦場の野戦病院と同じだ。命の保証はできないぞ」

シェリンガムは鋭い視線をワットらに向けた。意外と肝が据わった人物らしい。

「それでも構わない。手術は、できないというのか？」

顔を真っ赤にしたワットが、詰め寄った。加藤は放心状態で天井を見つめている。一刻の猶予(ゆうよ)もないのだ。

「生憎(あいにく)、私はアフガニスタンの野戦病院で働いた経験がある」

シェリンガムは鼻先で笑った。

五

ウォルビスベイの玄関口にあるラウンドアバウトを右に回って反対側の道路に出た三台の四駆は、そのまま西に直進し、港に向かった。

午前四時五十八分、人気の絶えた闇に飲み込まれた港は、人界と切り離された異空間になっている。

倉庫群を抜けた車列は、埠頭(ふとう)の桟橋の手前にあるコンテナの集積場に停車した。コンテナは四段まで積み上げられた塊(かたまり)がいくつもあり、コンテナを整理、集積するための大型のフォークリフトが作業できる間隔が空けられた通路で区切られている。

浩志は車を下りると、コンテナの陰から埠頭を見つめた。迂闊に桟橋まで出れば、何が待ち受けているか分からない。

「常夜灯もほとんどない貿易港は、はじめてみましたよ」

傍に立っている辰也が呟いた。

日の出までには時間がある。桟橋に係留されてある貨物船やコンテナ船は西の空に輝く半月に照らされ、星空をバックにシルエットを浮かび上がらせていた。

「情報によれば、左から三番目にある、前方の十二番埠頭だ」

闇を見透かすように見ていた姜文が首を傾げた。彼は死に際の情報員から、武器を満載した〝ピョンアン2号〟がウォルビスベイのどこに停泊するのか、また金栄直と繋がっているナミビアの有力者は誰かという二つの情報を得ている。

〝ピョンアン2号〟は、全長百二十八メートル、幅二十二メートル、排水量九千六百七十トン、現在の北朝鮮では一万四千トン級の貨物船を建造する能力があるので、北朝鮮の外洋貨物船としては中堅クラスと言える。

「今係留されているのは、〝ピョンアン2号〟じゃないのか？」

浩志はちらりと姜文を見て、舌打ちをした。浩志らがいる場所は、十二番埠頭のほぼ正面で、係留されている船からは百五十メートルほどの距離がある。

〝ピョンアン2号〟の入港は明日だと姜文から聞いていた。というのも、彼は中国の軍事衛星での情報を、あらかじめウェインライトから受けていたからだ。そのため今日は、ウォルビスベイの近郊で仮眠をとって待機するつもりだったが、浩志は現地の下見も兼ねて接岸が予定されている桟橋を見に来たのだ。

だが、早朝に接岸予定の桟橋に、他の船が係留されているのはおかしい。桟橋の管理が徹底されていないのならともかく、ナミビアとはいえ貿易港で桟橋が勝手に使われることはないだろう。

「船の座標から考えて、明日の朝、入港する予定と聞いていた。今日、桟橋を使った船の離岸が遅れたのかもしれない」

姜文は首を傾げたまま答えた。得られた情報に疑問を持ちはじめているのだろう。

「空いている桟橋はいくらでもある。わざわざ十二番埠頭に留める必要はあるのか？　あれが〝ピョンアン2号〟だとしたら、積荷はすでに降ろされたんじゃないのか？」

浩志は楽観的に物事を考えず、問題が発生する前に対処するべきだと思っている。十二番埠頭に停泊している船がターゲットなら、作戦は変更しなければならない。

軍事衛星で監視されていることを金栄直が気付いていたとすれば、沖合で停泊していた〝ピョンアン2号〟は、日が暮れてから入港した可能性もある。

当初の計画では、〝ピョンアン2号〟が接岸されるのを待って襲撃し、積載されている武器を船ごと爆破するというものだった。仮に積荷の武器が降ろされているのなら、空の船だけ爆破してもただのテロとみなされ、北朝鮮の武器密輸ルートの壊滅どころか、ナミビア政府に警告を発することもできない。

「……」

姜文は気まずそうな顔で口を閉ざした。

「とりあえず、船名の確認をしますか」

押し黙った姜文に代わって、宮坂が答えた。

桟橋に係留されている貨物船の船首を確認すれば、船名は分かるだろう。

「念のために、〝ピョンアン2号〟のハングル表記を教えてくれ」

ナイトビジョンスコープの付いたＡＫＳ74を肩にかけた宮坂が、姜文に尋ねた。

すると姜文は自分のスマートフォンを出して、手書きモードでハングルを書いた画面を宮坂に見せた。

「間違いないですね。あれは〝ピョンアン2号〟ですよ」

銃を構えてナイトビジョンスコープを覗いていた宮坂は、姜文のスマートフォンの画面で確認して言った。

「積荷の確認をする必要はあるな」

浩志は渋い表情をした。

船が〝ピョンアン2号〟と確認された以上、積荷を直接調べるほかないだろう。だが、貨物船に限らず外国航路の船には、通常二十人から三十人が乗り込み、航海士と甲板部員がペアになって三グループに分かれて四時間交替で当直する。

停泊中でしかも夜間の場合は、当直のない場合もあるだろうが、潜入すれば大勢の乗組員に気付かれずに行動をしなければならない。

「宮坂、村瀬と鮫沼と残り、援護と退路の確保をしてくれ」

浩志は三人を指名した。車をいつでも動かせるようにすることも重要だが、積み上げられたコンテナによじ登れば銃で援護も可能だ。

「了解しました」

さっそく宮坂は、ＡＫＳ74を背にコンテナに飛び付いてよじ登りはじめた。身長は高く体格はいいが、身軽である。

――こちら針の穴です。コンテナの頂上に着きました。今のところ、目視できる限り、船上に人影はありません。また、周囲の高い場所にも狙撃兵の姿はないです。

待つこともなく、宮坂から無線連絡が入った。四段に積まれたコンテナは、〝ピョンアン2号〟の船舷と変わらない高さがある。

「了解」

返事をしたものの、ここまで様々なトラップが仕掛けられてきたことが脳裏(のうり)を過(よぎ)る。この船にも何かあると思った方がいいだろう。

「行きますか？」

辰也がバックパックとＡＫＳ74を担いで尋ねてきた。彼のバックパックには強力なプラスチック爆弾と時限装置が入っている。もし、まだ積荷の武器が残っているようなら船を爆破するのだ。

田中と姜文も出発の準備を終えている。

「行くか」

浩志もＡＫＳ74を肩にかけた。

六

午前五時二十分、浩志は辰也、田中、姜文を引き連れて行動を開始した。

直前にワットから連絡があり、地元に住む英国人の外科医の協力を得ることができたと連絡を受けている。準備を終え、マリアノが助手に就いて手術をはじめたらしい。だが、医師からは命の保証はできないと言われたようだ。

四人は港に置かれたコンテナの陰から抜け出すと、桟橋まで一気に走り、〝ピョンアン2号〟の左舷に近づいた。夜間のため、乗員の乗降用鋼製タラップは上げられている。だが、すぐ横にパイロットラダーが、桟橋の近くまで垂れ下がっていた。入港する際に水先案内人（パイロット）が使う梯子である。

辰也が桟橋の縁に立ち腕を組んだ。肩に登山用のD型金具を結びつけたザイルを肩にかけた浩志は、辰也を踏み台にしてパイロットラダーに飛びついた。

「くっ！」

重武装した体の重みが、もろに両腕にかかる。

数段を腕だけで登り、足をかけて一メートルほど上がると、浩志はD型金具をラダーに引っ掛けてザイルを下に落とした。かなりの重労働である。本来ならこの役は加藤がするはずだったが、このメンバーの中で次に身軽なのは浩志のために、一番で動いているのだ。

辰也がザイルに取り付くのを確認すると、浩志はラダーを登った。十数メートルを登りきり、甲板に音もなく下りる。背中にかけていたAKS74を構え、辺りを窺う。港に停泊しているために、航行灯など一切の灯はないが、西の空に浮かぶ月が甲板を照らしている。

浩志はデッキの手すりから腕を出して合図を送った。ラダーを駆けるように登ってきた辰也と田中、最後に姜文が甲板に降り立つ。

四人の男たちは音を立てないように甲板をゆっくりと移動した。姜文から事前に見せられた〝ピョンアン2号〟の船内見取り図は、頭に叩き込んである。

左舷側のドアを開けてアッパーデッキ居住区に足を踏み入れた。

切れかかった夜間灯が点滅を繰り返し、壁や天井のペンキはいたるところで剝がれて錆が浮いている。建造して十数年、決して新しい船ではないが、劣化が早過ぎる。傷みが激しいのはメンテナンスが悪いからだろう。

廊下の左右の壁にドアが並んでおり、手前から一等航海士、次が二等航海士と階級の順に部屋が並び、船長の部屋は上階にある。また、作業員など階級が低い乗組員の部屋はデッキ下の階にあるようだ。

浩志は姜文を指差してＡＫＳ74を背中に回し、グロック17Cを抜くと、一番手前の部屋のドアを開けた。

姜文がグロック17Cを手に部屋に滑り込む。浩志も続いた。辰也と田中は見張りである。一等航海士と思われる男が、パイプベッドにだらしなく寝ている。

浩志が頷くと、姜文が寝ている男の首を締め上げた。

「積荷の武器は、どうした？」

姜文は朝鮮語でドスの利いた声を発した。

男は苦しそうに朝鮮語で答える。

「鉄鉱石を積んできただけで、武器なんて知らないそうだ」

苦笑した姜文は、男の口を掌で塞いで英語に訳した。

「死にたいらしいな」

男の眼の前でグロックのスライドを引いて初弾を込めた浩志は、男の顎の下に銃口を突きつけた。

「……」

男が何か話そうともがくが、姜文はわざと掌を押し付け、息もできないようにしている。簡単に答えるようでは、嘘の確率が高い。少々死の恐怖を味わわせようというのだろう。捕虜の扱いに慣れた男である。浩志も銃口を強く押し付けた。

「すでに降ろしたらしい。しかも、もう直ぐ出航すると言っている」

必死に答えようとした男の言葉を姜文が訳した。やはり、武器はすでに陸に揚げられたようだ。

「行き先は分からないらしい」

舌打ちした姜文が、首を振った。

「まだ夜明け前だ。何をそんなに急いでいる」

浩志は首を捻った。港とはいえ、夜間の出航は危険である。

姜文が男の髪を掴み、耳元で尋ねた。

「荷下ろしをして、六時間後には出航することは決まっていたと言っている。無茶だが、命令は絶対なんだろう」

姜文は溜息を漏らし、脱力したようにベッドに腰を下ろした。荷下ろしされたのが六時間前というのなら、浩志らはナミビアに入国すらしていなかったのだ。必死にウォルビスベイを目指してきたが、無駄だったらしい。敵の度重なる襲撃は、時間かせぎでもあったのだろう。

「六時間……」

浩志も舌打ちをすると姜文を脇に退かせ、男の後頭部に強烈な肘打ちを振り下ろした。男は呻き声すらあげずに、ベッドから転がり落ち、白目を剝いて昏倒する。

「すまない。情報が得られなくて」

足元で気絶した男を見て、姜文が頭を下げた。浩志が怒っていると思ったのだろう。

「目覚めても自分でベッドから転がり落ちたと思うだろう。俺たちの記憶は飛んでいるはずだ」

手荒な手段だが、侵入の痕跡を消すにはこれが一番てっとり早い。

「私を責めているんじゃないのか？」

姜文が首を傾げている。

「この男が白状したとは限らない。それに思い通りに事が済むなら、俺たちはいらない」

浩志は口角を僅かに上げた。ターゲットは常に流動的だと思ったほうがいい。それに対処できなければ、傭兵として失格である。リベンジャーズが世界でもトップクラスの傭兵特殊部隊と呼ばれるようになったのは、単に強いだけではない。作戦遂行に柔軟に対処して任務を完了させる実績を積んできたからだ。

「なっ、なるほど。もう二、三人締め上げますか……」

頷いた姜文が、両眼を見開いた。

船体が揺れたのだ。

「まずいぞ。本当に出航するらしいな」

浩志は急いで部屋を出ると、見張りをしていた辰也らと甲板に出た。

艦橋に赤の左舷灯と白色の後部マスト灯も点灯しているのが見える。

とすれば、右舷灯や前部マスト灯、および船尾灯も点いているはずだ。これらは航行灯として、点灯が義務付けられている。すでに出航準備はできているということだ。詰問した一等航海士は、交代で休んでいたらしい。

「……」

背後から声をかけられた。乗員と間違えられたようだ。夜目が利く男なら、浩志らの顔を判別できるだろう。

「船長に左舷から桟橋を見張るように言われている。急いでいるんだ」

振り返りもせずに姜文は朝鮮語で答えると、浩志らをわざとらしく急き立てた。今のところ、銃のスライドやレバーを引く音は聞こえてこない。

背中にすべての神経を集中させ、左舷のパイロットラダーに向かって走った。

浩志はちらりと艦橋を見たが、人影はない。先ほどの男は持ち場に戻ったのだろう。

「行け！」

浩志は姜文の肩を叩いた。

「……はっ、はい」

一瞬戸惑いを見せた姜文は、背中にＡＫＳ74を回してラダーに取り付いた。

田中、辰也の順に先に行かせた。彼らは浩志がしんがりを務めると決めたことに、反対はしない。指揮官として強情だと分かっているのだ。

浩志もラダーを降りはじめた。足元にあった桟橋が次第に離れていく。〝ピョンアン2号〟はすでに桟橋から数メートル離れていた。

仲間はある程度ラダーを降りると、途中から次々と海に飛び込んだ。

「ふう」

溜息を漏らした浩志は、足でラダーを蹴ると同時に両手を離した。

反乱分子

一

十二畳ほどの東向きの部屋の片隅に置かれた革張りのソファーで、ワットは気持ちよさそうに船を漕いでいた。

ウォルビスベイの高級住宅街にある外科医のデビット・シェリンガムの家である。

窓にかけられたレースのカーテンの隙間から朝日が漏れ、ワットの顔を照らしていた。

日差しがくすぐったいのか、ワットは無意識に避けようと体を動かし、腹の上に載っていた本が足の上に落ちた。

「……八時半か」

目覚めたワットは腕時計で時間を確認し、両手を大きく広げて欠伸をすると、音を立てないようにソファーから立ち上がった。傍にあるベッドに、加藤が眠っている。ワットは手術後の経過が心配なため、ソファーに座って本を読みながら眠ってしまったのだ。

昨夜シェリンガムが執刀した緊急手術は、腹部に残っていた弾丸の摘出と、損傷した内臓の修復が行われ、二時間ほどで終わっている。

シェリンガムはアフガニスタンの野戦病院で勤務した経験があるため、最小限の道具を使って手際よく進めたようだ。ワットは衛生上の問題もあり立ち会わなかったが、助手として立ち会ったマリアノは、あまりにも手術が短時間で終わったため舌を巻いていた。

「ワット……」

トイレに行こうとすると、背後から呼び止められた。

振り返ると、虚ろな表情ではあるが、加藤が両眼を見開いている。

「話をするな。今、医者を呼んでくる」

笑顔を浮かべたワットは、部屋を出ると急いで廊下の突き当たりにあるドアをノックした。

「ミスター・シェリンガム、加藤が目を覚ました。診てくれないか」

手術が終わったのは、午前七時半、まだ一時間しか経っていない。

「馬鹿な！　本当か？」

甲高い声がすると、ガウンを羽織ったシェリンガムが部屋から飛び出してきた。眠りについてまだ一時間ほどのはずだが、反応がいい。

「驚いた。なんて生命力がある男なんだ」

 シェリンガムは廊下を走り、加藤がいる部屋に入ると、テーブルに置かれていた聴診器を首にかけ、ベッド脇の椅子に座った。

「脈も呼吸も正常だ。容態は安定しているな。だが、脱水症状を起こしかけている。点滴を至急する必要があるな」

耳から聴診器を外したシェリンガムは、難しい表情になった。マリアノが持参した点滴は手術中に全部使い果たしている。そもそも緊急用のため、数はなかったのだ。

「なんでもする。指示してくれ」

ワットは困惑の表情で言った。

「私の家では面倒見切れない。州立病院に入院させてくれ。書類はすべて私が揃える。君たちは何者かに狙われているらしいが、病院なら安全なはずだ」

「分かった。我々が病院まで送り、誰かをつき添わせよう」

加藤に最善の環境が与えられるのなら、ワットに異存はない。

「君とスペイン系の仲間が病院に来るのはまずいだろう。ウィントフークならともかく、ウォルビスベイの州立病院の入院患者は圧倒的に黒人が多いのだ。目立てば、君たちの敵も嗅ぎつけるんじゃないか？」

スペイン系とはアンディーのことだ。

「それもそうだ。それじゃあ、マリアノに手伝ってもらおう。だが、肝心の加藤は日本人だ。目立たないか？」

苦笑したワットは肩を竦めた。

「大丈夫だ。彼は知り合いの日本人ということにするつもりだ。日本人は海外青年協力隊というボランティア団体があり、アフリカにもかなりの日本人が活動している。アフリカ人は、それをよく知っている。欧米人と違って、疑われる心配はないだろう。付き添いもない方が安全なはずだ」

シェリンガムは、ワットを見て皮肉を言った。

「治療費は先に全額払う。入院後の予定を聞かせてくれ。できれば、なるべく早く退院させたい」

苦笑したワットは、頭を掻きながら尋ねた。作戦や加藤の体調にもよるが、彼をナミビアからできるだけ早く出国させたいのだ。

「絶食して点滴を三日もすれば、食事も徐々にできるようになる。一週間で退院できるかもしれない」

「一週間ねえ……」

腕組みをしたワットは、加藤を見た。

加藤はワットを見て安心したらしく、また眠っていた。

リベンジャーズを乗せた二台のランドローバー・ディフェンダーは、山岳道路である国道C28号を首都ウィントフークに向けて爆走していた。昨夜は夜間ということで避けた道だが、敵の目を逃れるためにあえて悪路を進んでいる。

「了解。トレーサーマンを送り届けたら、すぐに後を追ってくれ」

先頭車の浩志は衛星携帯電話の通話を終えると、ニヤリとした。ワットからの連絡である。加藤の手術は無事終えたことは聞いていたが、意識が戻ったと新たにワットが報告してきたのだ。

離岸した〝ピョンアン2号〟から脱出した浩志らは、そのままウォルビスベイを離れている。負傷した加藤はワットに任せてあるからだ。リベンジャーズは仲良しクラブではない。見舞いに押しかけるようなことはあり得ないのだ。

「加藤が、気が付いたのですか？」

ハンドルを握る田中が尋ねてきた。浩志は助手席、後部座席に姜文が座っている。二台目には、宮坂と村瀬、それに鮫沼が乗り込んでいた。昨夜まで乗ってきたジープは、加藤が戦線を離脱したこともあるが、待ち伏せ攻撃でフロントガラスが蜂（はち）の巣状態になったために乗り捨てている。

「そういうことだ。全員に告ぐ。たった今、トレーサーマンの意識が戻ったと連絡が入った。危機は脱したようだ」

　田中に答えた浩志は、無線で全員に報告した。

「やったぞ！」

　無線から歓声が聞こえる。

「おめでとうございます」

　姜文が身を乗り出し、屈託(くったく)ない笑顔を見せた。

「それじゃあ、他人事だろう」

　田中がなぜか振り返って怒った。

「なっ？」

　姜文が困惑の表情をしている。

「俺たちは、敵の銃弾の雨を何度も潜っている。もう仲間なんだ。素直に、やった！　って、喜べばいいだろう。違うか」

　普段無口な田中が、右拳をあげて熱く語っている。よほど加藤が助かったと聞いて嬉しいのだろう。

「はっ、はい」

　姜文は戸惑いつつも、にこりと笑った。

「そうでしょう、藤堂さん！」

田中はまだ興奮している。

「そうだな」

苦笑を浮かべながらも浩志は、相槌を打った。

二

国道C28号は、思いの外手強い道であった。

山岳地帯に入った途端、舗装道路ではなく砂利道に変わり、複雑な地形に沿ってヘアピンカーブが続く。しかも乾燥地帯だけに車があげる砂塵は凄まじく、前の車が見えなくなるほどだ。そのため、後続車との事故を防ぐべく、車間を百メートル以上開けることにした。

浩志らは、スワコプムントを抜ける道を避けるためにウォルビスベイから国道C14号を東に向かい、途中で国道C28号に入っている。このコースなら、ウィントフークまで最短の三百三十キロで行くことができるが、村もなければガソリンスタンドもない。そのため、ウォルビスベイの港にあったガソリンスタンドで勝手に給油し、燃料タンクを満タンにした上に携行缶にも軽油を入れてきた。

「パリダカを思い出しますよ」

田中は悪路を走行するのを楽しんでいるようだ。

世界一過酷な自動車レース、パリ・ダカール・ラリーは、当初、フランスのパリからスタートしてスペインを経由し、セネガルのダカールまでの一万二千キロを競うレースであった。だが、アフリカ北部の政情が不安定になったために二〇〇九年から、南米にコースが変わり、現在では単にダカール・ラリーと呼ばれている。

「サハラ砂漠の横断は、本当にきつかったですよ。おかげで頸椎（けいつい）を痛めました」

オペレーションマニアの田中は、パリダカにドライバーとして参加したことがあるらしい。初耳であるが、付き合いが長い仲間も意外と過去を話さないものだ。

「確かにな」

浩志は体が激しく上下左右に揺さぶられるために、天井を右手で押さえながら頷いた。

「藤堂さん、本部に問い合わせをしましたが、サブターゲットの行方は分からなくなっているようです」

後部座席で衛星携帯電話を使っていた姜文が、すまなそうに言った。彼は仲間が浩志に「さん」付けするのを倣って同じ呼び方をするようになったが、発音がおかしいためまだ馴染めない。

サブターゲットとは、ナミビア政府陸軍大佐のヘルミエン・コナーのことである。現地で活動していたレッド・ドラゴンの情報員の調査で、金栄直が武器の取引をしたのはコナーだと分かった。

ウォルビスベイに入港する北朝鮮の〝ピョンアン2号〟を積載されている武器ごと爆破する作戦が失敗したために、コナーを拉致して武器の在り処と金栄直の所在を聞き出して目的を達成することに任務は変更されていたのだ。

だが、ウォルビスベイで活動していたレッド・ドラゴンの情報員は全員殺されたため、姜文は直属の上司である馬用林こと、ウェインライトに調査を依頼していた。だが、現地の情報員をなくした彼らは、お手上げの状態らしい。

無言で頷いた浩志は、おもむろに自分の衛星携帯電話を出して電話をかけた。

「俺だ。どうだ?」

電話の相手は友恵である。ウォルビスベイの作戦が失敗した直後に、浩志は彼女に電話をかけ、コナーの居所を調べるように頼んでいた。もっとも、他国に比べるとナミビアのネットワーク事情はかなり遅れているので、あまり期待していない。彼女が世界屈指のハッカーだろうと、ネットワーク環境がないエリアでは無力なのだ。

――ターゲットは、ウィントフーク郊外にある陸軍基地の上級士官用兵舎にいるようです。

浩志の予想に反し、友恵は淡々と答えた。

「何、軍事衛星で見つけたのか?」

思わず浩志は聞き返した。

――ご冗談を。人間は車や戦車じゃありませんよ。デジタルマーキングがない限り、軍事衛星で、人間を探索したり追尾したりすることはできません。単純な話ですが、ＭＴＣのサーバーを調べてターゲットが使っているスマートフォンを割り出したのです。

ＭＴＣはナミビアでもっともカバーエリアが広い通信会社である。

ナミビアでは、携帯電話はスーパーマーケットなどで売られており、プリペイドＳＩＭカードを端末に入れて使用するもので、ＳＩＭカードのチャージは、携帯電話ショップやスーパーマーケットなどに設置された専用の機械を使って手軽にできる。アフリカでは固定電話の普及は進んでいないが、携帯電話は浸透(しんとう)しているのだ。

「……ターゲットの位置情報をスマートフォンのＧＰＳで割り出したのか？」

ＭＴＣのサーバーから個人情報を得ることができたのかという質問を飲み込んで、浩志は聞き返した。

――もちろんです。念のため、ターゲットの直属の部下が持っているスマートフォンもＧＰＳで位置を割り出し、差がないか調べましたので、間違いないでしょう。

彼女は感情を殺した抑揚のない声で答えている。だが、こんな時こそ、彼女は一番したり顔をしている時なのだ。

「陸軍基地にある上級士官用兵舎の詳しい情報を教えてくれ」

浩志は彼女の仕事ぶりに舌を巻きながらも、質問を続けた。

——エロス空港から南に、三・八キロのウィントフークの郊外にあります。周辺の地形は、基地の南側が丘になっている以外はほぼ平坦です。

彼女はすでに浩志らが潜入することを前提にした上で報告しているようだ。

浩志もスマートフォンの地図を見ながら、彼女の報告を聞いていた。地図上では国道B1号しかないが、四駆であればどこからでも侵入できるだろう。基地を見下ろせる丘があるのなら、そこに見張所をもうけ、情報が集められる。

だが、ナミビア政府軍だろうと、陸軍基地に潜入するというのは容易なことではない。コナーが基地を出るのを待って襲撃するのが、最善策だろう。まずは基地をこの目で調査し、作戦を立てることである。

「分かった。ありがとう」

浩志は電話を切って、衛星携帯電話をポケットに仕舞った。

「サブターゲットの場所が分かったのですか?」

姜文が怪訝な表情で尋ねてきた。

「ウィントフーク郊外にある陸軍基地にいるらしい」

浩志は抑揚のない声で答えた。

「本当ですか」

姜文は信じられないらしい。

レッド・ドラゴン、つまり中国共産党の裏の情報機関が総力を挙げても調べることができなかった情報である。いとも簡単に調べられたことに、姜文は驚きを隠せないのだろう。とかく中国人は世界一優秀なのは、漢民族だと信じている。中国三千年と彼らは胸を張るが、領土を飛躍的に広げたのは、漢民族を制覇した蒙古民族であり、彼らではない。

「コナーのスマートフォンで位置を割り出したらしいが、それを確かめる必要がある」

友恵の情報なら間違いないはずだが、自分の目で確かめることだ。囮という可能性もある。敵は狡猾な金栄直だけに、油断はならない。

「なっ、なるほど」

姜文はしきりに頷いている。

「反撃は、これからだ」

浩志は前を向き、果てることなく続く、悪路を見つめた。

三

午後二時、浩志らはウィントフークの南のはずれ、陸軍基地の南側にある丘の反対側の斜面に到着した。

ウォルビスベイから山岳道路である国道C28号を使ったのだが、ウィントフークの郊外で幹線からはずれ、そこからは道路もない荒野をやって来た。移動には六時間近くかかっている。

黄色い太陽は頭上にあり、気温は三十度近くまで上がっていた。強い日差しを避けるため、ディフェンダーにターフをかけた仲間は、レーションを手にターフの下に潜り込んだ。乾燥しているために日陰に入れば、さほど暑さは気にならない。喉の渇きを覚えるだけである。

浩志も自分のレーションを持って、ターフの影に入った。朝飯は食べずに移動したので、少し遅いブランチである。このところフランス軍のレーションばかり食べているが、種類があるのでまだ飽きはこない。

基地の監視と見張りを交代でしながら、夜になるまでここで休憩する。疲れも溜まっているが、反撃するには英気を養う必要があるからだ。

――こちら爆弾グマ、応答願います。

辰也からの無線連絡が入った。彼と村瀬を組ませて、丘の上で陸軍基地の監視をさせている。

「こちらリベンジャー。どうした？」

――UAZ469が四台、ウラル375が二台、基地から出てきました。車の中までここからは確認できません。

ＵＡＺ４６９は軍用四駆、ウラル３７５は軍用トラックである。小隊の移動らしいが、トラックにも兵士が乗っているのなら中隊かもしれない。

「了解」

浩志はすぐさま衛星携帯電話を取り出し、友恵に電話をかけた。

「俺だ。陸軍基地から車列が出た。サブターゲットは乗っているか？」

車列にコナーが乗っていないか、浩志は心配しているのだ。

――サブターゲットは司令部と思われる建物におり、基地からは動いてはいません。念のために車列をロックオンして、監視しますか？

ＧＰＳ信号を確認した友恵から、すぐさま返事があった。日本とは八時間の時差があるが、作戦中の彼女は浩志らの動きに合わせて行動している。彼女は日本の傭兵代理店がある防衛省裏手のマンションに住んでいるのだが、おそらく仕事場で寝泊まりしているのだろう。

「頼んだ」

浩志は通話を切ると、すぐさまワットにも電話をかけた。

――ハロー！　元気か？　俺は元気だぞ。今のところ、腰の調子もいい。

ワットの陽気な声が響いてきた。異常はないらしい。

「体調以外の報告をしてくれ」

鼻先で笑った浩志は、質問をした。

――加藤はウォルビスベイの州立病院に入院させてある。世話になった医師が、退院まで面倒を見てくれると約束してくれた。英国陸軍の元軍医で信頼できる人物だ。

ワットは自信ありげに答えた。加藤の心配はなくなったらしい。

「十五分前に合流地点に到着した。そっちはどうだ？」

――あと、一時間ほどで到着する。

「国道B2号か」

浩志は頷いた。少なくともワットらがウォルビスベイを出発したのは、三時間ほど前のはずだ。浩志らと同じコースなら、夕方に合流することになる。

――そうだ。快適だぞ。アンディーが鼻歌交じりに運転している。

大回りにはなるが、舗装された道路が続く国道B2号を飛ばせば、確かに四時間で到着することも可能だ。だが、要所でナミビア政府軍が検問している可能性がある。唯一、浩志は政府軍の動きが気になっていた。

「政府軍は大丈夫だったか？」

――いたよ。だが、マリアノがツアーガイドだと言って誤魔化してくれた。俺とアンディーは、陽気な米国人になりすましている。

「なるほど」

――それにこっちは一台で行動している。国道Ｃ28号を使うのは、自殺行為だろう。車が故障して、干からびて死ぬのはごめんだ。

ガソリンスタンドも村もない国道Ｃ28号と違い、国道Ｂ２号なら数十キロごとに街や村がある。国道Ｃ28号で車が故障すれば、他の車が通ることもあまり期待できないため、死に繋がる可能性もあるのだ。

「分かっている。一時間後だな」

浩志は苦笑いを浮かべながら電話を切ると、腕時計で時間を確認した。

「どこまでいっても景色は、変わらないな」

腕時計を見た孫狼は溜息を漏らした。

彼が率いる〝猛虎突撃隊〟は四台のＵＡＺ４６９に分乗してウィントフークを午前八時に出発し、すでに六時間以上ナミブ砂漠を南下する道路を走り続けている。

「まもなく、アウスに到着します。景色は変わらないかもしれませんが、ホテルはありますよ」

運転している肌の浅黒い男が言った。陳と呼ばれている男だ。

「早くホテルでくつろぎたい。急げ」

一人後部座席に座る孫は、大きな欠伸をした。

「了解しました。ところで、金栄直が反乱軍の指揮を執るコナー大佐と手を結んだという情報は、本当ですか？　これまでどおり政権側についていた方が、安全な気がしますが」

陳はバックミラーで孫を見ながら尋ねた。助手席には満という名の男が黙って二人の会話を聞いている。元来(がんらい)無口な男らしい。

「米国の圧力で、北朝鮮と手を切るべきだという話が、ナミビアの閣僚から相次いで出てきた。そこで金栄直は、現政権の政策に不満を持つコナーに目を付けたというわけだ。ナミビアを失えば、他のアフリカ諸国との繋がりも消える。北朝鮮にとって、アフリカ諸国は、同盟国というより金づるだ。手段を選ぶ余地はないのだろう」

孫は乾いた笑いをした。少なくとも現時点で孫は、姜文より情報を摑んでいるらしい。

「なるほど、両者は現政権を転覆させずに邪魔な勢力だけ排除したいという思惑が一致したのですね」

陳は大きく頷いた。

「だからこそ、コナーは首都から離れた〝コールマンスコップ〟に基地を建設しているのだろう。あそこならナミブ砂漠が自然の擁壁(ようへき)になる」

「基地の守備隊の人数は、どうでしょうかねえ」

陳はのんびりと尋ねてきた。よほど攻略に自信があるのだろう。

「建設中の基地だ。せいぜい百人、多くて百五十人だろう。いずれにせよ、我々の敵ではない。それに、リベンジャーズは、まだウィントフークの近くをうろついているらしい。金栄直も奴らに気を取られているはずだ。リベンジャーズが囮となっている今が、攻撃のチャンスなのだ」

孫は口元を歪めた。

四

午後七時、西の空に僅かな明るみを残したウィントフーク市内からレホーバザー・ロードと呼ばれる国道B１号を、一台の軍用トラック、ウラル３７５が南に向かっている。

運転しているのはナミビア政府軍の軍服を着たマリアノで、助手席には階級章も付いていない戦闘服を着た姜文が座っていた。

「それにしても、よりによってこんなユニークな作戦を考えるなんて、藤堂さんも大佐の影響を受けてきましたね」

見すぼらしい作業服を着た辰也が、荷台で揺られながら笑った。大佐とは偉大な戦略家であるマジェール・佐藤のことである。

「うまくいったら、褒(ほ)めてくれ」

同じく薄汚れた作業服を着ている浩志は、鼻で笑った。

基地を監視していた辰也から、司令部棟らしき建物が新たに建設されている、という報告を受けて浩志は作戦を思いついた。そこで友恵に、基地の将校宛に北朝鮮の労働者を工事現場に送るという偽の命令書をメールに添付して送りつけさせた。送り主は国防省の実在する事務官である。

国際社会から制裁を受けて貿易が厳しく制限されている北朝鮮だが、国民の貧困を無視して膨大な資金を貪り食う核やミサイル開発を続けているのが現状だ。

その資金源は、武器や麻薬の他にも絵画や巨大な銅像の輸出、それに労働者の派遣もあり、アフリカには数万人が送り込まれて外貨獲得がされていると、二〇一六年二月に国連北朝鮮人権問題委員会で報告された。

国連では実数の把握まではされていないが、ナミビアにも相当数の北朝鮮労働者が派遣されており、観光客やビジネスマンから建設現場で働いている労働者の姿を目撃したという情報が寄せられている。

軍用トラックの荷台には、浩志と辰也の他に田中、村瀬、鮫沼の五人が乗り込んでいた。作戦は、基地の建設現場に派遣される北朝鮮労働者になりすました浩志らが、基地に堂々と潜入し、コナーを拉致するというものだ。マリアノはナミビア兵士、姜文は労働者を監督する北朝鮮の兵士という設定である。

ワットとアンディーに加え、宮坂の三人は、基地内の監視と浩志らの援護をするために基地を見下ろす丘の上でスコープを付けたＡＫＳ74を構えて待機している。現時点での距離は五百メートル以上あるため、日が暮れるのを待って射程距離まで丘を下りて援護するのだ。基地から二百メートルの地点でもまだ高い位置なので、狙撃するには十分有利である。

使われている軍用トラックと軍服は、ウィントフークの西側で検問を行っていた小隊を襲撃して手に入れていた。兵士は十二人だったが、ワットらのチームが検問に入ったところを浩志らのチームが襲うことで、流血することなく全員を拘束している。

ワットが検問の兵士をからかって彼らの注意を引き、銃を構えた浩志らが威嚇射撃をして兵士ら全員をホールドアップさせたのだ。十二人の兵士はトラックに乗せて国道Ｃ28号を走り、郊外の山中に足を縛り付けて置き去りにしてきた。市内に戻るには、途中で日が暮れるために、明日の昼までかかるだろう。

浩志らを乗せた軍用トラックは国道Ｂ１号を左折し、左手に陸軍基地のフェンスを見ながら二百メートルほど進んで左折すると、基地の東側にあるゲートの前で停まった。

ゲート脇のボックスから二人の黒人兵が銃を構えて現れる。一人はゲートのレバーのところに、もう一人は急ぐでもなくトラックの運転席に近づいてきた。

「明日から建設現場で働く労働者を連れてきた。確認してくれ」

マリアノが、おざなりな敬礼をして警備の兵士に告げた。

「連絡は受けている。一応調べさせてくれ」

頷いた兵士は、ハンドライトで荷台を照らして覗き込むと、鼻を押さえた。別に悪臭がするわけではないのだが、服装だけでなく、浩志らはわざと顔や手に泥を塗って汚しているので兵士は拒絶反応を示したようだ。

「こいつら、本当に働けるのか？」

兵士は首を振りながらマリアノに尋ねた。

「風呂に入ってないだけだ。それとも、こいつらに代わっておまえが工事現場で働くか？俺はごめんだね」

マリアノは肩を竦めた。

「それもそうだ。俺たちは、奴隷じゃない。宿舎は北の倉庫の裏だ」

助手席の姜文をちらりと見て苦笑を浮かべた兵士は、仲間の兵士に合図をし、ゲートを開けさせた。姜文が労働者を監督する兵士と思っているのだろう。

「サンキュー」

大げさに右手を上げたマリアノは、トラックを発進させてゲートを潜った。百メートルほど進んだトラックは、ゲートの兵士に教えられた通り、右折して司令部棟の脇を抜けてその先の建設現場も通り過ぎ、基地の北側にある巨大な倉庫の裏側に停車した。

近くに軍用テントが三つ張られている。他に建物はないので、これが宿舎ということらしい。労働者を送ると言われ、慌てて用意したに違いない。だが、空いている兵舎を貸すつもりはないようだ。

「俺たちの待遇は、こんなものか」

トラックの荷台からいち早く下りた辰也は、テントを覗いて頭を掻いている。テントの片隅に薄っぺらい毛布が置かれているだけだ。

北朝鮮は大量の労働者を海外に送り込んでいるが、技術レベルが高ければそれなりに優遇されるが、単なる肉体労働者は武器を持った軍人の監視下で強制労働させられる。当然、待遇は驚くほど悪い。

「みんな豪華な宿舎でくつろいでいてくれ。俺は、ゆっくりと散歩してくる」

マリアノは気取った様子でポケットから小道具としての煙草を出すと、おもむろに火を点けた。作戦開始は夜が更けてからだ。その前にマリアノは基地内を探り、コナーの居場所を突き止めることになっている。

「藤堂さん、休んでください。俺たちは見張りに立っています」

辰也が気を使った。この何日か、誰よりも睡眠時間を削って指揮を執ってきたことを彼は知っているらしい。これまでは、それがあたりまえで普通にこなしてきたが、仲間が次々と戦列を離れた分、疲れが増した。それとも歳のせいか。

「そうする」

頷いた浩志はテントに入り、横になるなり寝息を立てていた。

五

体を揺さぶられて、浩志はハッと目覚めた。

「藤堂さん、時間です」

姿は見えないが、村瀬の声がする。横になる前よりも闇の濃度が増したらしい。

「何時だ？」

目を閉じて瞳孔を狭くしてまた開くと、なんとか村瀬の輪郭が分かった。

「二一〇〇（フタヒトマルマル）時です」

生真面目に村瀬は答えた。辰也に起こすように言われたのだろう。

「マリアノは、帰ってきたか？」

体を起こしながら尋ね、首を回して眠気と決別した。一時間半も眠ったせいで、疲れはすっかり取れている。

「はい、三十分ほど前に戻ってきました」

村瀬は頷いて、テントの入り口を開けた。

「そうか」

テントを出た浩志に、冷えた空気が体にまとわりついてくる。気温は十度前後まで下がっているようだ。

「起こしてすみません。そろそろどうかと思いまして」

辰也が頭を搔きながら笑った。彼の眼の前にマリアノが立っている。報告を聞いていたのだろう。

「将校用兵舎は、すぐに分かりました。警備は極めて手薄です。基地の中なので、油断しているのでしょう。念のために基地は隅々まで見て回りましたが、特に変わった様子はありません」

順番待ちしていたかのように浩志の前に出たマリアノが言った。一時間も単独行動したにもかかわらず、さりげなく答えている。

「時間は早いが、行くか。案内してくれ」

浩志は右手を軽く上げた。

近くの倉庫の闇が動く。他の仲間が銃を構えてひっそりと待機していたことは分かっていた。浩志はハンドシグナルで、マリアノに続くように仲間に命じた。

ＡＫＳ74を背中にしたマリアノは、のんびりとした足取りで先頭を歩いている。堂々としているだけに、基地の兵士に見つかっても怪しまれないだろう。

浩志らはマリアノから距離を取って建物の陰から陰へ、闇を辿るように移動している。倉庫の脇を通り、基地の北側を迂回して司令部棟の反対側に出ると、植栽に囲まれた平屋の建物があった。基地に似つかわしくないテラス付きの玄関があり、銃を構えた兵士が立っている。

マリアノはさりげなく見張りの兵士に近づくと親しげに一言二言会話を交わしたが、いきなり兵士の鳩尾にパンチを入れ、崩れた相手の後頭部に手刀を叩き込んで気絶させた。すかさず走り寄った辰也が、倒れる兵士を受け止めてバルコニーに寝かせると、口をガムテープで塞ぎ、後手に結束バンドで縛り上げた。その間にマリアノは玄関の施錠を小道具を使って開けている。

浩志は鍵を開けたマリアノを見張りに立たせると、ハンドライトを左手に握りグロック17Cを抜いて建物に侵入した。

足を踏み入れたのはシャンデリアがぶら下がる三十畳ほどの豪華なリビングであった。中央のガラステーブルの周りに革張りのソファーが配置してあるが、窓は小さく、遮光用の地味なカーキ色のカーテンが掛けてある。軍の施設であると多少は意識されているようだ。

リビングの奥に二つのドアがある。浩志はハンドシグナルで仲間に指示し、右のドアの前に立った。背後に村瀬と姜文が付いている。

左のドアには、辰也と田中と鮫沼の三人が浩志の合図を待っていた。浩志は耳をすませて、ドアの向こうの様子を窺う。テレビの音だろうか、音楽が聴こえてくる。

浩志がドアを開けると、村瀬と姜文が音もなく突入した。ゆっくりと部屋に入ると、姜文がベッドで横になっている下着姿の黒人を羽交い締めにして口を押さえ、村瀬は男のこめかみにグロックの銃口を押し付けていた。

遮光カーテンが閉まっているのを確認すると、浩志は部屋の照明を点けた。十八畳ほどの飾りっ気のない部屋で、窓際にベッドが置かれ、その他に調度品は小さな丸テーブルと椅子だけだ。テーブルの上にポータブルステレオが置かれている。横になって音楽を聴いていたらしい。

「コナー大佐だな。ルールは簡単だ。声を上げれば、殺す」

浩志は近くにあった椅子を引き寄せて男の前に座ると、スライドを引いて銃口を男の眉間に向けた。初弾を込めた意味を、軍人なら分かるはずだ。

眉間に皺を寄せたものの男が頷いたので、浩志は姜文に窓際まで下がるように目配せをした。

男は白髪交じりの口髭を伸ばしており、友恵が送ってきたヘルミエン・コナー陸軍大佐のプロフィールデータの顔写真と差異はない。

ドアが開き、辰也が小さく首を横に振りながら入って来た。隣りの部屋は無人だったらしい。

「おまえたちは傭兵だな。雇い主は、アラミッド財務大臣、それともカスバート外務大臣か?」

脅しは必要がないというつもりなのか、コナーは浩志の銃を右手で払った。大佐という階級だけに、度胸はあるらしい。

「だとしたら?」

浩志は適当に相槌を打った。

「私は正義のために戦うつもりだ。脅しには屈しないぞ」

コナーは血走った両眼を見開いて睨みつけている。見栄(みえ)を張っているというよりも、浩志の出方を窺っているのだろう。暗殺されるならすでに殺されているはずだと、分かっているに違いない。

「正義? 武器を密輸することが正義か?」

鼻先で笑った浩志は、立ち上がると辰也に耳打ちをした。

「了解しました」

辰也は担いでいたバックパックを下ろすと、コナーを見てニヤリと笑った。

「……」

首を傾げたもののコナーは、武器と聞いて憮然とした表情をしている。

「〝ピョンアン2号〟に積まれていた武器を手にしたことは分かっている。取引相手の金栄直がどこにいるか、教えてもらおうか？」

浩志は立ったまま尋ねた。

「誰が、しゃべるか！」

コナーは床に唾を吐いた。知っていると白状したも同じである。

「いいだろう」

浩志は椅子を引くと、座って足を組んだ。

「すぐ出来ますので、お待ちください」

様々な部品をバックパックから出していた辰也は、床に座り込んで組み立てはじめた。

「なっ、何をしている？」

コナーは部品を見て何を作っているのか気が付いたらしい。

「おまえにぴったりのスーツを作ってやる」

辰也は組み立てた部品を、次々と針金とボルトを使ってタクティカルジャケットに固定した。爆弾グマと異名をとるだけにその手際よさに、姜文が目を丸くしている。

浩志はコナーを無言でベッドから引きずり降ろすと、強烈な膝蹴りを食らわした。

コナーは酒に酔ったかのようにぐったりとする。

「押さえつけるんだ」

コナーの両肩を掴んで、浩志は投げつけるように村瀬と鮫沼に渡し、両腕を掴んでいるように命じた。

「やっ、止めてくれ」

力なくコナーは、首を横に振る。先ほどの元気はすでにない。

「見ての通り、これは自爆ジャケットだ。脱ごうとすれば、爆発する。また、無線の起爆装置で時限装置が起動する。ボタンを押してから、二十秒後に爆発するようにセットした。死ぬときは、他人に迷惑はかけるなよ」

辰也は嬉しそうな顔でコナーにジャケットを着せると、右手首に手錠をかけ、ヘッドボードに固定してコナーをベッドに座らせた。

「さて、同じ質問をしようか。金栄直はどこにいる?」

銃ではなくリモコンの起爆装置を手に、浩志は椅子に深く腰掛けた。

コナーは俯いて黙っている。

「俺たちはもう直ぐここを出る。この兵舎はその二十秒後に爆発するだろう。あるいは、おまえが金栄直のところに俺たちを案内してくれれば、そこで解放してやる。生死を選ぶのは、おまえだ。おまえがどうなろうと、関心はない」

浩志は表情も変えずに淡々と言った。

「なっ?」

コナーは改めて浩志と仲間の顔を見て、首を傾げている。

「ナミビア政府の要人が、わざわざアジア系の傭兵を雇うと思うか？　俺たちは金栄直だけが目的だ」

傍で見ていた辰也が苦笑して見せた。

「最初から金栄直が目的だったのか。……明日の朝、彼の元に出発する予定だった。だが、君らを一緒に連れて行くことはできそうにない」

コナーは首をゆっくりと横に振った。もったいぶっているのではないらしい。

「どうしてだ？」

浩志は質問を続けた。

「明日、私は部下を伴って、エロス空港から空軍の双発機に乗って、コールマンスコップにあるリューデリッツ空港まで移動する予定だ。君らが一緒では怪しまれる。だが、飛行機をキャンセルすれば、車で移動するほかない。それでは、時間が掛かりすぎて、金栄直に疑われるだろう。あの男は用心深い。逃げられてしまう。もし、彼に武器を持ち去られたら、私の計画もおしまいだ」

「コールマンスコップ？」

「そうだ。その地から、私の改革は狼煙（のろし）を上げるはずだった」

コナーは溜息を漏らした。

「双発機で移動か」

小さく頷いた浩志が田中を見ると、満面の笑みで親指を立てていた。

六

〝猛虎突撃隊〟の指揮官孫狼は、戦闘服のままベッドで眠っていた。

ナミビア南部アウスという村にあるバンホフ・ホテルの一室である。ホテルと言っても平屋で客室も少ないので、どちらかというとモーテルのようではあるが、周囲に木々が植えられ、ホテルの前のデッキに並べられたテーブル席がおしゃれである。砂漠のオアシス的な存在として、旅人には人気があるようだ。

バンホフは、ドイツ語で駅を意味する。ナミビアはかつてドイツの植民地だったため、現在でもドイツ語が根強く残っており、公用語は英語とドイツ語の二カ国語なのだが、奨励されている英語は首都圏を除いてあまり使われていない。割合的にはアフリカを支配した白人が使っていたアフリカーンス語とドイツ語が圧倒的に使われている。

「むっ！」

孫はホテルの外が騒がしいことに気が付き、目を覚ました。複数の車のエンジン音が聞こえるのだ。腕時計で時間を確認すると、午後十一時になっている。

「やっと、気が付きましたか」

傍の椅子にサブリーダーである満が座っていた。部屋に明かりはなく、彼の姿は闇に包まれているが、窓のカーテンの隙間からなぜか光が漏れており、満の膝の辺りを照らしている。

「いつの間に……」

勢いよくベッドから下りた孫は、眉間に皺を寄せて満を睨みつけながら、カーテンの隙間から外を覗いた。

瞬間、強烈な光が窓に当てられる。

「なっ！」

孫は反射的に体を屈めて、窓から離れた。

「落ち着いてください。〝猛虎突撃隊〟の指揮官ともあろう方が、見苦しいですよ」

満は椅子に座ったまま低い声で笑っている。

「外を見たか。武装兵がそこらじゅうにいる。俺たちは包囲されているんだぞ！」

孫は枕の下やベッドの下を覗き込みながら喚いた。

「ひょっとして、武器を探しているのですか？」

満は笑いながら尋ねた。孫とは対照的に、妙に落ち着いた態度である。

「貴様、俺の銃を隠したな。どこにやった！」

興奮した孫は、拳を振り上げて満に迫った。

パチッという破裂音の直後、孫は激しく痙攣しながら倒れた。

孫の胸には、二本の針が刺さり、そこから細いワイヤーが繋がっている。満がスタンガンを使ったのだ。

「情けない。格闘技も武器も〝猛虎突撃隊〟一番というあなたが、このざまですか」

立ち上がった満は、スタンガンの電流を流し続けながら窓のカーテンを開けた。窓の外からライトが当てられ、部屋が明るくなった。ホテルの前に八台の軍用四駆が停められており、そのうちの一台に取り付けられているサーチライトが部屋に向けられたのだ。

戦闘服を着た満は、右手に銃を持ち、左手にスタンガンを握って立っている。

「おとなしくしてください」

満は電極が繋がったワイヤーを外すと、スタンガンをポケットに仕舞い、銃口を孫の頭に向けた。

「どっ、どういうことだ?」

孫は胸に刺さっている電極針をワイヤーごと引き抜くと、床を這うように満から離れた。

「外の兵士は、我々が探し求めている金栄直の部隊ですよ。私とあなたを除いた〝猛虎突撃隊〟のメンバーは、すでに拘束されています。あなたは体が大きいので、自分で歩いて外に出てもらえますか。面倒なことはしたくないのです」

　満は彫像のように表情を変えずに答えた。

「……？」

　事態が飲み込めないのか、孫は首を捻りながら部屋を見渡している。武器になりそうなものを探しているようだ。

「まだ分からないのですか。夕食時に飲んだビールに、私が睡眠薬を入れておいたのです」

「貴様！　裏切ったのか！」

　孫はゆっくりと立ち上がり、ベッドに座った。まだ、体の自由はきかないようだ。

「私は、裏切者ではない。私は、将軍様と金栄直司令官を一度たりとて、裏切ったことはありませんから」

　満は誇らしげに言った。

「馬鹿な……」

　孫は唖然としている。

「どうして見抜けなかったと、驚かれているようですね。私が工作員として中国に送られたのは子供の頃で、中国共産党員として働いている工作員の息子として育てられたのです。中国人が見破ることなど、できるはずがないじゃないですか」

満は孫の顔を指差して、笑っている。これまで無口な男と思われていたが、それは演技だったのかもしれない。

「おまえは、サブリーダーとして、馬尊師との連絡役だった。レッド・ドラゴンの情報は、金栄直に筒抜けだったのか」

孫は悔しげにベッドを叩いた。

「あなたは、本当に馬鹿だ。その逆ですよ。私が今の地位につけたのは、あえて北朝鮮の情報をレッド・ドラゴンに流したからです。コールマンスコップに建築中の基地に金栄直司令官がいらっしゃることは、本当ですよ。この情報は馬用林も、まだ、知らない。なぜなら〝猛虎突撃隊〟を殲滅するために、本当の情報を私があなただけに教えたからです」

「くそっ！　罠だったのか！」

鬼のような形相(ぎょうそう)になった孫は、枕を満に投げつけると同時に襲いかかった。

満の銃が火を噴く。

「ぐっ！」

胸を押さえて立ち竦んだ孫は、仰向けに倒れた。心臓に命中したらしい。孫の瞳から急速に光が抜けていく。

「馬鹿な男だ」

満は孫を冷たい視線で見下ろした。

殲滅地帯

一

午後十一時十分、リベンジャーズを乗せた三台の軍用四駆ＵＡＺ４６９とディフェンダーが、ウィントフーク南部のエロス空港に潜入した。

空港の南端に隣接するカントリークラブから侵入し、コースを縦断してフェンスがない場所の植栽を四駆の車列は、次々と乗り越えて行ったのだ。

ちなみにＵＡＺ４６９は陸軍基地で調達し、コナー大佐の顔パスで基地のゲートを堂々と通過して脱出している。全員作業服だったが、同じく基地で盗み出したナミビア陸軍の戦闘服に着替えていた。

エロス空港の北側から中央にかけては民間の空港施設が密集しているが、南側には管制塔ビルの他に巨大な格納庫やヘリポートなど、ナミビア空軍の施設があった。空軍と言っても大国のような国土を防衛できるほどの軍隊ではない。ヘリや時代遅れの戦闘機が数機に、小型輸送機があるだけだ。

カントリークラブでライトを消して敷地内に踏み込んだ四台の車は、空港の南端の東側にある格納庫の裏に横付けされた。

先頭車から飛び出した辰也と宮坂が格納庫の鍵をバールで壊し、両開きの扉を開けた。四台の車は次々と格納庫に進入し、扉は閉じられる。

空軍の格納庫がある東側には、アレブッシュ川の森を隔ててアレブッシュ・トラベルロッジホテルがあるが、森の密度が濃いため空港の異変に気付く者はまずいないだろう。しかも、空港内の基地に兵舎はないため、夜間は無人であることは確認済みである。空港自体、夜間の発着ができる設備はほとんどないので、森閑と静まり返っていた。

「面白い！」

二台目の車からいち早く下りた田中がハンドライトで格納庫内を照らし、感嘆の声を上げている。

「何が、面白いんだ？」

ワットが田中に近寄り、首を捻った。

「見てください。アルエットⅢの横に、O２スカイマスター、その向こうにあるのは、SA３１５Bラマです。面白いでしょう」

アルエットⅢは通称で、フランス製のＳＡ３１６小型ヘリコプター、Ｏ２スカイマスターは、米国セスナ社の単発軽飛行機、ＳＡ３１５Ｂラマは、インドでライセンス生産されている軽多目的ヘリコプターである。どの機体も生産されてから、二、三十年は経つ代物だろう。

「そうか、そうか。俺には、どれもガラクタにしか見えないがな。コナーが言っていた双発機は、あれか？」

苦笑を浮かべたワットは、格納庫の反対側をハンドライトで照らした。グリーンとカーキの二色で大雑把に迷彩ペイントされた双発機が、置かれている。

「中国製のＹ12です。多分二十年ほど経っているでしょうね。まあ、ナミビアが独立した後に軍は設立されましたから、中古で購入したのでしょう」

田中は嬉しそうに笑みを浮かべている。この男は飛行機やヘリコプターに触れてさえいれば、いつでも機嫌がいいのだ。

「田中、Ｙ12で夜間の離着陸は可能か？」

しばらく格納庫の航空機を見ていた浩志は、渋い表情で尋ねた。

リベンジャーズの現在の総員は、姜文も入れて十名、それに拉致したコナー大佐も連れていく。また、十名分の武器を入れると、Ｙ12を除いてここにあるヘリコプターでの移送は難しいだろう。

ナミビアの空軍にはその他にも旧式のジェット機や中型の輸送機があると聞いているが、滑走路の都合でエロス空港ではなく、ウィントフーク郊外にあるウィンドフック・ホセア・クタコ国際空港に置かれているに違いない。

「離陸は問題ありません。ただ、着陸となると、誘導灯もない滑走路に激突する可能性が高いですね」

田中は肩を竦めてみせた。

「低空飛行で火炎瓶を滑走路にばらまけば、どうだ？」

暗闇の滑走路に降りるのが、自殺行為ということは分かっている。

「それができれば、着陸できます。この国の空港はとにかく真っ暗です。GPSで正確な座標が分かればいいのですが、Y12ではそれも期待できません」

田中は、深い溜息をついた。彼は操縦の天才であるが、それだけに可能性の有無はすぐ分かるのだ。

「それなら、スマートフォンの地図でGPSを使って位置情報を出せば、どうだ？　それに友恵に軍事衛星でY12をロックオンさせれば、正確な座標は分かるはずだ」

浩志は自分のスマートフォンに地図を表示させ、田中に見せた。ある程度低い高度ならスマートフォンも使えるはずだ。

「いけます。それならいけますよ。正確な座標が分かれば、高度はY12の高度計で十分でしょう。今から点検と整備に取り掛かっても良いですか？」

田中が手を叩いて笑った。

「頼んだ」

短い息を吐き出した浩志は、他の仲間にも指示を出した。

時間は十分にあるようだが、夜が明ける前にコールマンスコップにある基地を攻略しなければならない。というのも、基地には旧ソ連製の対空機関砲があると、コナーから聞いている。Y12など、格好の標的にされてしまう。闇夜に紛れて行動するほかないのだ。

コナーから建設中の基地の詳細を聞き出し、すでに作戦は考えてあった。連れて行かれるため、彼も死にたくないと情報を漏らすのだ。

「俺たちは、火炎瓶でも作るか」

ワットがにやけた顔で言った。楽しくなってきたらしい。

仲間には田中の手伝いとコナーや外の見張りを命じている。残ったのは、浩志とワットだけだ。

「老兵には似合っているな」

浩志も口元を緩めた。

二

コールマンスコップはナミビアの南にある廃墟（はいきょ）である。

第二次世界大戦前に炭坑の街として始まり、のちにダイヤモンドが発見されてから急速に発展したが、戦後は衰退してゴーストタウンとなった。

ドイツの植民地だった南西アフリカの街として、一時は病院や学校や発電所、劇場やダンス場などの娯楽施設もあり、砂漠のオアシスとして栄え、当時としては珍しい物質の物理的性質を研究する物性研究所もある近代的な都市だったが、今では見る影もない。

戦後も鉱業の街として生き残ったが、一九五四年に見捨てられ、砂に埋もれた廃墟として今や一部は観光スポットになっている。

表面を砂で削り取られたコンクリート壁をさらけ出す、かつて物性研究所だった建物の二階の一室で、金栄直は苛立った表情で腕時計を見つめていた。

つい最近まで一階に溢れていた砂はコナー大佐の部隊によってすべて掻き出され、天井や壁の穴も修復されて元の二階建の建物として蘇（よみがえ）っている。

部屋は五十平米ほどの広さがあり、出入口から向かって右側の壁際に通信機やパソコンが置かれた机が並び、深夜にもかかわらず四人の軍服を着た兵士が作業をしていた。その横の壁にはナミビアの巨大な地図が貼り出されており、コールマンスコップに赤いピンが刺さっている。基地の司令部として機能しているようだ。

一方で金栄直は、白の麻のジャケットにベージュのコットンパンツと、まるでリゾートにでもいるような格好をしている。しかも、まるで玉座を思わせるクッションが革張りの木製の飾り椅子に座っていた。どこまでも演出が好きな男のようだ。

「金大佐、たった今、第五遊撃隊の隊長から〝猛虎突撃隊〟を全員拘束したと連絡が入りました。味方に被害はなく、敵の隊長を満少佐が殺害したそうです」

通信機の前でヘッドホン型のインカムをしていた男が、振り返って報告した。

「満のやつめ、あいつは子供の頃から冷酷だった。もっともそれだからこそ、長きにわたって潜入工作員として働けたのだろう。捕虜は砂漠で始末するように命じろ。これで満の任務も終了だな」

金栄直は表情を和らげた。遊撃隊の報告を待ちわびていたようだ。

「満少佐の歓迎会でも開きますか？」

飾り椅子の脇に立っていた桂健が、表情も変えずに尋ねた。この男は戦闘服を身にまとっている。

「作戦が成功したら、それもいいだろう。だが、まだ〝十日戦闘〟は終わっていない。そもそも、リベンジャーズはどこに行ったんだ。第二遊撃隊を全滅させられてからの足取りがまったく摑めない。どうなっているのだ？」

金栄直は桂健をじろりと見上げた。

先軍政治を行っている北朝鮮では、目標を掲げると「七十日戦闘」とか「二百日戦闘」と日時を決めて、人民の引き締め政策をする。

〝十日戦闘〟とは、金栄直がアフリカに来てから作戦終了までに予定された日数に違いない。

「第二遊撃隊を撃破したリベンジャーズは、ウォルビスベイの港にも行ったはずです。ただ、〝ピョンアン2号〟が出航した後だったため、目的が達成できずに帰還した可能性も考えられます。夜が明ければ、軍事衛星もまた使えるようになります。国境を重点的に監視していれば、必ず見つけることはできると思います」

桂健は神妙な顔で答えた。浩志らが出港直前の〝ピョンアン2号〟に潜入したことは、バレていないようだ。

「もし、奴らがおまえの期待を裏切って、この基地に進攻してきたらどうする？」

金栄直は鼻で笑うと、煙草を出して吸い始めた。

部屋の出入り口に禁煙のマークが貼られている。おそらく金正恩と同じく、喫煙はトップに立つ者の特権と思っているのだろう。

「普通なら国道B４号線から車列を組んでやってくるでしょう。ですが、リベンジャーズは正面攻撃を避けて、グラスプラッツ辺りで砂漠に入って基地の東側から攻めてくるものと思われます」

桂健は壁の地図を指差しながら説明した。

グラスプラッツはコールマンスコップの東六キロの地点で、かつてコールマンスコップを経由して港町リューデリッツに通じていた鉄道の駅があった場所である。また、浩志らが目指しているリューデリッツ空港は、コールマンスコップと国道を挟んで北東に一・五キロ離れた所にあった。

「わざわざ西側や南側に回るのは、時間の浪費だからな」

金栄直は皮肉っぽく言った。

「基地に通じるＢ４号線からの道には第三、第四遊撃隊を配置し、司令所の東側には地雷が埋設（まいせつ）してあります。また司令所の周囲は私が率いる第一遊撃隊が守っています。万が一に備えてコナー大佐の部隊を西と南に配置してありますから、備えは万全です」

桂健は踵を揃えて胸を張った。かなり自信があるようだ。

「陸からの攻撃なら確かに万全かもしれない。だが、もし、リベンジャーズが航空機でやってきたらどうする？」

「彼らは米軍の支援を受けていないので、それはないと思いますが、司令所の前に設置したＺＵ23で、撃ち落とします」

ＺＵ23とは旧ソ連製の対空機関砲のことで、対空有効射程は二千メートルある。

「対空機関砲の迎撃は、目視できればの話だな。夜間ならどうする？」

金栄直は間髪も入れずに質問を続ける。

「日本製の小型のマイクロ波レーダーがありますので、プロペラ機やヘリコプターなどの小型機なら夜間でも発見できます」

日本の高性能のマイクロ波レーダーや魚群探知機をはじめとした民製の電子製品は、北朝鮮が中国やロシア経由で輸入し、艦船に組み込むなど武器に転用されている。

「見つければ、迎撃できる自信があるのだな」

金栄直は厳しい視線を向けた。

「いかなる航空機であろうと基地に近付けば、この私が直接任務に就いて撃墜します。この命に代えても大佐とこの基地はお守りしますので、ご心配はご無用です」

桂健は敬礼ではなく、気取って頭を下げて見せた。

「よく聞け。航空機だろうと戦車だろうと、〝十日戦闘〟を成し遂げるまでは、敵を一切近付けるな。何としても〝火星(フォシン)7号〟をこの地で完成させねばならないのだ」

火星とは北朝鮮での弾道ミサイルのコードネームである。

金栄直は部屋の奥へと進み、窓に掛かるブラインドを上げた。

司令所となっている建物の裏には、四十メートル四方にわたって工事現場で使われる亜鉛メッキ鋼板で囲まれたエリアがあり、投光器のライトが照らす中、十数人の兵士がミサイルを組み立てていた。北朝鮮が誇る準中距離弾道ミサイル〝ノドン〟である。

「〝火星7号〟が完成すれば、この国どころか、世界を変えることができる。我々は北朝鮮の勇者となるのだ」

金栄直は煙草の煙を燻らせながら、低い声で笑った。

三

ウィントフークのエロス空港を離陸した輸送機Y12は満天の星の下、高度三百メートル、巡航速度二百六十キロで飛行している。

空軍の格納庫で仲間の協力を得ながら給油と整備に一時間ほどかけた田中は、機長席に座り、副操縦席には自らの希望で姜文が収まっている。彼は人民解放軍の空軍で二年ほど航空兵として勤務し、軽飛行機の訓練も受けた経験があるという。

訓練中にたまたまレッド・ドラゴンの幹部の目に留まり、スカウトされて情報員としての訓練所に入れられ、そのままレッド・ドラゴンのメンバーになったらしい。姜文は辰也と仲良くなり、身の上話もするようになっていた。もっとも辰也はさりげなく身辺調査をしているのかもしれない。

今のところ姜文は仲間でも、作戦終了後にまた敵になるであろう相手である。個人情報でも集めた方が後々役に立つかもしれない。だが、現時点で姜文を悪く思っている仲間は誰もいないようだ。彼は兵士としての能力が高く、何よりも実直で真面目だからである。中国政府のプロパガンダを信じていなければ、普通に付き合える男だ。もっともそれは、中国人全体にいえることである。

エロス空港からリューデリッツ空港まではおよそ四百九十キロ、このまま何事もなければ一時間五十分ほどで現地に到着するだろう。

機長席の計器板の上にはスマートフォンがガムテープで固定してあり、画面は地図が表示され、GPSで表示された現在位置の矢印が高速で動いている。だが、いつも電波状態がいいとは限らないため、矢印は時折止まってしまう。そんな時、Y12を軍事衛星で追尾している友恵に衛星携帯電話で通話し、座標を教えてもらうのだ。

コックピットを覗いた浩志は、キャビンの自席に戻った。もっともキャビンというのは語弊がある。通路を挟んで二人掛けの席が三列あり、その後ろは貨物室になっていた。

「天候もいい。順調なようだな」

窓際の隣席に座っているワットが、席に戻った浩志に日本語で話しかけてきた。

通路を隔てて右隣りの席に手錠を掛けられたコナーが座っているため、使用言語を日本語としているのだ。

今回は全員あえて黒の迷彩ペイントではなく、砂漠仕様の迷彩ペイントにしている。黒は黒人と紛れるのに都合はいいのだが、敵味方の区別に困るからだ。次の戦場は、敵が多いだけに一瞬の判断が迫られる。

「現地到着予定時刻は、〇二〇〇（ゼロフタゼロゼロ）時頃だろう」

浩志も何気なく腕時計を見て答えた。二人に気負いはない。サラリーマンなら国内出張に行くような気分である。

「君らは、ひょっとしてリベンジャーズじゃないか？」

離陸直後から口を開かなかったコナーが、浩志に英語で尋ねてきた。

「どうして、そう思う？」

浩志はちらりとコナーを見ると、前を向いたまま質問で返した。

「リベンジャーズのメンバーはスペシャリスト揃いで、飛行機のパイロットもいる日本人を中心にした傭兵特殊部隊だと聞いた。つい最近もシリアでＩＳを相手に戦ったという情報を南アフリカの情報将校から聞いたことがある。もし、君たちがリベンジャーズだとしたら、私は金栄直と手を組んだばかりにとんでもない相手を敵に回したことになる」

コナーは浩志の顔をじっと見つめながら尋ねた。質問に反応する浩志の表情の変化を見逃すまいとしているのだろう。

「裏の世界の俺たちの噂が、アフリカ大陸まで飛んでいるのか。商売上がったりだな」

浩志に代わってワットが、苦笑まじりにあっさりと認めた。コナーに存在を明らかにしたほうが、得策と判断したのだろう。だが、特殊部隊の名が広く知られるというのも困ったものである。

「金栄直を狙う理由を聞いても構わないか？」

頷いたコナーは質問を続けてきた。

「あの男は、ＩＳを利用している。一般人も平気で巻き込む、汚い手口を使う。そもそもならず者国家と手を組むことを、おかしいとは思わないのか？」

ワットは座席から身を乗り出し、コナーの質問に応酬した。

「背に腹は代えられない。現政権は今のところ安定している。だが、北部にダムを建設するつもりなのだ。そこに居住している数万のヒンパ族が住処を失う。彼らの中にも過激な行動をとる者も現れるだろう。また、先進国は非人道的だと非難し、外交上も大きな損失を被る。首都圏での目先の電力不足に目がくらんで暴政を行い、国が没落することは目に見えている。私はダムを推進している政治家を残らず、投獄するつもりだ。だが、大統領は排除するつもりはない」

コナーは熱く語った。語り口に嘘はなさそうだ。

「革命ではなく、改革と言いたいのか。計画を教えてもらおう。そもそも首都ウィントフークから遠く離れた場所に、基地を作る理由は何だ？」

浩志が今度は質問した。

「……我々改革派を鎮圧しようとする保守派の軍と、なるべく交戦したくない。臆病で言っているのではない。単純に流血を避けたいのだ。流血による遺恨を残せば、改革はやがて失敗する……」

コナーは躊躇いつつも話し始めた。しかし、なんとなく歯切れが悪い。

「辰也！」

浩志は辰也を呼んで、ハンドシグナルで指示をすると、コナーの手錠を外した。

「わっ、分かりました」

辰也は戸惑いながらも、コナーに着せている自爆ベストを解除し始めた。コナーは一瞬驚いたが、笑顔になった。自爆ベストを着て行動するのはかなりのストレスになる。ほっとしたのだろう。

「まだ、理由はあるはずだ。話してくれ」

浩志はコナーを促した。

「……もう一つは、力の誇示だ。金栄直がミサイルを格安で売るという提案に私は乗った。ミサイルを首都に近い砂漠地帯に着弾させ、次はビジネス街に命中させると脅す。我々改革派の軍事力を見せつければ、保守派を封じ込められるはずだ」

話を終えたコナーは、自爆ベストを解除した辰也に礼を言った。改革派のリーダーとして、それなりに魅力がある人物のようだ。

「ミサイルか、……方法論は気に入らないが、改革を妨害するつもりはない。その代わり、金栄直は引き渡してもらう。それが、おまえを解放する条件だ」

浩志はコナーの目を射るような鋭い視線で見た。ミサイルは、おそらくスカッドミサイルだろう。ウィントフークを狙うなら、短距離弾道のスカッドミサイルで十分だ。しかも、自走式発射機などに搭載できるため、発射位置も掴みにくい。

「金栄直は、私も気に入らないと思っていた。だが、一度手を組んだ彼を売ることは、道義に反する気がする」

浩志の視線を受けたコナーは、首を竦めるように捻った。金栄直だけ引き渡し、ミサイルは温存させるつもりなのだろう。虫のいい話であり、後ろめたさを感じるのも頷ける。だが、ミサイルがなければ、計画は頓挫する可能性が高いと判断しているのだろう。

「悪魔に売った魂を取り戻すには、悪魔を成敗するしかないんだ。魂を失った人間に改革ができると思うのか？」

ワットが横から口を出した。実に言い得て妙な表現であり、分かりやすい。

「私は、魂を悪魔に売っていたのか……」

両眼を見開いたコナーは、大きく頷いた。

四

友恵は防衛省の北門近くにある〝パーチェ加賀町〟というマンションの地下三階にある傭兵代理店内に設けられた作業部屋に、この三日間泊まり込んでいる。ナミビアとの時差の問題もあるが、浩志らはほとんど休むことなく行動しているために、友恵も満足な睡眠が取れていない。

作業部屋のデスクには三台の大型モニターが設置してあり、彼女の正面のモニターにはハッキングして使用している米国の軍事衛星の監視映像が映っていた。

浩志らが乗り込んだＹ12にロックオンしてあるため、衛星はＹ12を自動追尾している。暗視モードになった画面中央にＹ12の機影が映っていた。着陸態勢に入っているのか、速度は百八十キロにまで落ちている。

友恵は椅子に座ったまま両腕で顎を支える形で船を漕いでいた。泊まり込みは三日目であるが、その前から不眠不休でリベンジャーズをバックアップしている。疲れるのも無理はない。

ドアがノックされた。

「……！」

肩がピクリと動き、友恵の頭ががくりと落ちた。彼女は何事かと、キョロキョロしている。

「美香さんの差し入れを持ってきましたよ」

ドアを開けたのは、紙袋を抱えた池谷であった。

時刻は午前八時五十分、ナミビア時間では、サマータイムで午前一時五十分である。

「美香さんが、来てくれたんですか?」

友恵は両腕を上げて背筋を伸ばした。

「今日は官庁に用事があるとかで、急がれていました。帰りに寄られるそうです。クロワッサンとサンドイッチにホットコーヒーですよ」

池谷は作業部屋のテーブルに袋から取り出したパンと紙製のカップを並べた。

「美香さんたら、クールな振りをして、やっぱり藤堂さんのことが心配なんですね」

くすりと笑った友恵は、席を立ってテーブルからサンドイッチをとると、ソファーに胡座をかいて座った。

「夫婦ですからね、一応。……妙な音が、スマートフォンの音ですか?」

池谷が耳に手を当てた。耳障りな警告音が作業デスクの方からするのだ。

「大変!」

大声をあげた友恵は、ポケットから衛星携帯電話を取り出した。

「間もなくリューデリッツ空港の上空に差し掛かります。高度をさらに落としますので、火炎瓶の用意をお願いします」

田中はインカムのマイクに向かって叫んだ。同時にキャビンのスピーカーから田中の声が響く。

「了解！」

後方の貨物室で待機していた村瀬と鮫沼が、威勢のいい声を上げた。

「うん？」

浩志は衛星携帯電話が振動していることに気が付いた。友恵からのコールだ。

「俺だ？」

――前方から飛行物体が接近しています！　注意してください！

友恵の金切り声が響いた。

「いかん！」

浩志は跳ねるように席を立ち、コックピットに向かった。

ダッ、ダッ、ダッ、ダッ、ダッ！

激しい銃撃音の後、機体が揺れた。

――敵機襲来、総員、衝撃に備えよ！

田中の声が機内のスピーカーを震わせると同時に、体にGが掛かった。落としていた飛行速度を田中が上げたに違いない。

「戦闘ヘリだ！　左翼が銃撃された。応戦しろ！」

窓の外を覗いていたワットが叫んだ。

「おう！」

呼応した辰也が近くの窓を銃撃して窓ガラスを吹き飛ばすと、他の者も窓に穴を開けて即席の銃眼を作り出した。

途端に左右に四つずつある窓から凄まじい風が吹き込み、機内の空気は激しく乱れる。

「俺だ。ヘリはどこに行った！」

浩志は衛星携帯電話で友恵に尋ねた。

――後方で反転しました。今度は右翼です！

友恵が必死の声で答える。

「右翼だ！」

浩志が叫ぶと、右翼側の仲間が一斉に窓から銃を突き出して構えた。浩志もＡＫＳ74の銃口を窓から出して待ち構える。

右翼後方から黒い影が急速に接近してきた。

「来たぞ！　撃て！」

声を張り上げた浩志は、黒い物体に向かって銃撃する。

ダッ、ダッ、ダッ、ダッ、ダッ！

敵機の銃弾が天井から突き抜け、床にめり込んだ。

――Ｚ９Ｇだ！

田中の叫び声がスピーカーを震わす。機影で判断したらしい。

Ｚ９Ｇはフランス・ユーロコプターＡＳ３６５Ｎを中国がライセンス生産した派生型攻撃ヘリである。左右のパイロンに装備されたガンポットの機関銃から銃撃してきたのだ。

「負傷者はいないか？」

浩志が機内を見回すと、仲間は大丈夫だと右手を上げた。

「肩を撃たれた」

コナーが左肩を右手で押さえている。

「マリアノ！」

浩志は今や従軍医師にもなっているマリアノに負傷したコナーを任せると、コックピットに入った。

五

「ただの輸送機と思って油断したな。反撃してくるとは思わなかった。ひょっとして、リベンジャーズが乗っているのかもしれない。それならそれで、都合はいいが」

インカムが装着されたヘルメットを被っている桂健は、苦笑いを浮かべた。夜間に基地に接近する航空機というだけでY12を攻撃したようだ。

「まったくです。ライフルの弾丸でも当たりどころが悪ければ、こっちも破損します。冷や汗をかきましたよ」

同じくヘルメット姿の兵士は、額に汗を浮かべている。

桂健はZ9Gの機長席に、もう一人は副操縦席に座っているのだ。

Z9Gの現在位置は、Y12の後方三百メートルである。思わぬ反撃を受けたため、用心しているのだろう。

「それにしても、辺少尉、どうなっているのだ。命中率が悪すぎる。二回ともエンジンを狙ったのに、外れたぞ」

桂健は舌打ちをした。

「この機は、機銃をガンポットに装備しています。外付けなので、銃撃した際にパイロンとガンポットも振動するため、弾丸が分散されて命中率が落ちるのです」

副操縦士の辺は、メカに強いようだ。

「機体に直接取り付ける23ミリ機関砲だったら、正確に撃てるのにな。古い攻撃ヘリは、これだから困る」

桂健は大きな溜息を漏らし、蛇行(だこう)しながら前を飛ぶＹ12に合わせて操縦桿を動かしている。腕は確からしい。

「所詮ナミビアの空軍ですから、予算をケチったのでしょう。それにしても、側面からの攻撃は控えたほうが、よろしいかと」

副操縦士は鼻息を漏らした。

「もう一度攻撃する前に、少しいたぶってやるか」

桂健のかすれた笑い声が、機銃の音に掻き消された。


「逃げきれないのか」

コックピットに入った浩志は、田中に質(ただ)した。

普通に考えれば、ヘリコプターよりも飛行機の方が、飛行速度で分があるはずだ。

Ｚ９Ｇは中国で主に軍用ヘリコプターとして使われているが、生産が開始されたのは一九八六年で、Ｙ12は一九八四年と年代的には大差はない。

「現在速度は最大です。こっちは時速二百九十キロが限界、向こうは三百十五キロ出せます。今は速度を抑えて後方を飛んでいますが、奴が本気を出せば逃げきれません。せめて、こっちも直接攻撃できる武器があればいいんですがね。くそっ！　尾翼に被弾したかもしれません」

田中は操縦桿を右に倒した。Ｚ９Ｇから銃撃されたのだ。

「武器か……」

浩志は沈鬱（ちんうつ）な表情で考え込んだ。

準備してきた武器は、グロック17ＣとＡＫＳ74とＲＰＧ7である。Ｚ９Ｇの装甲は薄いが、ＡＫＳ74の五・四五ミリ弾では跳ね返される。よほど弱点を狙わない限り、撃ち落とすことはできないだろう。

ＲＰＧ7はロケット弾とはいえ自動追尾できないため、至近距離でなければ命中することはありえない。しかも機内から発射すれば、バックファイヤーで大事故になってしまう。また辰也は個人装備として爆薬と各種起爆装置を持ってきたが、いくら辰也が爆弾の天才とはいえ空対空ミサイルは作れない。

「……待てよ。武器か……」

呟いた浩志は、右眉を吊り上げた。

「垂直上昇旋回しても、Ｚ９Ｇは尾いてくるだろうか？」

　飛行機同士のドッグファイトなら可能であるが、ヘリコプターの場合、垂直に上昇旋回、つまりバク転するような旋回は失速に繋がる。

「可能かという話なら、Ｚ９Ｇの性能なら垂直上昇旋回もできます。後はパイロットの腕にもよりますが、飛行機でもヘリでも、後ろを取られるのは嫌ですから、尾いてくると思いますよ」

　田中は苛だち気味に答えた。切羽詰まっている状況で、浩志の質問の意図が分かりかねているようだ。

「無線をオンにして、インカムを左耳に入れろ。合図をしたら、垂直上昇をできるだけ長く続けてくれ」

　スロートマイクが付いたインカムは、飛行機に乗る前に全員装着していた。しかも浩志も含めて仲間は銃撃を受けた段階で、無線のスイッチをオンにしている。

「はっ、はい、了解しました」

　田中はキョトンとした表情で頷いた。

　傍の姜文は二人のやり取りを聞いていたが、しきりに首を捻っている。

　浩志はキャビンに戻り、ワットの肩を叩くと後部の貨物室の前で立ち止まった。

「パラシュートを背負って、空中でＲＰＧ７をぶっ放すのは、どうだ？」

　ワットが乗降ドアをちらりと見て、冗談を言った。

「ドアを開けるのは、正解だ。総員に告ぐ、急上昇に備えて席に着き、シートベルトを装着せよ」

浩志は無線で仲間に指示すると、近くに置かれてあった火炎瓶入りの木箱をドアの前にずらした。火炎瓶は着陸用に四十本用意してある。発火部分の布を覆ってあったアルミホイルは、すでに村瀬らが外していた。

「そういうことか！　おもしれえ！」

ワットは気付いたようだ。

「ドアを開けてくれ。俺が火炎瓶をぶちまける」

「何を言っている！　そんな面白そうなことは、俺にやらせろ」

ワットは頑なに首を横に振ると、腕を組んだ。危険な作業だけに人に譲るつもりはなかったが、こうなるとワットも頑固である。

「分かった。代わろう。その代わり、命綱をつけるんだ」

溜息をついた浩志は、機内に用意されているパラシュートをワットに投げ渡した。

「うん？」

首を捻りながらも、ワットはハーネスを装着している。

浩志はパラシュート本体のカバーに手を突っ込み、パイロットパラシュートを掴むと、そのままパラシュートのラインまで抜き出した。傍で見ていた辰也が、ラインを貨物室のフックに結びつける。作業の意図が分かっているのだ。

「田中、垂直上昇しろ！」

浩志は乗降ドアを開けると、声を上げた。

ドアは後ろに向かって開く、風圧で一度開くと元には戻らない。

途端に機体が傾き、無理な体勢になりながらも浩志とワットは開いたドアの上に火炎瓶の箱を載せた。

すでに機体は、垂直になっている。

ワットは乗降ドアの枠に座り込み、浩志は貨物室を仕切るネットに足をかけ、ドア枠にしがみついて立っていた。

「どうだ！」

浩志は風圧で飛ばされそうになりながら、尋ねた。

「Z9Gは、真下にいる。だが、尾翼が邪魔だ！」

ワットは木箱を抱えるように持ち、ドア枠に必死に摑まりながら答えた。

Z9Gは、二百メートルほどの距離を保ったまま上昇している。

「田中！　左旋回！」

浩志が叫ぶと同時に、頷いたワットが火炎瓶に火を点けた。

機体が左に傾く。

「いいぞ!」

ワットが木箱をひっくり返した。

四十本の火炎瓶が、次々と空中に放り出される。

猛烈なスピードで落下する無数の火炎瓶が、Z9Gを襲った。

Z9Gは、瞬く間に火だるまと化す。


「馬鹿な! 何だ!」

機長席の桂健は、悲鳴をあげた。

フロントウインドウが炎に包まれ、計器類の警告シグナルが点滅すると同時に警告音が鳴り響いているのだ。

「おしまいですよ」

副操縦席の辺は操縦桿から手を離し、ぐったりとシートにもたれかかった。すでにZ9Gは制御不能になっている。

「ふざけるな! 俺は脱出するぞ」

桂健はコックピット側のドアを開けた。

瞬間、コックピットを業火が襲う。

乗員の叫び声が合図かのようにZ9Gは爆発し、錐揉み(きりも)しながら墜落した。

「シット！」

乗降ドア枠に腰掛けているワットが、舌打ちをした。

「どうなった！」

浩志は風圧に負けないように大声で尋ねた。

「尾翼が燃えている」

ワットはぼそりと答えた。

六

Z9Gの攻撃をかわしたY12は、水平飛行に戻っている。

だが、ワットが木箱から放った大量の火炎瓶のうち数本が尾翼にも当たり、炎上していた。

「あとどれくらい飛べる？」

コックピットに駆け込んだ浩志が尋ねた。

「尾翼が燃え尽きるまでですが、その前にラダーのワイヤーが切れたらおしまいです。制御が利くうちに、砂漠に着陸したいのですが……」

田中は声を落とした。

誘導灯の代わりにするつもりだった火炎瓶は、使い切っている。リューデリッツ空港に着陸するすべはない。それに硬い滑走路に着陸するよりは、砂漠に不時着した方が生存の可能性はまだある。

「あれは、なんですか？」

副操縦席の姜文が右手を真っ直ぐ伸ばした。

遥か前方の一点が明るいのだ。

「現在位置は？」

浩志は衛星携帯電話を出しながら尋ねた。

「コールマンスコップから西南二十五キロの大西洋上です。先ほど陸地に戻るために旋回しました。光の位置は、コールマンスコップじゃないでしょうか。あの光を頼りに、胴体着陸できますよ」

田中はスマートフォンとコックピットの計器を見比べながら答えた。Ｚ９Ｇから逃げ回っているうちにコールマンスコップを通り越して、大西洋上に出ていたらしい。

「俺だ。コールマンスコップ周辺で光が見える。何か確認してくれ」

浩志は友恵に電話をかけたのだ。

――私も気になって、確かめているところです。……分かりました。作業用の照明ですね。建物の隣りでミサイルと発射台の組み立て作業をしているようです。

友恵は監視映像を拡大して確認したらしい。

「ミサイルの型は？」

――ノドンだと、思われます。

「ノドン！」

コックピットの全員が、同時に声を上げた。

コールマンスコップからウィントフークの中心部までの距離は約四百九十キロ、北朝鮮が所有するミサイルなら短距離弾道ミサイルのスカッドで十分である。だが、中距離弾道ミサイルであるノドンは、千五百キロから二千キロの射程距離があり、明らかにオーバースペックなのだ。

「取り込み中すまないが、無線機を貸してくれ」

背後から左肩に包帯を巻きつけ、額に汗をびっしょりかいたコナーが現れた。背後にマリアノが立っている。付き添いでついているのだ。

コナーの左肩は機銃の弾丸がかすめた程度らしいが、肉がえぐられていたようだ。痛み止めは飲んでいるはずだが、効いていないのかもしれない。

「うん？」

首を捻った浩志が、コナーの顔を覗き込んだ。

「このまま光に向かって基地に突っ込めばいい。だが、私の部隊が駐留している。百八十六名もいるんだ。避難させてくれ」

コナーは正面に見える光の点に向かって右手を上げた。彼はその正体を最初から分かっていたに違いない。

「分かった」

浩志は姜文に頷いてみせた。

「了解しました」

姜文がすぐさま自分のヘッドギアを取って渡すと、コナーは装着し、無線機の周波数を手際よく合わせた。

——メイディ、メイディ、こちら〝ドラゴンファイヤー〟、〝ラトルスネイク〟、応答せよ。

コナーはコードネームで呼びかけた。ラトルスネイクと呼ばれた兵士は、副官クラスに違いない。

「こちら、ラトルスネイク、どうされましたか！」

メイディと緊急通信したせいで、相手は動揺しているようだ。

「私は、金栄直の攻撃ヘリに襲撃されたY12に乗っている。負傷しているので、基地に緊急着陸する。南西の方角から着陸を試みる。全員、退避せよ」

――基地の東側には、対人地雷が敷設してありますので、必ず、南西から着陸してください。ご無事を祈ります。……確認しますが、金栄直の攻撃ヘリが、大佐が搭乗されているY12を攻撃したのですね。

ラトルスネイクは、怒気を含んだ声で念をおしてきた。司令官が負傷させられ、かなり怒っているらしい。

「金栄直は、敵だ。すぐさま部隊を着陸コースから退避させ、私の命令を待つのだ」

コナーは力強く答えて無線を切ると、ヘッドギアを姜文に返した。

「マリアノ」

浩志はマリアノにコナーを連れて戻るように命じた。コナーは気力で立っているのだろう。足を引きずるように歩いている。

「着陸態勢に入ります。二人とも、コックピットから出てください」

操縦桿を握りしめた田中が、険しい表情で言った。不時着するだけにコックピットは危険だからだろう。

「姜、キャビンに行け」

浩志は肩にかけていたAKS74を下ろし、姜文の肩を叩いた。

「どういうことですか？」

姜文が睨みつけてきた。

「着陸に成功した場合、最初に攻撃されるのは、コックピットだ。ここで援護するのは指揮官の役目だ。姜、おまえは退がれ」

着陸に失敗した場合の生存率は、どこにいても同じだろう。むしろ、成功した場合、というより生き残った先を考えるのが指揮官である。

「その役、私にさせてください。リベンジャーズの一員として。……お願いします」

姜文は立ち上がって、浩志と顔を突き合わせた。大きく見開いた目が血走っている。

「早く決めてください。間もなく着陸します！」

田中が大声で喚いた。

七

尾翼から炎を上げるY12は、高度を百メートルまで落としている。

浩志は乗降ドアの近くの席に座っていた。

ドアは開け放たれている。着陸した際に機体が歪んで出られなくなる可能性があるからだ。不時着した直後に先頭を切って機外に出て、戦うつもりである。

コナーからの情報では、金栄直配下の兵士は百名以上いるらしい。おそらくリベンジャーズの襲撃に備えて、部隊を分散させて配置しているに違いない。だが、着陸する基地の司令所の近辺は、精鋭部隊が守っているはずだ。少なくとも四、五十人の敵を相手に銃撃戦を覚悟しなければならないだろう。

コナーは自分の部下が百八十六名いるといったが、退避させるだけでリベンジャーズに加勢するとは言わなかった。政府に対して反乱を起こす前に一兵たりとて失いたくないのだろう。だが、彼らが敵にならないというだけで、幸運と思えばいい。

副操縦席には「リベンジャーズの一員として」と強い決意を見せた姜文を座らせた。その真意は死を覚悟し、仲間として死なせてくれということに他ならない。浩志は一言「頼んだ」と肩を叩いて、席を譲ったのだ。

今月は二度も不時着する飛行機に乗っている。ついてないと思うと、なぜか笑えた。苦笑を漏らす余裕は、パイロットが田中だからだろう。あの男なら、必ず成し遂げる。

ふと、横を見ると、ワットが笑顔で親指を立てて見せた。彼も着陸の心配はしていないらしい。

——着陸するぞ。何かに摑まれ！

田中の悲痛な声が、機内のスピーカーを震わした。

激しい衝撃。

シートベルトが腹に食い込み、前のシートに激しく頭をぶつけた。

けたたましく金属が擦れる音が響き渡る。

機体が上下に何度かバウンドし、やがて振動は治まった。

額に手をやると、べっとりと血が付いてきた。シートにぶつけて額を切ったらしい。

「負傷者は、いるか！」

浩志はシートベルトを外しながら叫んだ。

「大丈夫です！」

仲間が即座に答えたが、その声は銃声に掻き消された。早くも攻撃されているようだ。

浩志は乗降ドアの脇に立った。

なぜか外が明るい。

「派手にお出迎えだぜ」

反対側に立ったワットが、笑っている。

「援護してくれ！」

頷いた浩志はＡＫＳ74を構え、外に飛び出した。

銃弾が足元を飛び跳ねる。

浩志は視認できる敵を銃撃しながら飛行機に沿って前に出ると、近くにあった投光器のライトを銃撃して辺りを暗闇にした。

Ｙ12は亜鉛メッキ鋼板の壁をなぎ倒し、ノドンの発射台に乗り上げる形で停止していたのだ。田中は投光器の光に導かれ、まっすぐ突っ込んだのだろう。

司令所は発射台の右前方にあった。

亜鉛メッキ鋼板の壁を背に振り返ると、仲間が続々と飛行機から降りてくる。

右後方からの銃撃。

浩志がマズルフラッシュめがけて銃を撃つと、仲間も一斉に反撃した。

リベンジャーズの掃射に敵の攻撃はピタリと止んだ。

仲間が浩志の後ろに並んだ。

ワット、辰也、宮坂、アンディー、村瀬、鮫沼、そして、最後に走ってきたのは、頬から血を流している姜文であった。ＲＰＧ７は、辰也とアンディーが担いでいる。二人ともＲＰＧ７の扱いは上手い。

「姜、田中とマリアノは、どうした？」

浩志は姜文に尋ねた。コックピットから出てきたのなら、機内のことは一番よく分かっているはずだ。

「田中は、不時着の際に足を怪我しました。今、マリアノが手当てをしています。歩くことが困難のようでしたが、大丈夫です」

姜文は即座に答えた。マリアノは従軍医師に徹しているらしい。

「こちらリベンジャー、〝ヤンキース〟応答せよ」

浩志はマリアノを無線で呼び出した。

——ヤンキースです。ヘリボーイは、左足首を骨折したようです。コナーに変わりはありません。

マリアノは即座に現状を報告してきた。コナーは負傷していたため、シートベルトだけでなく、膝の上にバックパックやパラシュートを置くなど、衝撃に備えて工夫してあったのだ。

「ヤンキース、機内で待機」

——了解しました。

短いやり取りだったが、マリアノは田中とコナーを死守してくれるだろう。

「俺と辰也と村瀬と姜は、Aチーム。フェンスに沿って左回りに司令所に踏み込む。Bチームは、ワット、宮坂とアンディーと鮫沼を連れて、Y12を迂回して右回りに司令所に突入してくれ」

浩志は二つのチームに分けると、ワットはすぐさま宮坂らを連れてY12に沿って後方の闇に消えた。

八

誤算だった。

亜鉛メッキ鋼板の壁を迂回し、司令所の正面から突入しようとしたが、建物の正面には旧ソ連製の対空機関砲であるZU23が配備されていたのだ。

ZU23は水平に倒しても使用でき、対地射撃照準器も備えている。

浩志が亜鉛メッキ鋼板の壁から顔を出した途端、ZU23で銃撃された。一瞬で顔を引っ込めたが命中していれば、かすっただけで顔の半分はなくなる。まともに当たれば、頭は吹っ飛び、首なし死体になるのは確実だ。これぱかりは反対側で囮（おとり）になって攻撃などと、一か八かの賭けをするわけにはいかない。

Bチームのワットも Y12の後部から出ようとしたら、南東部から猛烈な銃撃を受けて釘付けになっている。現在、敵がいないエリアは司令部の西側だけだ。だが、時間が経てば、他のエリアに展開している部隊が回り込んで、包囲されるだろう。

「藤堂さん、RPGで司令部を直接攻撃するのは、どうですか？」

辰也が提案してきた。

「それは、最後の手段だ。できれば、金栄直を捕らえて尋問がしたい。それに、奴を殺しても、部下が攻撃を続ける可能性もある。金栄直から部下に武装解除させた方が、戦闘は早期に終わらせることができるはずだ」

北朝鮮のような中央集権国家の軍は、命令系統を押さえることが大事である。トップの指揮官に降伏を宣言させることで、兵士は投降するはずだ。だが、先にトップを殺害し、命令系統が乱れれば、兵士は戦闘を停止する判断ができなくなり、いたずらに戦いを長引かせる可能性がある。

「そうだ！」

急に拳を握りしめた辰也は、バックパックを下ろして中から爆薬を取り出した。

「五分ほど、時間をください」

立膝をついた辰也は、爆薬に起爆装置を取り付けると、バックパックのショルダーストラップの留め金を外した。

作業をしている間、仲間は辰也を囲んで周囲を警戒している。その間も、ワットらBチームは交戦していた。

「できました。十秒で爆発します」

鋼板の壁の角に立った辰也はバックパックに手製の爆弾をしまうと、長く伸ばしたショルダーストラップの端を持ち、勢いよく水平方向に振り回して司令所に向かって投げた。

「なるほど」

浩志はニヤリと笑った。これなら鋼板の壁から顔を出すこともなく、爆弾を投げることができる。

「四、三、二、一」

辰也のカウントダウンが終わった。

凄まじい爆発音と地響き。

すかさず浩志と辰也がＡＫＳ74を構えて鋼板の壁から飛び出したが、ＺＵ23の台座ごと吹き飛んで影も形もなかった。しかも出入口のドアどころか、建物の一階部分の前面が崩れ巨大な穴が空いている。とんでもない量の爆薬を使ったに違いない。

「面倒くさいので、残りの爆薬を全部使っちゃいました。ははっ」

辰也は頭を搔いて笑っている。

「突入するぞ」

浩志はグロック17Cを抜くと辰也と村瀬を組ませ、姜文を従えて建物に潜入した。

非常灯に照らされた長い廊下が、まっすぐ延びている。奥に二階に通じる階段があるらしい。廊下の左右にいくつもドアがあった。

浩志らは爆風で吹き飛ばされた死体を乗り越えて、油断なく進む。

姜文がドアを開けて辰也と村瀬が突入し、浩志と姜文が廊下から援護する。

「クリア！」

部屋を確認後、反対側のドアを今度は辰也が開けて、浩志と姜文が確認し、廊下の奥まで進んだ。

銃声とともに背後の壁に銃弾がめり込む。階段の上から銃撃されたのだ。

辰也と村瀬に援護射撃をさせ、浩志は姜文とともに階段を駆け上がった。

二階は五、六十平米ほどのオープンスペースになっており、階段上にいた三人の兵士が、銃を向けてきたが、浩志と姜文は横に飛び跳ねて相手の銃撃をかわして銃を撃った。ロビーのような広いスペースの片隅に机や椅子が置いてある。ここも司令部として機能させる予定だったのだろう。

浩志は階下の辰也らにハンドシグナルでクリアと伝えた。

一階はどの部屋もベッドがあり、宿舎として使われていた。十メートルほど先に両開きのドアがある。ドアの向こうが、司令室なのだろう。

浩志と姜文はドアの右側に立つと、一階からやってきた辰也と村瀬が左側に立った。突入は辰也と村瀬組である。姜文が腕を伸ばしてドアノブに手をかけた。

激しい銃撃音とともにドアと壁に穴が空く。

姜文が後方に吹き飛ばされ、浩志はその場に崩れた。浩志は左腿を弾丸が掠めただけだが、姜文は右腕と腹を撃たれている。

「村瀬、姜を頼む！」

浩志は村瀬を呼んだ。

走り寄った村瀬は、低い姿勢で姜の奥襟（おくえり）を摑むと一気に階段の方まで引きずって行った。

「くそっ！」

すぐさま膝立ちになった浩志は、ＡＫＳ74を構えると連射モードにし、壁越しに銃撃した。同時に室内からも反撃してくる。壁が異常に薄くできているのだ。

「藤堂さん！」

辰也の声だ。

振り返ると、辰也が二階の端まで下がり片膝をついてＲＰＧ7を構えている。

浩志は飛び跳ねるように後方に下がり、辰也の手前で伏せた。

辰也がＲＰＧ7のトリガーを引く。

破裂音とともにロケット弾が発射され、ドアを突き破って爆発した。

室内からの銃撃は止んだ。

「村瀬、行くぞ！」

ＲＰＧ7を投げ捨てた辰也が勢いよく駆け出し、穴の空いたドアを蹴破った。

「おう！」

呼応した村瀬がＡＫＳ74を構えて後に続く。

二人を見送った浩志は無線でマリアノを呼び出し、姜文の傍に跪くと戦闘服のボタンを外した。右下腹部にある銃創から、血が噴き出している。

浩志はすぐさま止血帯を出して傷口を塞いだ。これまで戦場で負傷者を随分と見てきたが、同じような負傷で助かった兵士を見たことがない。だが、マリアノがなんとかしてくれるかもしれない。

「私は、死にますか?」

姜文がかすれた声で尋ねてきた。

「話すな。マリアノがすぐ来る。心配するな」

手元を見た浩志は右眉を吊り上げた。いつの間にか、止血帯が真っ赤に染まっている。

「私はあなたと一緒に戦えたことを……誇りに思っています」

姜文の息が荒くなってきた。

「俺たちと戦ったことに、後悔はしていないようだな」

浩志は新しい止血帯に取り替えた。ここで諦めるわけにはいかないのだ。

「私を……メンバーに……加えてもらえますか?」

呟き込みはじめた姜文が、苦しそうな表情になる。

「おまえは、すでにメンバーだ。何を言っている」

浩志は笑って見せた。一緒にペアを組んだのは、監視するためではなく信頼しているからであった。

「本当ですか……」

笑顔を見せた姜文が、眠るように目を閉じた。口元にまだ笑みが残っている。

「本当だ……」

呟いた浩志は姜文の首筋に指を当てて脈がないことを確認すると、ＡＫＳ74を手に立ち上がった。

九

白煙立ち込める司令室は、ロケット弾の爆発で壁の一部が崩れ、デスクやパソコンが散乱し、軍服姿の五つの死体が転がっていた。

その中に、浩志らは知らないが、〝猛虎突撃隊〟のサブリーダーを務めていた満の死体もあった。彼は金栄直に命じられるまま〝猛虎突撃隊〟の隊員を砂漠で処刑した後、司令所に入っていたのだ。

左足を引きずりながら、浩志は司令室に足を踏み入れた。

「藤堂さん……」

ＡＫＳ74を構える辰也が、険しい表情で浩志を見つめている。

浩志の手は姜文の血で真っ赤に染まっていた。辰也にも状況はすでに分かっているはずだ。言葉は発せず、静かに首を左右に振った。

「くそっ！」

舌打ちをした辰也は、近くにあった木製の飾り椅子を蹴飛ばした。姜文と親しげにしていたのは、本当に気を許してのことだったらしい。

「なんてことだ」

辰也の傍でＡＫＳ74を構えていた村瀬の表情が曇った。

二人の銃口は、壁を背に座っている麻のジャケットを着た男に向けられていた。ウェインライトから渡された写真に写っていた金栄直の顔と符合する。

「金栄直、部下に降伏と武装解除を命じろ」

浩志は麻のジャケットの男に冷たく言い放つと、血だらけの手でグロックを抜いた。

「輸送機で攻撃してくるとは、意表を突かれた。だが、降伏するのはおまえだ、藤堂！」

金栄直は浩志の顔を認識しているようだ。ふてぶてしく両手を肩まで上げて立ち上がった金栄直は、辰也が蹴飛ばした椅子を拾って座った。擦り傷程度で怪我はしていないらしい。たまたま部屋のドアからもロケット弾が命中した壁からも離れていたのだろう。

「ふざけるな！」

怒鳴り声を上げた辰也が、椅子を蹴り上げ、はずみで金栄直は床に転がった。

「何をするんだ！　私を粗末にしない方がいいぞ。司令所を占拠して勝利したつもりか？　私の部下はまだ百人以上いるんだぞ。続々と司令所に向かって集結しているはずだ。おまえたちの命は、風前の灯火。命乞いをすれば、殺さずに生かしておいてやる」

尊大な態度が身についている。常に他人を見下しているのだろう。

「そうかな?」

背後で野太い声が響いた。

全員が振り返った。マリアノに付き添われたコナーが出入口に立っている。

「コナー大佐、救援に来てくれたのか」

金栄直は立ち上がって、両手を広げた。

ＡＫＳ74を構えているマリアノを、コナーの部下と勘違いしているのだろう。

「先ほど、北朝鮮兵を拘束するように、私の部下に命じた」

苦笑したコナーは、人差し指を左右に振った。左肩の包帯は血が滲んでいる。かなり痛みを感じているはずだが、顔に出さない強靭な精神の持ち主らしい。

「どういうことだ。裏切ったのか?」

途端に金栄直は凶悪な顔に変貌した。

「おまえこそ、私を利用して何か企んでいる。私が聞いていたのは、スカッドミサイルだったが、おまえが持ち込んだのは、ノドンだ。価格を抑えた上にミサイルのスペックを上げるのは、おかしい。理由を聞かせてもらおう」

コナーはゆっくりと金栄直に近づき、人差し指を立てて抗議した。

「私は感謝されても非難される覚えはない。正直に話してやろう。ノドンには小型核弾頭が搭載されている。あのミサイルを砂漠で爆発させれば、政府高官は腰を抜かすだろう。

あなたの要求はすべて受け入れられるはずだ。分かったか、コナー大佐。すぐに我が軍に対する敵対行為を、止めろ！」

金栄直は次第に激しい剣幕となり、上着のポケットに手を突っ込んで煙草を出すと、金色の大きなライターを手に持った。微かに金栄直の手は震え、煙草になかなか火が点かない。さすがに状況は最悪だと認識しているからだろうか。

コナーは唖然としている。スカッドミサイルに通常弾頭が装塡されると信じていたのだろう。

「……？」

金栄直の様子をじっと見つめていた浩志は、辰也を呼び寄せて耳元で囁いた。

「……了解しました」

顔色を変えた辰也は、走って部屋から姿を消した。

「今年に入り、北朝鮮はノドンの発射実験を繰り返している。それは日米韓への脅しというよりも、ミサイルの精度を高めるための精度アップ試験だった、と俺は見ていた。一方で地下核実験をするのは、ミサイルに搭載するための核弾頭の小型化の技術試験をしていたのだろう。そういうことだな」

浩志は鋭い視線を金栄直に浴びせた。

「その通りだ。我が友でもある偉大な将軍様は、米国や日本の卑劣な恫喝を恐れるものではない。まして、単に米国を牽制するために実験を繰り返しているわけでもないのだ」

　浩志の推測を金栄直は、あっさりと認めた。

「究極の実証実験は、実際に核弾頭ミサイルを使ってみることだ。だが、さすがにそれは北朝鮮国内ではできない。まして、日本海や太平洋で行えば、日本や韓国や米国、あるいは中国までも攻撃されたとみなし、国際紛争に発展する。だが、ナミブ砂漠なら、人的被害は少なくすむため、後々国連からの追及もかわせると判断したのだろう」

　浩志の説明に金栄直は否定するそぶりはない。

「それに使用したのは、ナミビア政府に反乱を企(くわだ)てた軍人だとすれば、責任逃れができる。北朝鮮は、ただミサイルを売っただけだと言い逃れができるからだ。国連からまた制裁決議がされるのだろうが、中国やロシアが反対していつものように実効力がないものになるはずだ」

　金栄直が大勢の部下を伴ってナミビアに入ったのは、コナー率いる反乱軍に加勢するためだと浩志は思っていた。だが、核実験を行うなら、ミサイルの技術者や作業兵、それに実験の観測要員まで必要となる。部下がまだ百名以上いると金栄直は豪語しているが、実際は戦闘能力が低い兵士ばかりだろう。

「その通りだ。角度をつけずにノドンを発射し、高高度で落下させナミブ砂漠に着弾させる。実験予定地には、我が部隊がすでに観測機器を設置してあった。中距離核弾頭弾道ミサイルが成功すれば、小型核弾頭を大陸弾道ミサイルに搭載することも可能になる。今回の実験で中国と並んで真に米国と対等な関係になるはずだった。藤堂！　貴様の邪魔がなければな！　もっと早く殺しておくべきだった」

悔しそうな顔をした金栄直は、ちらりと時計を見た。

「……」

背後で足音がするために浩志は振り返った。

ワットが、宮坂とアンディーと鮫沼を引き連れて司令室に入ってきたのだ。彼らの進攻を妨害していた敵を倒したのだろう。

「遅れてすまない」

いつもと違って、ワットは沈んだ声で言った。階段近くに寝かされている姜文の死体を見たのだろう。

「北朝鮮の核実験に私は利用されていたのか。なんて私は愚か者なのだ！　くそっ！」

叫び声を上げたコナーは、マリアノのホルスターからグロック17Cを抜いた。マリアノは止められたはずだ。だが、あえてそれを許したのだろう。

浩志も微動だにせずにそれを見ている。

「我が国土を放射能で汚染させてたまるか！」

コナーはグロックの銃口を金栄直に向けた。

「たっ、助けてくれ。あんたを大統領にしてやる。なっ、なんでもやる。金か、女か」

金栄直は見苦しく両手を振って、後ずさる。

「許さん。絶対許さない！」

コナーはグロックのトリガーを続けて引いた。

三発の９ミリ弾が、金栄直の胸と腹に命中する。

両眼をかっと見開いた金栄直は、よろめきながら後ろに倒れた。

「こんな男に魂を売った自分が、許せない」

コナーは銃口をこめかみに当てる。

「後悔しているのなら、この国を正しく導くために働け。死ぬのは、いつでもできるぞ」

すかさず浩志はグロックをコナーから取り上げた。

コナーは頭を抱え、涙を流しながら跪いた。目的達成のためとはいえ、組んだ相手が悪過ぎたようだ。

「おっ、おまえたちも道連れだ。……間も無くノドンが自爆する。五分だ、五分。……核弾頭が爆発……」

しぶとく生きていた金栄直は、半身を起こそうとして血を吐いてまた倒れた。今度こそ、死んだらしい。

「やはり、そうか」

浩志は金栄直の上着のポケットからライターを出して調べた。小さなスイッチが付いている。ライターは、リモコンの起爆装置になっていたようだ。

「誰か、酒を持っていないか?」

首を横に振ったワットが、小道具用にいつも携帯している煙草を出して尋ねた。長年禁煙しているが、たまに吸いたくなるらしい。

「ジャックダニエルなら」

宮坂が苦笑を浮かべて、自分のタクティカルポーチからステンレス製のスキットルを出して、ワットに投げた。携帯用の金属製ボトルである。傭兵仲間の愛用品の一つだ。

「サンキュー」

スキットルを受け取ったワットは、キャップを取ってウイスキーを一口飲むと、出入口を見つめながら煙草に火を点け、スキットルを浩志に投げて寄越した。倒れた姜文を気にしているのだろう。

「……」

無言で受け取った浩志は、スキットルを姜文の死体に向けて掲げ、一口飲んだ。ウイスキーがまるで罰を与えているかのように喉を焼いた。なぜかジャックダニエルの芳香がくすみ、味は苦く感じられる。

浩志が宮坂にボトルを返すと、宮坂も同じように姜文に敬意を表した。スキットルは宮坂からマリアノ、アンディー、鮫沼、最後に村瀬の手に渡る。その間に自然と全員、司令室を出て姜文の死体を取り囲んでいた。

「もうじき、そっちに行くからな」

村瀬もウイスキーを飲むと、しゃがんで姜文の口元にウイスキーを数滴垂らした。

「地獄か、天国か？　いずれにせよ、すぐには行けそうにもないぞ」

腕時計を見たワットが、ちらりと浩志を見た。

「そうらしいな」

浩志は小さく頷いた。金栄直が起爆スイッチを押してから、五分以上過ぎているのだ。

「不発だったのですか！」

村瀬がきょとんとしている。

「足りないメンバーを確認しろ」

ワットがニヤリとした。

「あっ、辰也さんだ」

村瀬は目を丸くしている。彼と鮫沼を除く仲間は、早くから気付いていたらしい。

浩志は金栄直がライターで煙草に火を点ける仕草を怪しみ、辰也にノドンの起爆装置を解除するように命じていたのだ。

——こちら爆弾グマ、間一髪で起爆装置は解除しました。

辰也からの無線連絡だ。

「ご苦労」

浩志は短く答えると、全員の顔を見た。

「作戦は終了したらしいな」

こくりと頷いたワットがいつにもなく、おとなしい。姜文の死は、仲間に大きな衝撃を与えた。傭兵は心に深い傷を刻み続ける職業なのだ。

「撤収」

姜文を見下ろしていた浩志は、静かに告げた。

十

シンガポール、マリナーズベイ、午後十時二十五分。

小さな革の手提げ鞄を右手に持った浩志は、マリナーズベイサンズ・ホテルの五十七階に位置する屋外バー&ラウンジのデッキを、足を軽く引きずりながら歩いていた。

三つの高層ビルを舟形のテラス〝サンズ・スカイパーク〟で連結されたユニークなデザインは、今もっともシンガポールで人気のスポットである。

「ターキー、ストレート、ダブル」

通りかかったウエイターに酒を頼んだ浩志は、柵に面したカウンター席に座り、鞄を膝の上に載せた。

対岸のウォーターフロントにそびえる高層ビル群の美しい夜景が見える。三日前までいた荒涼とした砂漠が続くナミビアが、嘘のような光景だ。

コールマンスコップに建設されていた基地で、金栄直の陰謀を阻止した浩志らリベンジャーズの仲間は、翌日に首都ウィントフークに戻った。

それから二日後に、ウィンドフック・ホセア・クタコ国際空港から南アフリカを経由して、ワットは英国に、マリアノとアンディーは米国へ、辰也はセダの待つシリアへと帰っている。

浩志をはじめとしたその他の仲間は、ウィントフークから西に移動し、スワコプムントで束の間のバカンスを楽しんだ。

反乱を企てたコナー大佐は、コールマンスコップから兵を撤収させて部隊を陸軍基地に戻し、平和への道を選んだ。彼は軍人でありながら、政治的な手腕も持ち合わせており、政府関係者に北朝鮮がナミビアで核実験をしようと企んでいたと、報告している。その実験を命がけで阻止したことにし、大統領をはじめとした閣僚から賞賛を受けたのだ。彼はいずれ政界入りし、国のために働くことだろう。

彼がリベンジャーズに便宜を図ってくれたおかげで、国内の移動も自由になり、しかもリゾート地であるスワコプムントでバカンスとなったのだ。あえて作戦終了後に留まったのは、ウォルビスベイの州立病院に加藤と飛行機の不時着で足を骨折した田中も入院しているからである。

スワコプムントから病院までは片道二十数分の距離で、二人を見舞いに行くにも都合がよかった。それから三日ほどスワコプムントで過ごした一行は、退院した加藤と田中を伴い、ナミビアを発っている。二人とも車椅子ではあるが、いたって元気であった。

浩志は仲間と経由地の南アフリカで別れ、一人シンガポールを訪れていたのだ。

「お待たせしました」

カウンターテーブルにターキーが注がれたショットグラスと、背の高いチェイサーグラスが置かれた。

それを見計らっていたように、隣席に背の高い中年男が小型のジュラルミンのアタッシェケースを小脇に抱え、ブランデーグラスを片手に座った。

「呼び出して、すまなかった」

男はウェインライトである。店のどこかで待っていたようだ。

浩志はグラスのターキーを半分ほど喉に流し込むと、持参した革の鞄をウェインライトに渡した。

「感謝する。姜文は私のもっとも信頼できる部下だった。遺骨は親類に渡すつもりだ」

鞄の中を確認したウェインライトは、前を向いたまま話した。

浩志が持ってきた革の鞄には、姜文の遺骨を入れた骨壺が収まっていたのだ。浩志は仲間とともに砂漠で姜文の死体を荼毘に付していた。骨壺にはあえて、彼が死んだ地の記憶を残すためにナミブ砂漠の砂も混ぜてある。

「彼は実直な男だった。それだけに君に心酔するあまり、リベンジャーズで働きたいと言い出しかねないと不安を覚えていたが、死んでしまったらその心配もなくなった」

ウェインライトは自嘲気味に笑うと、ブランデーグラスを傾けた。

「……」

浩志も鼻で笑った。姜文が生きていれば、本当にリベンジャーズの一員になっていただろう。

「今回の任務で、レッド・ドラゴンは君に大きな借りを作った。そのため、私の思惑通り、君への暗殺命令は解除された。だから、私もこうして会えるようになったというわけだ。改めて任務を遂行してくれたことに感謝する」

「自由になると、ボディーガードもつけなくて平気らしいな」

射るような目つきの背の高い男がどこにもいないことが、浩志は気になっていた。

「いつも私の傍にいた背の高い男のことなら、ある事故で死んだ。実は、私の片腕として働いていたが、本部からの監視役でもあった。いなくなってせいせいしている」

苦笑したウェインライトは、自分の持っていたジュラルミンのアタッシェケースを浩志に渡してきた。今日接触したのは、姜文の遺骨を渡すためで他に用はない。

「中を確かめてくれ」

言われるままにケースを開けると、札束と携帯電話が入っていた。

「二十万米ドルだ。負傷者も大勢出たと聞く。少ないがボーナスとして収めてくれ。携帯電話は、私とのホットラインだ」

報酬は銀行振り込みで、すでに受け取っていた。

「面倒な話だ」

金は遠慮なく受け取るつもりだ。仲間に分ければ、みんなも喜ぶ。

「今度は常時通話ができる状態にしてほしい。さもないと、またハイジャックされるような飛行機に招くことになるかもしれない」

ウェインライトは低い声で笑うと、席を立った。面白い冗談だが、二度とごめんだ。

「ふん」

鼻息を漏らした浩志は、ターキーを飲み干した。

この作品はフィクションであり、登場する人物および
団体はすべて実在するものといっさい関係ありません。

殲滅地帯

一〇〇字書評

切・り・取・り・線

購買動機（新聞、雑誌名を記入するか、あるいは○をつけてください）

□（　　　　　　　　　　）の広告を見て	
□（　　　　　　　　　　）の書評を見て	
□ 知人のすすめで	□ タイトルに惹かれて
□ カバーが良かったから	□ 内容が面白そうだから
□ 好きな作家だから	□ 好きな分野の本だから

・最近、最も感銘を受けた作品名をお書き下さい

・あなたのお好きな作家名をお書き下さい

・その他、ご要望がありましたらお書き下さい

住所	〒				
氏名		職業		年齢	
Eメール	※携帯には配信できません	新刊情報等のメール配信を 希望する・しない			

この本の感想を、編集部までお寄せいただけたらありがたく存じます。今後の企画の参考にさせていただきます。Eメールでも結構です。

いただいた「一〇〇字書評」は、新聞・雑誌等に紹介させていただくことがあります。その場合はお礼として特製図書カードを差し上げます。

前ページの原稿用紙に書評をお書きの上、切り取り、左記までお送り下さい。宛先の住所は不要です。

なお、ご記入いただいたお名前、ご住所等は、書評紹介の事前了解、謝礼のお届けのためだけに利用し、そのほかの目的のために利用することはありません。

〒一〇一 - 八七〇一
祥伝社文庫編集長　坂口芳和
電話　〇三（三二六五）二〇八〇

祥伝社ホームページの「ブックレビュー」からも、書き込めます。
http://www.shodensha.co.jp/bookreview/

祥伝社文庫

殲滅地帯 新・傭兵代理店

平成28年9月20日　初版第1刷発行

著　者　渡辺裕之
発行者　辻　浩明
発行所　祥伝社
東京都千代田区神田神保町3-3
〒101-8701
電話　03（3265）2081（販売部）
電話　03（3265）2080（編集部）
電話　03（3265）3622（業務部）
http://www.shodensha.co.jp/
印刷所　萩原印刷
製本所　積信堂
カバーフォーマットデザイン　芥 陽子

Printed in Japan ©2016, Hiroyuki Watanabe ISBN978-4-396-34240-1 C0193

〈祥伝社文庫　今月の新刊〉

東川篤哉
ライオンの棲む街
平塚おんな探偵の事件簿1
美しき猛獣こと名探偵エルザ×地味すぎる助手美伽。格差コンビの掛け合いと本格推理！

渡辺裕之
殲滅地帯　新・傭兵代理店
リベンジャーズ、窮地！　アフリカ・ナミビアへの北朝鮮の武器密輸工作を壊滅せよ。

西村京太郎
十津川警部　哀しみの吾妻線
水曜日に起きた3つの殺人。同一犯か、偶然か？　十津川警部、上司と対立！

早見和真
ポンチョに夜明けの風はらませて
笑えるのに泣けてくる、アホすぎて愛おしい男子高校生の全力青春ロードノベル！

安東能明
侵食捜査
女子短大生の水死体が語る真実とは。『撃てない警官』の著者が描く迫真の本格警察小説。

草凪　優
俺の美熟女
羞恥と貪欲が交錯する眼差しと、匂い立つ肢体。俺を翻弄し虜にする、〝最後の女〟……。

天野頌子
警視庁幽霊係の災難
コンビニ強盗に捕まった幽霊係。美少女幽霊、霊能力者が救出に動いた！

広山義慶
女喰い〈新装版〉
これが金と快楽を生む技だ！　この男、最強のエリートにして、最悪のスケコマシ。

喜安幸夫
闇奉行　娘攫い
美しい娘ばかりが次々と消えた……。娘たちを救うため、「相州屋」忠吾郎が立ち上がる！

佐伯泰英
完本　**密命**　巻之十五　無刀　父子鷹
「清之助、その場に直れ！」父は息子に刀を抜く。金杉惣三郎、未だ迷いの中にあり。